大鱼文化传媒　大鱼文学

女配是学霸

茶君乃吃货 著

贵州出版集团
贵州人民出版社

图书在版编目（CIP）数据

女配是学霸 / 茶君乃吃货著. —— 贵阳：贵州人民出版社，2016.12（2020.3重印）
ISBN 978-7-221-13496-7

Ⅰ.①女… Ⅱ.①茶… Ⅲ.①长篇小说–中国–当代
Ⅳ.①I247.5

中国版本图书馆 CIP 数据核字 (2016) 第 211003 号

女配是学霸

茶君乃吃货 著

出 版 人	苏 桦
出版统筹	陈继光
选题策划	大鱼文化
责任编辑	赵帅红
流程编辑	黄蕙心
特约编辑	千月兔
封面设计	刘 艳
内页设计	米 籽
出版发行	贵州人民出版社（贵阳市观山湖区会展东路SOHO办公区A座邮编：550081）
印 刷	三河市华东印刷有限公司
开 本	880×1230毫米 1/32
字 数	222千字
印 张	8
版 次	2016 年 12月第 1 版
印 次	2016 年 12月第 1 次印刷 2020年3月第2次印刷
书 号	ISBN 978-7-221-13496-7
定 价	42.00元

目录 Contents

楔 子   001
有个女配叫许攸宁

第1章   004
这一辈子的许攸宁

第2章   021
自带学霸属性的许攸宁

第3章   039
让群众心伤的许攸宁

第4章   056
不得不爱的许攸宁

第5章   073
与许父开诚布公的许攸宁

第6章   089
让情敌暴躁的许攸宁

第7章   106
又美又有气质的许攸宁

NV PEI SHI XUE BA

目录 Contents

第 8 章 遭遇了绑架的许攸宁	124
第 9 章 拥有极品亲属的许攸宁	142
第 10 章 泳池里的沈嘉言与许攸宁	158
第 11 章 人生开挂的许攸宁	175
第 12 章 两年后的许攸宁	193
第 13 章 继续学霸之路的许攸宁	211
第 14 章 与他在一起很幸福	230
番 外 微笑牌助推器	246

- 楔 子 -

▼ 有个女配叫许攸宁

现在大学城区都是统一规划的，附近遍布考研培训班之类的教学机构，许攸宁就在新西方当助教，晚课是八点半结束。跟往常一样，她蹬着脚踏车顺道接下选修课的室友陈雨，随后俩姑娘一起回寝室。

许攸宁老远就看到打着哈欠的陈雨从楼梯口走下来，明显有些气力不足。

"宁宁，我困死了。"

陈雨一手拽住许攸宁的外套开衫，另一只手扶着自行车后座坐了上去，还闭着眼睛东扯西扯："我昨晚看了本小说，里面的女配就叫许攸宁。"

"聪明吗？"

陈雨皱皱鼻子："不聪明，傻瓜蛋。"

许攸宁不乐意了："那她就不该叫这个名字。"

"这许攸宁是女配，女配不是一般都恶毒的嘛，她也不恶毒，就是蠢！"陈雨自顾自地说，"你说她堂堂一个原配大小姐，被继母的女儿智商碾压是怎么回事？那继母女儿就是女主，智慧与美貌兼具，女配这种跳梁小丑就是用来衬托女主的美好的。"

许攸宁觉得无聊了："都是套路。"

前面是红灯，许攸宁扶了扶鼻梁上七百度啤酒盖眼镜，刚才汗滴下来了有点滑，A市的初秋晚上挺闷热的，气温忽高忽低，上个礼拜刚说好一阵秋雨一阵凉，现在就又战高温，碰到陈雨这只叽叽喳喳不停的小麻雀，声音和热度一起爆炸。

她不自觉又抹了把汗。

"作者这样写完全没道理嘛！难道所有女配都是低智商的吗？"大概是来了兴致，陈雨越讲越义愤填膺，后面的人一震，前面扶着车把手的许攸宁也不自觉一震。

"陈雨同学,你还记得自己是坐在自行车上的吗?你伸伸你的小短腿,没够着地呢。"

"唉……"陈雨安分下来了,"怎么会有那么狗血的剧情,那许攸宁喜欢了十几年的哥哥爱上了她亲姐,然后这白莲花就开始跟女主不对付了,但这白莲花又蠢,做坏事露出来的马脚比坏事还多,每次都被聪明的女主抓包。我现在看到这女配答应男主,将自己的肝分一半给她生病的姐姐,但要男主娶她……"

"好啦……"

许攸宁拍拍某人的腿:"好好扶着我。"

绿灯亮了,许攸宁一蹬地,自行车就摇摇晃晃地往前走,也就在这时,剧烈的白光在右侧放大——

"砰!"

速度太快,许攸宁只知道摆了下车头,将后面的人先甩了出去,就陷入了一片黑暗。

- 第1章 -

▼这一辈子的许攸宁

许攸宁清楚地知道自己现在是在梦境里。

走马观花闪现的场景太过于奢侈豪华，她一个由爱心组织支持的孤儿，从来不会有那么大的家和那么多亲人。觥筹交错的片段一点点连续起来，她眉头微蹙。

画面里，楚楚可怜的少女紧紧攥着少年的衣角，少年心软还是牵起少女的手。

懦弱的少女眼中闪过不甘心的光，看着姐姐被少年温柔地抱在怀里。

少女躲在门后面，听到继母与父亲的对话，两人语气中皆是对她的不满，少女眼神更加阴翳。

少女听到爱的人和姐姐订婚的消息，下一刻就冲到姐姐房里给了姐姐一巴掌，却被姐姐握住了手腕。

少女躺在病床上，割去一半肝给姐姐，可是病房里除了她孤零零地躺着，没有一个人，她歇斯底里地发疯，将果盘全扔到地上，门外有人影闪过，停顿，又转身离开。

病房上有病人的名字：许攸宁。

还在睡梦里的许攸宁看着画面里歇斯底里的女人，心底只有两个字：不屑。

陡然，一阵光芒闪过。

许攸宁忍住脑中刺痛的不适，感觉无数片段被硬塞了进来——女人的吼叫、男人的怒斥、无数人的指指点点，像凌迟的刀一般在身上割据，碎片凑成完整的一块，她一蒙，眼前一黑，晕了过去。

不知过了多久，她下意识地摸向枕边的书，可手指所及之处一片丝滑，她缓缓睁开眼睛，白粉相间的天花板上巨大的水晶吊灯只亮了几盏，发出暗淡却宁和的光。

许攸宁打量周围片刻，与睡梦中好几个场景重叠的环境，让她这个无神论者嘴角抽搐。

她怎么跑到一本书里来了？

手腕上插着针管，她想了想，应该是做完割肝手术不久，她不是学医的，但也知道切去一半肝对身体只有坏处，书里那个许攸宁对男主还真是用心良苦。

门外传来脚步声，许攸宁抬头看去，与推开门进来的一众人对视，跟在医生后面的赫然是这本书的男主——孟廷。

许家与孟家都是世家，关系相近，红色年代爷爷们是穿一条裤子的好兄弟，奶奶们是大世族出来的千金小姐，红与黑的碰撞让许孟两家更是堪比古代钟鸣鼎食的大家族，在天子脚下落户的两家因为那个动荡的岁月，有些褪色，却也耐不住底蕴的深厚稳扎稳打。

作为梯队靠前的世家小姐，书里许攸宁的行为真是一点都不够看。与之相反的恰恰是叱咤风云的许家大小姐许攸陶。

见病床上的许攸宁脸色苍白，一双漆黑的眼睛直直地看着自己，孟廷一怔。

"许攸宁。"

"嗯。"

孟廷眉头轻皱，似是对许攸宁冷淡的反应不太习惯。

许攸宁发现这个男人长得确实不错，挺鼻、桃花眼、粗眉，额头干干净净，她伸手将灯开亮些，正常的光亮下显出男人白皙的肤色和劲瘦的身形。

在她的梦境里，原主的姐姐许攸陶自信、出色、工于心计，应该有更强势的男人才适合，却没想到是和这样一个斯文的男子在一起。

孟廷见她只眨着眼睛百无聊赖地看自己，心里怪异更甚，他强压下心里的疑惑，淡淡开口："之前答应你的。"

"娶我？"

许攸宁蜷曲着被子里的腿，接住孟廷的话头，孟廷心想"果然如此"，再看许攸宁时已有淡淡的厌烦。

"我不会娶你,你的姐姐是我爱的人,我不想留给她任何一点误会。"

身形修长的男人在床对面的沙发上坐下。孟廷喜欢穿休闲服装,即使穿着衬衫也将袖口挽起,接近喉结的扣子解开一个,修长白皙的手指扶在沙发旁的桌子上,见对面的人没有反应,轻点了两下,这样的动作很容易引起许攸宁的好感,他不是一个聒噪的人。

其实她对孟廷并无恶感,许攸陶和孟廷真心相爱,是原主死缠烂打让三人都不得安生……想到这里,她又对这具身体时不时冒出来的虚弱感到无力。

"嗯,我也想清楚了,这次我将一半肝给许攸陶,算是对过去我对许攸陶做出的不好的事的赔偿,以后我不会再缠着你了。"

许攸宁忍受心脏里莫名其妙抽搐的疼痛,脸上平静,却有些苍白。孟廷听罢更加疑惑,却又怕是这个看似可怜,实则心思狡猾的少女想的什么花招,于是没说什么就离开了房间。

医生和孟廷走后,房间里恢复一片寂静,许攸宁始终想不明白自己怎么会到书里来,颇有庄周梦蝶蝶梦庄周的错觉,她现在还是认为这是一场大梦。

"许攸宁,这里才是你真正的生活。"

耳畔忽然响起一道若有似无的声音,许攸宁转头,什么都没有看见,如果这里才是她真正生活的地方,那么自己昼出夜伏争做学神的那十几年,难道是上辈子的事情?

"没错。"

许攸宁深深地感受到了这个世界的恶意,她做孤儿没什么不好,虽然每个爱心组织都要求合影,在镁光灯下丢下一点点自尊大声说对组织的感谢孺慕之情,可毕竟人家是给了钱的,不管出发点到底是作秀还是慈善,总是对自己有很多帮助。这样的关系简单明了,她非常喜欢互不相欠的关系,梦境里的画面却明白地告诉她,大家族钩心斗角的事情永

远不嫌少，原主从小到大深受其害。

许攸宁随遇而安，这辈子就这辈子吧，她只是想不明白，为何上辈子那么聪慧的自己，这辈子会蠢成这么不忍直视的样子。

能和女主相媲美，并且一路纠缠到最后的女配必须有相应的容颜和地位。

许攸宁对着镜子里那张清瘦苍白的瓜子脸暗暗点头。

樱唇，即使面无表情时嘴角还是微微上扬的，这样的唇形笑起来会很漂亮。

桃花眼，眼尾微微下垂，明显的内双让眼睛显得没有外双的张扬，精致且柔和。

浅淡的棕色瞳仁，配合白皙里自然有些红晕的下眼睑……

她不禁感慨：好一朵美丽的白莲花。

学霸许攸宁以前并不对外貌强求，她知道以自己的能力已经不需要外貌来加分，但爱美之心人皆有之，这小白花般楚楚可怜的容貌具有很好的欺骗性，深得她心。

及腰长发是她从来没有过的感觉，站起来时竟觉得脑袋有点沉重。摸了摸呵护得非常顺滑的黑长发，她点点头，头部吸收过多营养则会导致脑部营养不够，再加上这样一头秀发好好打理的话每天要耗费不少时间，头发长见识短这样的话并不完全有理，但在生活中的确有影响。

许攸宁的衣橱里多是白色粉色蕾丝花边的裙子，十七岁的少女大好年华，怎样穿都不过分，可现在的许攸宁不喜欢束手束脚的感觉，她找到一件轻薄的白色衬衫，版型很挺，袖口微蓬显现出原主软糯的性格，衬衫下摆轻荡在深蓝色的西裤上端，袖口挽起来，显得干练又明净。

躺在床上几天，继母来探望过一次，端庄贤淑地坐在床边，笑容和蔼慈爱，如果不是许攸宁记忆里有这人对父亲说的泼脏水的话，她还真会以为这位继母生性平和。

这天，许攸宁带着钱包推开房门，楼下传来笑声，往下看，和乐融融的一家人正在吃早点，原来是许父回来了。她坐到桌边，朝坐在首位的男人喊道："父亲。"接着又和对面及身旁的两人问候，"继母，姐姐。"

许攸陶和许攸宁都美，风格却天差地别。

许攸陶大眼俏鼻，神色明亮又透着与她母亲相似的端庄，或许是小时候就接过来的关系，这份端庄比她母亲更甚，气质也是更佳。

休养好些时日，姐妹俩都已恢复过来。许明伟对一双漂亮的女儿很是满意，难得的是小女儿今天气色不错，没有往日的柔弱阴沉，乖顺的模样格外可爱，又想到这个小女儿虽然曾经任性，但在关键时候还是姐妹连心的，心里的怜惜也就多了几分。

正是家人孺慕，气氛温馨。

许攸陶搭上许攸宁用餐的手背，很认真地道了一声谢。

对面的继母立马也摆出姿态："这次宁宁真是帮了大忙了，阿陶这次能够缓过来还得多谢你，听阿廷说，你觉得这是平时对阿陶不好的补偿，这孩子真是长大了。"

许攸宁嘴角一抽，这么快就开始了。她放下餐具，看看父亲微微思索的脸色，又看看继母姐姐两人一脸的关切和感谢，直想变回到原来那个世界，书中自有颜如玉比这两面三刀的家庭关系好不知多少倍。

想来这姐姐，也不是那么正的一个人。

许攸宁摇头，认真地看着继母道："这一个月养病的时候，我想了很多，身体的虚弱让我反而能够静下心来。姐姐爱着孟廷，孟廷又爱着姐姐，既然两情相悦，我也不该像个小孩子一样跟过去似的黏着孟廷哥了。或许过去年龄小不懂事，因为孟廷哥的关系和姐姐有不少罅隙，今天当着父亲的面，"许攸宁又看向许攸陶，不顾她有些沉下来的脸，自顾说道，"我发誓，以后再也不会像小孩子一样缠着孟廷哥了，姐姐不要因为孟——姐夫，对我产生误会。"

一番誓言诚挚认真，许明伟暗暗点头，笑道："宁宁终于长大了，我很开心。"说着，有些不认同地看了许攸陶一眼，"做姐姐的，怎么可以因为一个男人就和妹妹闹出问题呢！"

许明伟不是个坏人,只是性子软、长情,对他的初恋念念不忘,所以家族联姻的时候仍旧把初恋藏在一个地方,本来这一辈子就这样算了,哪想许攸宁的亲生母亲是个命短的。在许攸宁为数不多的记忆里,那个脸色苍白的母亲如同风中飘零的扶柳,在生下她以后更如风中残烛。许攸宁对亲情没有太多的感受,可心里微微的酸胀却在想起母亲这个称呼时异常清晰。许明伟对初恋是爱,对原配是愧疚,而这愧疚和对亲生女儿的父爱融合在一起,更是对许攸宁放纵,但聚少离多让这份父爱,并不能很好地传递到许攸宁心中。

许攸陶面色恢复原来的平静,对着父亲轻轻地说了声:"是我的不对。"

用完早点,许攸陶看向准备出门的许攸宁说:"宁宁,需要我送你一程吗?"

"不用了,我自己可以。"

"我担心你,以前你的那些不太好的朋友……"

许攸宁疑惑,思考了半晌终于想起来,许攸陶说的不太好的朋友是哪些人,曾经被她雇用,用来恐吓许攸陶,却被这位从小学空手道的姐姐打趴下的小混混……

嘴角一抽,看到许攸陶眼里来不及收敛的得意,又看了一眼坐在沙发上的父亲,许攸宁顿时对以后暗无天日的豪门日子绝望不已。什么豪门!有钱就了不起吗?过去那没钱吃饭、没钱买书,更别提出国游学的日子多单纯啊!只要泡图书馆就可以饱一天啊!

如果上天再给她许攸宁一次机会——

许攸宁微笑,看着许攸陶道:"不用担心我,我只是去买些书,马上要高三了。"

当然是豪门才好。

有了钱她不需要出去打三份工,她可以看更多的书,说不定还能出国留学,这对她学习外语更加有利。想到那透明盒子里白衬衫黑西装高高在上的同传人员,她便是眼睛一亮,这是她的梦想。

许攸陶还要说些什么,许攸宁摆摆手,转身走了出去。

或许许攸陶在其他方面很优秀,但就早上的事情来看,这般斤斤计较的性格她是看不上的。

道不同,不相为谋。

许家在别墅区靠里,许攸宁坐在轿车里一边打量车窗外的路名景致,一边记在心里,开出别墅区以后拐到了一条宁静开阔的下坡路,不过几分钟就开进了闹市区。

住的地方是闹里取静,交通也方便,她让司机先回去,毕竟自己在图书馆可以泡一天,何况今天她还要去把一头黑长直剪短。

从发型设计店里出来,黑长直已经不见,取而代之的是发尾弯到脖颈中间,乖巧的中短发。

将一边头发别到耳朵后面,清汤挂面的清秀脸蛋吸引了不少人的目光。

市图书馆就在附近,图书馆上面就是书城,很是方便。许攸宁办了一张图书证,走进书香与空调凉风交相辉映的图书馆,心情一下子明朗了起来。

从同传的书架上拿下好几本经验之谈,她将其堆在书桌上,这些是她一天的精神食粮。

同传是更为优秀的翻译官,除了硬件装备要求出类拔萃,软件——譬如待人接物、对辞藻的推敲、对时事过去的掌握也非常重要,万一有位人员讲到什么重要事件,事件名又是什么奇怪的代号,在重要场合同传说错事件名那就贻笑大方了。而许攸宁现在手里的几本经验之谈,便是同传们的笔记,许攸宁很享受静静看书的气氛。

许攸宁有个不太好的习惯,喜欢摇椅子,脚尖点啊点的,椅子摇啊摇的,像是在摇篮里看书似的,平时宿舍里几个室友不会多说什么,又没有人会去管她,这个坏习惯慢慢地就养了下来。她正看书呢,里面讲到当初鼎鼎大名的水门事件里发生的一些同传错误,她眼睛像雷达一样,一字一字地扫描进脑袋,最好的记忆方式是理解与图像同时刻入脑子,理解加深印象,图像重复印象。

突然!椅子脱离掌控,她点地的足也悬在了空中,椅子的靠背以扇形弧度飞快落地,她的心因为一下子脱离地心引力抽紧,她手中的书落地,还来不及反应整个人就重重摔在了地上。背部被椅子靠背条纹实木敲得钝痛,而落地的屁股也生疼,这种疼痛几乎是痛到肉里面去的,很快就会出现瘀青。

许攸宁蹙眉,落地声音很响,许多人回过头看她,她没找到始作俑者,但能察觉到椅子后腿被往里一推,整个人和椅子的重心就靠向椅背,不摔下来才怪。

她默不作声地放好椅子,对身边被打扰的人说了声抱歉,她这个习惯的确不好,现在一看书就摇椅子已经变成无意识的动作了。

斜对方坐着的男生目光扫过许攸宁的脸,又落到她左右两边的书上,见刚才摔了一跤的人现在竟毫无知觉地看书,这和记忆里骄纵的许攸宁倒是大有不同。

他想了想,莫非孟廷在附近?他是知道许攸宁会在孟廷出现的地方扮演柔和可人的形象的。陆其宸又低下头看书,可不过几秒钟就开始挠头皮,他因为和那些浑小子飙车被自家老哥发现了,被押到图书馆里来洗净铅华,是的,他老哥觉得图书馆是能够洗涤人类灵魂的地方,想到自家老哥面无表情地看着他,启唇:一身纨绔子弟的铜臭。

陆其宸悲愤的眼泪都要流下来了,他老哥叱咤商场那才是真正的威尼斯商人,他无情、冷酷、无理取闹,他才一身铜臭!

陆其宸看到许攸宁进来的时候还想打招呼来着,虽然这朵娇滴滴的白莲花据说心术不正,可到底是和他差不多的大家子弟,两人又是出了名的学习不好,倒是有几分缘分。他是等着许攸宁看到自己再打招呼的,可那家伙捧着一摞书,坐下来,看书,摇椅子,之后竟没有其他动作。

陆其宸更加悲愤了,好你个孟廷!你看这小白花都为你做到什么程度了，只有他这种不爱读书的人才明白的，不爱读书偏要读书，那是何等痛苦!

绊许攸宁椅子的人他认识，不就是和许攸宁一个班的什么委员吗，听说许攸宁因为热衷于装可怜，平时又任性，在班级里女生缘极差极差的。他心想，许攸宁的确是智商不高，她装可怜段数不够高，反而惹人嫌。他们在的高中是市一中，他和许攸宁都是靠钱进来的，大多数同班同学却是靠智商进来的，她这些装来装去的段数在这些高智商族群的眼里真不够看，智商差距太大实在影响颜的发挥啊!

看到许攸宁摔倒，陆其宸心想，要爆发了吧，要爆发了吧!

他是知道的，这姑娘睚眦必报得厉害，若不是孟廷在……

陆其宸又是环顾一周，皱眉，孟廷怎么不在啊?

于是某人就在观察许攸宁中度过了一整天，眼看许攸宁打了个哈欠开始收拾书本，他才在自己肚子咕噜咕噜叫的声响里醒悟过来，醒悟过来他今天干了什么以后，面上一阵怪异。

妈呀，他观察许攸宁一整天!

眼看许攸宁要走，陆其宸捧起手里没怎么看的书，走在许攸宁身边。

"咳，许攸宁。"

许攸宁抬头，想了一下。

"我是。"

陆其宸面部僵硬，谁问你是不是啊!

"你病养好了?"

"对的。"

许攸宁知道他是谁了，陆其宸，隔壁班同学，陆家的二小子。

陆其宸看她舒缓了眼神，于是笑道："一起去吃饭不?我饿坏了。"

"你请?"

陆其宸龇牙咧嘴又是一抽，他是不知道许攸宁还那么锱铢必较，他的银行卡被自家老哥没收了好吗!

"我没钱。"

许攸宁知道许陆两家关系不错,她又不愿意请客,所以想了想,道:"来我家吃不?"

陆其宸气若游丝地坐在许攸宁身边,他不知道到底发生了什么。

时间倒退到前一个小时。

许攸宁诚恳问道:"来我家吃不?"

陆其宸以为她是开玩笑的,谁都知道她和许攸陶的关系除了"极差",没有其他形容词可以形容了,她也是最讨厌和许攸陶一起吃饭的。

所以,陆其宸阳光明媚道:"好啊!"

……

陆其宸跟着许攸宁回到许家,正奇怪呢,却听到许攸宁从卫生间里出来,对他蹙眉:"吃饭都不洗手?"

陆其宸的心一下子拔凉拔凉的,这货……这货……

这货是真的邀请他在她家吃饭啊!

许父难得在家,一桌五个人以许父为首乖乖坐着,陆其宸坐在许夫人对面,许夫人脸部僵硬,不然就是和许父面面相觑,而许攸陶仍旧是端庄的样子。

桌上只有切牛排时刀叉轻微的碰撞声,许攸宁一向胃口很好,如今吃她喜欢的牛排更是津津有味。她觉得做有钱人就是好,她可以吃到平时只敢流口水的高品质牛排还不用花自己一分钱。

许夫人虽然不知道陆家二小子出现在自家桌上的原因,可在吃饭时候打击许攸宁已经成为她的习惯。

"宁宁啊,这牛排可不能炙得那么熟。"

之前厨师问的时候,几人都说三分五分,只有许攸宁要了七分,这下估计是让许夫人有找碴的地方了。

许夫人继续说:"这牛排啊,太熟就没有牛肉的原汁原味——"

"我不喜欢吃带血水的。"

许夫人一笑:"那你还要了七分的?"

许攸宁古怪地看了许夫人一眼:"继母,七分熟的里面的粉红色汁水,是烤肉时的调料作用,而不是血水。"

说罢,也不管许夫人难看的表情,继续对餐盘里的牛肉大刀阔斧。

许攸宁动作轻快,一大口吞下去会幸福地弯起眼睛,陆其宸看看盘里确实不喜欢的带血的牛肉——死要面子活受罪,又是一阵牙疼。

鬼使神差地,他插了一块许攸宁刚切下来的牛肉,飞快塞进嘴里,顿时满足了。

外表烤得焦黄,内里既有烤熟的韧感却又有肉质鲜嫩的交合,汁水香浓,不带一点血水的生腥味儿,他果然是不喜欢五分的。

陆其宸没什么花花心思,本来还拘束来着,可许攸宁把他当作自家人的样子让他完全放开了,连续又吃了两份七分熟的牛排才摸着肚子舒舒服服地倒在了沙发上。

许攸宁的房间很大,卧室、书房、卫生间一应俱全,许攸宁坐在书桌前上网,他就坐在旁边。他记得许攸宁最是爱护一头长发的,没想到现在竟剪掉了,于是好奇地问:"怎么把头发剪了?"

"太长伤脑。"

陆其宸才不会相信是真的,怪笑道:"一定是你看破孟廷一点都不喜欢你,所以才决定斩断情丝吧?"

许攸宁歪脑:"这样的说法会显得我比较弱势吗?"

陆其宸不明白她用意何在,抖着腿说道:"当然,毕竟你爱他那么久他却一点都不喜欢你,甚至不惜拿订婚骗你的肝,这件事情上你当然是最可怜的。"

"原来如此。"

许攸宁点点头。

陆其宸有些弄不明白她了:"你真不爱他啦?"

许攸宁手中动作不停:"陆其宸,许攸宁没有爱孟廷,许攸宁只是把他当作哥哥来喜欢,小时候占有欲太强不懂,现在为了孟廷和许攸陶的幸福，可怜的许攸宁愿意放手。"说罢，她转身，对着陆其宸挑眉，"收到？"

陆其宸见她眉目上挑，漂亮的眼睛流光溢彩，心里一跳，水晶吊灯下许攸宁白皙的脸蛋自信又夺目，就好像她刚才所说的全是事实。许攸宁新剪的中短发乖巧地别在耳后，发末快要及肩，这样清透的许攸宁是他从来没见到过的。

陆其宸压下心头的异样，扯了扯嘴角："说得跟真的似的。"

许攸宁见他语气轻浮，却神态自若，知道他已经消化了这个说法，也不管他，转身又对着电脑做起事来。

陆其宸站到她背后："干吗呢？"目光放到一排兼职信息上，"在找兼职？"

"嗯。"

陆其宸翻了个白眼："你想找翻译的兼职去问你爸不就得了？"

许攸宁点点头："看样子陆二少爷是很想参与自家事业了。"

陆其宸又是一抽，他不想，鬼才想！

脑筋转了一个弯就知道许攸宁不太热衷于与自家关系太过于密切，想来是怕被盯着，刚才晚饭上那许夫人的态度和许父不说什么的姿态让他一下子就反应过来，这个家想必没有外面人说的那样对许攸宁那么好。

陆其宸疑惑道："你今天叫我来你家吃饭，不会是故意的吧？"

忙碌手上动作的许攸宁一顿，侧目，见他一副"一切尽在我的掌握之中"的样子，目露疑惑。

"这位少爷，你想多了。"

下一秒，陆其宸整张脸都拉下来了："许攸宁你嘴太厉害了！"

"比起毒，你其实想说的是，许攸宁你的嘴太一针见血了吧？"

"许、攸、宁！"

"嘘。"

陆家司机懵里懵懂来许家接陆二少的时候，就看到平时意气风发的二少一副受尽打击再也承受不了的委屈样，那双小狼一样的眼睛里如今水淋淋的，不知是被气委屈的，还是气委屈的。

陆二少朝窗外看了好一会儿："阿毛，我是不是没用？"

名为阿毛的司机手一抖，差点没把住方向盘："二少，您可是陆二少啊。"

陆其宸深思了一会儿，淡淡地看着远方："有道理。"

陆其宸回到家时，他老哥陆其琛已经回来了，他对着自家老哥欲言又止。

"说。"

淡淡一声，陆其宸立马狗腿状，想说的一股脑说了出来："我觉得，许攸宁好像没众人说的那么坏。"

"完了？"

"完了。"

"回来连手都不洗？"

"……"

陆其宸一步三回头，有些疑惑地看看陆其琛，竟然觉得今天的许攸宁和陆其琛有点像，真是太古怪了。

眼看暑假就要过去，许攸宁仍旧一成不变地泡图书馆。现在她要捡起高中数学，就算重来一次她也不能保证自己一定考得好，有许多高中的知识点大学不会去碰，慢慢就忘了。英语她是不担心，但语文这种阅读分析与原作者想法天差地别的神题目，她还是得揣摩好出卷老师的用意。怪不得很多人说高考是一场豪赌，一篇阅读分析搞错中心思想了，那就得好好去死一死了。

陆其宸第二次被押到图书馆时发现许攸宁也在，立马就乐呵了，他大摇大摆地坐到许攸宁对面，见她看书的时候眉目风轻云淡，不像其他咬笔杆龇牙咧嘴的学生，眉头都不带皱一下，像书上这些只是小菜一碟的样子。

若不是陆其宸熟知许攸宁的底细，现在也要被骗到了。

"许攸宁，别发呆了！"

在陆其宸目光紧紧的跟随下，许攸宁终于皱眉了，他刚要笑起来——

"嘘。"

"宁宁？"

陆其宸正要反击，看到她身后的身影一顿，眉眼里尽是幸灾乐祸。

不用说，许攸宁就知道是谁了，于是转头朝来人喊了一声："姐。"

许攸陶和孟廷两人手里都拿着不少书。

陆其宸呼哧呼哧从许攸宁对面换到了她旁边去，正好给某两人留下对面的两个位置。

"他们来干什么？秀恩爱的？"和许攸宁待惯了，他发现跟她在一起轻松又自在，于是什么都向着她，这下语气里便有几分不满。

"我同学说，一起上厕所才算秀恩爱。"

陆其宸忍不住一笑，许攸宁蹙眉："看书就安安静静的。"

某人表示收到，撑着脑袋看许攸宁看书。认真的女人最美，她的眼睛清澈漂亮，鼻尖像白玉，皮肤白皙得像上好的奶玉，半长的头发让她显得比前些日子多了点女人味。

许攸陶很诧异许攸宁竟然耐得下性子看书，于是鬼使神差地带着孟廷到图书馆来，其实就是想看看她到底在做什么，没想到竟然真的是在……读书。

而陆家的二小子……

许攸陶实在摸不清楚两人是何时相熟的，那天许攸宁把陆其宸带回家的时候她也愣了一下。

"宁宁，你要高三了，如果有不会的题目可以问我。"

许攸陶成绩不错，一向是年级第一梯队的。孟廷翻着手里的书，他本来对许攸陶来图书馆约会有些奇怪，但现在看到许攸宁他就明白了。

"不用的。"许攸宁没有抬头。

许攸陶轻轻地"嗯"了一声，随后也看自己的书，可是不知怎么的，对面传来的铅笔划过纸张的声音让她怎么也静不下心。她一时心底感叹，如果许攸宁还像以前那样多好，这样变得成熟的许攸宁虽然不会再和以前一样对孟廷纠缠不清，可给她的感觉是危险系数更大。

孟廷很久没看到许攸宁了，今天到这里一看到她就有些怔，喜欢留长发的许攸宁剪了短发，穿着简单利落，整个人都沉静了不少，他心底还是不由自主地软了一下。在大家都是小孩子的时候，他是先把许攸宁当作妹妹的，许攸陶反而是后来才出现的，那个跟屁虫一样在自己脚边，用无比崇拜信任的目光看着自己的小女孩什么时候变这么大了？

又想起长大的过程中，许攸宁说喜欢自己，可那时候他已经被更加优秀、自信的许攸陶吸引了，之后许攸宁做的许多事情让他感到被纠缠的厌烦，一点点和她疏离，又因为攸陶的关系刻意不和她联系。

想到最近又因为攸陶的身体欺骗许攸宁，这次是真的让以前那个可人的小妹妹决定放手了吧……

很多东西都是失去才会珍惜的，孟廷知道自己已经拥有了许攸陶，就不该和许攸宁有过多联系，虽然心里头的确有些酸酸的。

一时间，在座的四个人里，三个人各怀心事。

许攸宁看了一眼手表，呼出一口气，她对自己的记忆力很满意。过去的高中知识基础打得牢靠，现在做题目就算有一些知识点遗忘了，也很容易捡起来。步骤不用她想，有些下意识地就写出来了，读书是一门技术活，真的不是每个人都能做好的，幸好她做得不错。

许攸宁开始整理卷子，一册一册分门别类。

"许二小姐竟然会读书了？"

对面又有两人坐了下来。

"装的吧，没看到孟廷在啊？"

许攸陶此时仿若置身事外，只是低头看书。

许攸宁一直觉得许攸陶那种女主气质非常旺盛，所谓女主气质，便是无论做什么都是有其道理。

想到秦鱼鱼所说的：

女配温柔，叫虚伪；女主温柔，那叫气质。

女配张扬，叫肤浅；女主张扬，那叫霸气。

女配心机，叫恶毒；女主心机，那叫聪慧。

……

许攸宁不管自己为何会出现在这里，她最清楚的是，在许攸陶和孟廷的故事里，因为孟廷爱许攸陶，所以许攸陶是女主，因为孟廷不爱许攸宁，所以许攸宁是女配。

如果许攸陶此时为她打圆场，那么就会有路人甲送上"体贴、温柔、爱护妹妹"的头衔。像现在，许攸陶什么都不做，那也是因为许攸宁曾经做的坏事太多了，许攸陶这是个性。

所以许攸宁只专心于手中的资料，不分一点目光在其他事上。她是不太介意，倒是一旁的陆其宸替她委屈，人家小妹子明明什么都没做，这对面的人怎么就人话也不说拿火药桶就炮轰。刚想说两句，却见刚才吐酸水的林梨眼神阴冷，许攸宁的不回应让她心里一阵憋火，强压下火气，声音却格外尖锐。

"许攸宁，你还好意思坐在这里？"

收拾完毕的许攸宁将几支笔一同放入文件夹，抬头，看向朝她开炮的林梨。

林梨被直白的目光直视，顿时一愣。

"为什么不好意思坐在这里？"许攸宁挑眉。

林梨没想到许攸宁不楚楚可怜抹眼泪了，还会进攻反问了，一时愣在那里。她见许攸宁撩起垂落一边的碎发，动作优雅，虽然目光凉凉的，声音却很温和：

"林梨，给你三个忠告。一，不了解发生了什么就别管太多；二，小心被人当枪使。"说罢，她眼波流转，仿若无意地瞥向一个人。

林梨作不出反应，心里一紧。

如今成为许攸宁好搭档的陆其宸眼含笑意，斜睨了林梨一眼，朝许攸宁问道："三呢？"

许攸宁笑："三，不要在图书馆大声喧哗。"

第 2 章

自带学霸属性的许攸宁

许攸宁轻轻拉开椅子,嘴角微勾,转身慢步离开。陆其宸也收拾好书本杂物,和孟廷说了声再见,跟着走了出去。

两人一前一后走出图书馆,陆其宸心里觉得就是一个爽!想到刚才许攸宁那副轻视不屑的表情,妈呀!他狗腿得好想要跪舔!

"许攸宁,你刚才帅呆了你知道吗!?"

"我知道我知道啊!"

许攸宁心里也爽,她咧嘴一笑,大桃花眼立马变成弯弯的眯眯眼,陆其宸觉得这样的许攸宁可爱极了,就像是求表扬的小猫咪!

"今天你心情这么好,那就别回你家里吃饭破坏心情了吧,我请你吃饭!"

"去哪儿吃?"

陆其宸兴奋地脱口就要说店名,可突然觉得许攸宁柔柔暖暖的小声音怎生如此磁性深沉,他小腿一哆嗦,猛然想起这声音的主人是谁。

"哥。"

陆其宸谄媚地扭头,朝他大哥傻笑。

许攸宁抬头,陆其琛低头,两人目光一触,惊起一滩鸥鹭。她知道陆家有个超厉害的大哥叫陆其琛,陆其琛对许家两面派的正小姐也有些耳闻,耳闻不如目见,他只在这丫头很小的时候看到过她天真烂漫的样子,当中她暗黑的过程是一概没有目睹,这次算第二次见面。他的感觉是:许攸宁是个比陆其宸这种一身铜臭的纨绔子弟好一百倍的热爱生活的小姑娘。

陆其琛心底喟叹,陆其宸难得有积极向上热爱学习的朋友,不如请回家坐坐吧。

于是,他扫了陆其宸一眼。

陆其宸又是一哆嗦,哭丧着对一脸不解的许攸宁道:"宁宁啊……"

陆其琛冷气场加倍,陆其宸流泪,大哥,你在我哪儿敢近女色啊,我不是放软态度曲线救国吗?

他叹了一口气，郑重道："许攸宁，要不我们明天见？"

许攸宁听陆其宸说过他哥堪比野兽，凶残冷酷又无理取闹，于是对露出可怜表情的陆其宸点点头。

陆其琛简直是怒其不争，陆其宸这小子从小就不懂接近优秀的人才，他这个做哥哥的只能帮他一把了。

"许攸宁。"

陆其琛嗓音磁性迷人，许攸宁心里一酥，对陆其琛的好感度增加了不少。

"大哥？"

大哥大哥大哥……

面瘫脸陆其琛大哥看着许攸宁水汪汪的眼睛，看，多清澈纯真的灵魂啊。

"这些天多谢你管教陆其宸了。"

陆其宸瞠目结舌，管教？

"大哥？"

陆其琛点了点头，只见稍微愣了一下的许攸宁轻笑："陆其宸本性挺纯真的。"

陆其宸麻木了，他是不知道自家老哥怎么会对许攸宁那么心平气和，难道不是该像对其他接近他的女孩子一样：一身不知检点的铜臭味？

"上次你请陆其宸去你家，那么今天就去他家吧。"

陆其宸一愣，他家？

我了个去啊！我家不就是你家吗陆其琛！

疑惑地看看自家大哥，又难以置信地看看许攸宁，陆其宸觉得好像有什么他不知道的事情发生了，这种感觉好奇妙啊！

许攸宁觉得陆其宸的哥哥对她莫名热情，难道她在无意中做了什么让他刮目相看的事情？

"我要和家里人说一声。"

陆其琛开车，许攸宁和陆其宸乖乖坐在后排座位，陆其琛通过后视镜看着后面坐着的少年少女拘谨的样子。

"攸宁,不用那么拘束。"

陆其宸面对着车窗,险些没一口老血吐出来,攸宁……从他有记忆以来陆其琛就没叫自己一声……其宸,不过想想陆其琛那张严肃的脸,轻吐出:其宸。

陆其宸捂住嘴巴,差点没吐出来。

"坐没坐相。"

耳边熟悉的毒舌响起,陆其宸近乎感恩地朝陆其琛投去一眼,这简直是解救他于反胃之中的福音啊!

许攸宁抬手半撑着下巴,若有所思地看了这兄弟俩一眼。虽然陆其宸常说陆其琛是怎样凶残,两人却明显感情很好。陆其琛算得上严肃,陆其宸又天生软骨,谁强大谁就是他老大又沾沾自得的小样儿,两种性格互补,维持微妙的平衡和融洽。

陆其琛对陆其宸的关心不是假的,陆其宸对陆其琛的敬重也显而易见。

两人看似不对头,但满满都是兄弟情谊让人有些羡慕。

许攸宁从来没有那么羡慕过别人,她以前不知道怎么形容亲情,只觉得不需要她也过得好好的,现在看着陆其琛和陆其宸,突然觉得亲情或许是不可缺少的一块。

陆宅。

陆其琛对许攸宁道:"跟我来。"

语气严肃,许攸宁心想,难道有什么不太好的东西要托付于我?她幽幽地看了一眼沙发上进门就倒成一摊软肉的陆其宸。

陆其琛带许攸宁去的地方比较靠里,她跟着陆其琛在一道门前停了下来,站在门口游移不定,有些不确定地望进陆其琛的眼睛。

陆其琛皱眉:"难道你也没有一进门就洗手的习惯吗?"

许攸宁恍然大悟:"我以为你是邀请我和你一起上厕所。"

陆其琛盯着许攸宁，只觉得从那两瓣樱唇里吐出来的话简直一点都不正经。却不知怎么的，他怎么也说不出"不知检点"这四个字。

许攸宁看他不说话，以为他生气了，于是率先走进卫生间，打开水龙头——洗手。

陆其琛看了看一旁空着的那个水龙头，也走了过去，打开，洗手。

诡异的气氛在卫生间里蔓延，干净明亮的镜子清晰地映出一张没什么表情的俊脸和一张白软的小脸，他觉得许攸宁是有些矮了，只到他的肩膀，那么小一坨。

洗完手，两人一前一后走出卫生间。

陆其宸正趴在沙发上玩手机喝果汁。

"不洗手？"

"洗手。"

一软一硬的声音响起，陆其宸差点没被吓趴下，可怜他风华正茂，家里有一个可怕严肃的哥哥已经让他硬生生沧桑了几分，怎么连许攸宁也欺负他！

陆其宸决定反抗！他手一抖，将果汁轻轻地放到桌子上，然后一扭头，洗手去了。

许攸宁是个不会热脸贴冷屁股的人，所有认识她的人都说：一个小孤儿却生得那么大气。而她想说，这和有没有家教没有关系，她应得的，别人不给，她可以择良木而栖，她不应得的，那她也不去奢求。

说到底，她将自己的位置摆得很正。

如果对方成心不让你好过，那么你再怎么热情也不过是这个档位，如果对方外冷内热……譬如坐在对面那位。

陆其宸觉得自己找到了美丽新世界！在这里，大哥春风化雨，润物无声。

吃完饭，陆其宸眨巴眨巴着眼，眼睁睁地看着陆其琛把许攸宁送回家，等到人回来已经很晚了，他为自己鼓劲儿，怎么可以一辈子怕大哥呢？

玄关灯一亮，陆其宸问："大哥，你不会吧？许攸宁还好小啊！"

陆其宸马上后悔了，陆其琛黑色的眼睛给了他黑夜，他想在短暂的时间里找不到光明了。

"作业布置得太少了吗？"

陆其宸终于能够理解自家爷爷常挂在嘴边的一句话：对待同志要像春天般温暖，对待敌人要像严冬一样残酷无情。

许攸宁回家时发现玄关多了一双鞋，她扫过一眼，脱鞋，进门。

她每晚有喝牛奶的习惯，今天回来晚了就直接走到厨房，里面一男一女并肩站着，摆弄着什么机器。

"姐姐，姐夫。"

洗过手，许攸宁从冰箱里取出一罐玻璃瓶装牛奶，夏天喝冰牛奶最舒服。

"不要喝冰的。"孟廷皱眉，顾及许攸陶的心情，没有动作。

许攸陶将许攸宁手里的牛奶瓶拿出来，背对着她问道："帮你热一下？"

语气像是开了嘲讽技能，许攸宁走过去，从这位姐姐手中拿回牛奶瓶。

"不用热了，这种天气外面放一会儿就不凉了。"

"妹妹……"

"我先回房间了。"

余光瞥到许攸陶挽上孟廷的手臂，不说话，只注视着她。

许攸宁感到一阵厌烦，并不是过去喜欢孟廷的那个许攸宁作祟，而是她不喜欢被人暗暗做一些不明就里的举动害旁人误会，不喜欢就不喜欢了，装腔作势做什么。

许攸宁趴在床上，轻叹一口气，敲门声响起，她闭着眼睛道："进来。"

许攸宁懒散地坐起来，率先进来的是孟廷，后面跟着许攸陶，许攸宁觉得今天有必要把事情说清楚了。

"妹妹……"

一段时间相处下来,她早就知道许攸陶对自己何止是讨厌,所以……

"许攸陶,你不喜欢我,我也没那么喜欢你。"

开门见山。

对面的两人都是一愣,孟廷显然表情不豫,而许攸陶反而沉静下来,她这一刻甚至有些感谢许攸宁的直白。

"你这样想?"

许攸宁看着她淡淡道:"不想陪你作戏了。"

许攸陶不由自主面色一僵,偌大的房间,此时却压抑得不行。

"许攸宁……"

孟廷声音的插入让许攸宁皱眉,他看到她极度厌烦地扫了自己一眼,只觉得心里快速流失了好些东西,空荡荡的。他其实在那次手术后就发现了,许攸宁不再用爱慕的眼神看着他,她的眼神变得陌生,现在更是加了他不愿意看到的色彩。

孟廷有种荒谬的感觉,他被从小看着长大的妹妹从心里抹去了。

他向来看得清——谁更重要,此时却想不顾身边的人问问许攸宁是不是这样想的。

许攸宁则在这个时候开口:"小时候我依赖你,你犯的错我若不能耍赖帮你抹去,就一定与你共同承担。

"长大一些,你的每次生日我都亲手做生日礼物,几乎提前半年准备,可你的每次生日都和许攸陶一起过,我是一个机会都没有。

"后来我察觉出你们关系密切,我曾想过祝福,但是你先挑破我的心事,许攸陶的同学让我难堪,你为了她的心情对我冷淡。

"再后来,我不愿意忍受你们在我面前肆无忌惮地拥抱、亲吻,做了许多错事,虽然……都被许攸陶轻松解决了。"

她淡笑着看了面色发青的许攸陶一眼,又重新直视孟廷:"你们秀恩爱,有没有考虑过我的想法和心情呢?是谁先拆穿我的,是谁不让我自己慢慢改变的?再后来,许攸陶生病,你和我说用婚约换肝源,我能说什么,我不想让你失望。是个人都知道失去一半的肝对身体负荷会加重多少，还不说手术中的风险。

"我救了许攸陶一命，可睁开眼睛，看到没有人守护在我的病床旁我是什么心情？今天你也看到了，对我冷嘲热讽的人不会变，对我有恶意的人只会觉得我用订婚破坏了你们至高无上的爱情。孟廷，我委屈，我对你们感到失望。

"你们没有错，因为你们是相爱的，我看透了，所以决定放手了。过去的许攸宁，因为喜欢你不愿意将就，她对其他任何异性都不假辞色，不愿意让其他人分走她对你的爱意。

"现在的许攸宁，因为不再喜欢你，所以，不会再因为你而屈就，她没有道理再为了你受委屈。将就，屈就，一字之差。"

许攸宁心中一阵畅快，她不是好人，她知道这一席话对许攸陶和孟廷的爱情有害无益，可这又怎么样？她说的是实话不是？只觉得说完这段话，曾经那个憋屈的许攸宁，她的记忆也如释重负。她不会像那个将什么都藏在心底的许攸宁，只会借机找许攸陶麻烦，而不对孟廷说她的感受。她要让当事人清清楚楚、明明白白地知道，现在的许攸宁不想被误会，她曾经受过那么多委屈不是用来被嘲讽的，而且，她已经释怀了。

许攸陶和孟廷对许攸宁不好，所以她不想让他们心安理得。

孟廷有种窘迫感，明明三人里许攸宁处于最边缘的位置，可他反而有种被远远甩开的压迫感，曾经，许攸宁画地为牢，现在，许攸宁划清界限。

许攸宁站起来，孟廷比她高许多，看到她T恤底下隐约显现出来的瘦削身形，他这才想起她也是伤口初愈。

许攸宁注意到孟廷怅然若失的神情，心底嗤笑，人总是在受过打击以后才能看到遗漏的东西，平时都只看自己想看的。不去看许攸陶的表情也知道这位"端庄大气"的姐姐气到发疯，赤脚走在地板上的清凉感觉让许攸宁心情大好，再加上把包袱一股脑扔了，现在凉爽惬意得像是吃了薄荷糖。

"我要洗澡了，你们还有什么想和我说的吗？"她好心情地朝许攸陶笑笑,意料之中看到一张悲戚又隐忍的脸。许攸陶抿唇,盯着她,良久整张脸才放松下来,却神情淡漠,她也不看孟廷一眼,转身走出了房门。走出的那一刻,顿了一下,最终还是没有把门合上。

孟廷叹了一口气,抬起头时目光诚恳坚定:"攸宁,之前是我有些对不起你。"

许攸宁同样诚恳严肃地朝孟廷点点头,随后往门的方向看了一眼,轻飘飘落下一句:"请便。"

孟廷握紧的手,还没彻底放开,又重新握紧。他目光复杂又不舍,巡睃在许攸宁比过去恣意无数倍的脸上,最终还是黯然地转身离开了房间。

待房间里彻底安静,许攸宁觉得连空气都新鲜了几分,想起《蒲柳人家》里道:可不能让这些腌臜事儿污了自个儿的眼。她弯起嘴角,心情愉悦,电脑传来"叮"的提示音,她弯下腰打开对话框:

秋末冬字幕组:你通过最终审啦!欢迎加入秋末冬大家庭!

双喜临门。

暑假就在一片闷热里结束。

许攸宁穿上白色衬衫,藏青色的校裤,对着镜子里青涩的少女笑了一下,背起书包轻声下楼。

"许攸宁!"

熟悉的喊声让楼梯上的许攸宁陡然脚一滑,差点摔下来,看了一眼坐在客厅里啃早餐的陆其宸,她才捡起书包继续走下去。

"你怎么坐在这里?"

"接你上学啊。"

许攸宁坐好,将吐司和煎蛋涂料,认真地放进嘴里,细嚼慢咽,仿佛对食物充满虔诚。

陆其宸等了许久也不见她继续问,挠挠头只能另开一个话题:"你怎么吃得那么慢?"

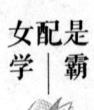

许攸宁咽下一口吐司："我在品尝早餐而不是塞饱肚子。"

陆其宸眉角一抽，她说什么都有道理就是了。他想起早上陆其琛郑重地跟他说"多交点人品好的、喜欢学习的朋友，近朱者赤"，随后把他扔到许家就走了。

早上神志不清的自己就这样被老哥给随意处置了。

许攸宁跟着陆其宸走上三楼，分开了一个暑假的高三生们吵吵闹闹的，都很兴奋，整条走廊漫溢青春的气息，和风吹过栽在高三教室外的凤凰木，花开在树冠顶层，火烧似的左右婆娑如云如雾。

许攸宁走进教室，班级里原本有些聊天声，众同学抬头看到来人短暂安静了片刻，颇有打量审视意味的眼神在她身上扫过，然后不动声色地收回注意力恢复原来的状态。她弯了弯嘴角，有背景的好处是，只要想，就能坐在最好的班级里。

许明伟听许攸宁说要在文科最优秀的班级，马上着手去办，不过一个下午的时间，她就从老师头疼的纨绔班硬生生地转到了重点班。她来得算晚，刚在前排位置坐下，班主任就走了进来。

班主任是个过了五十的老太，不苟言笑，着装整齐，就像是电视里走出来的女教官，她环顾教室，眼神掠过第二排的许攸宁时皱了一下眉，除此之外再没有其他表情。

"我姓黄，教你们历史，上学期期末暑假补习时提到过开学第一天摸底考，九点开始，每门学科一个半小时，杜绝作弊，诚信考试。"

黄老师的声音就和她的人一样，威严沉稳，许攸宁喜欢这样认真的老师。和大多数同龄人不一样，当他们热衷于亲近刚从大学毕业，言谈自由可以随意开玩笑的年轻老师时，她喜欢总是强调"无规矩不成方圆"的老师。

班级的座位是一个一个分开的，早上考语文英语，下午考数学文综。许攸宁暑假做了充分准备，如今拿到考卷很是放松，黑色水笔在姓名那一栏填上"许攸宁"三个字的时候，心里暖暖的，有种恍如隔世的感觉。

好像回到过去。

说句实话,上辈子她最喜欢做的事情就是考试,大概因为拿手,每次考试都像在证明她的努力不是白费的。从穿越到现在她第一次有熟悉的感觉,还是现在。

考卷上散发着铅字印刷新鲜出炉的淡淡墨香,卷面残存机器吐纳的温热,白底黑字的仿宋体清晰分明,高考时候的奋斗那么热血和充满期待。她晃神也不过几秒的事情,随即认真下笔,心底不觉有些喜悦。

上午考完,班级里哀鸿遍野,大多数同学在抱怨摸底考不近人情实在太难,许攸宁低头做着翻译,类似的哀叹不绝于耳。青春期的少年要面子,所以尽说些你知我知说来只是爽一爽的"我都没复习""我考得一点都不好"之类的话,似乎显得自己不看书就考出了优异的成绩都是依靠自己出类拔萃的智商,又或者怕说自己考得还行成绩却惨不忍睹。青春期与中二期关系紧密相连,没成长成熟的少年秀智商的同时是真的在秀智商了,自尊心作祟的荷尔蒙味道倒是挺可爱的。

许攸宁托腮怀念,想起曾经有人问她考得怎样的时候,她是这样回答的:"中值定理证明题书上概念没有吃透,曲面积分计算能力问题比较重。"

"许攸宁,你考得怎么样?"

眼前突然出现明朗的笑脸,许攸宁想了想:"语文第二篇阅读分析第三题的含义不太肯定。"

宋昀一愣:"你考得还不错?"

许攸宁点头,宋昀是许攸宁高一高二的同班同学,似乎在所有同学里算得上关系熟络。

"我听朋友说,你暑假天天泡在图书馆里复习啊,好认真!如果我能像你一样沉得下心就好了!"

宋昀忽闪着大眼睛,语气似乎是对自己不求上进的埋怨,坐在旁边的同学听到她说的话面色怪异,可看看许攸宁,又忍不住笑出了声。许攸宁沉得下心才怪，尽人皆知地缠着一中非常优秀的毕业生孟廷，似乎还因为学长和姐姐关系闹得很僵。

许攸宁不知旁人怎样想，她只接住宋昀的话头，眼神认真："你是浮躁了些，女孩子该安静的时候要静得下来，不然会显得有些轻浮。"

宋昀一僵，面对许攸宁那张良苦用心的脸实在是很想一巴掌扇上去。她轻浮？她浮躁？她脸都气得抽筋了，如果许攸宁是故意的那她还可以借题发挥，可这张显然是关心她的脸……

宋昀心底翻了个白眼开大马力："许攸宁，这个老师看上去好严格，作弊的话一定会被严打的。"

许攸宁非常同意地点点头，望着对面一脸深情地道："宋昀，你可千万不能作弊啊！"

此话一出，旁边的同学都偷偷笑了。

面对许攸宁忧心忡忡的水汪汪的桃花眼，宋昀觉得她的牙齿都快被自己咬碎了。

待宋昀脸色难看地走后，许攸宁勾起嘴角重新把注意力放进书里。她觉得一个上午太平静了，以原主曾经刮起的腥风血雨，她上学第一天起码得有个波澜壮阔的开头啊。她心想，还以为要斗智斗勇玩手段呢，从来没经历过十分好奇跃跃欲试。

不过她马上就释怀了，无知的陷害总是给有准备的人的。

下午第一场考的是数学，许攸宁思路流畅，考到一半突然有个小纸球落到自己的桌面上，她很认真地看了看小纸球，原来如此。

监考老师非常有节奏地走了下来，其他两位监考老师驻守阵地。

"跟我走一趟。"

许攸宁在办公室里乖巧地站着，不久后，宋昀眼眶红红地也被老师带了进来。被一圈人目光谴责地围着，许攸宁觉得这体验非常新鲜，不枉此生了。

竟然被老师抓包，抓包的罪名竟然还是作弊。

感谢上天,这种经验难能可贵。

几位老师轮番轰炸,许攸宁眉头轻蹙,忧愁点点,宋昀更不逊色,两行清泪蜿蜒曲折,仿佛下一秒就可以抄起二胡弹奏《二泉映月》。许攸宁余光瞥向宋昀,她本身就已经是大学生的年纪,现在看哭哭啼啼的宋昀,顿时有点好笑,这就是传说中的中二少年吗?

无论老师问什么,宋昀都先看看她,再咬唇微微摇头,清泪结束后,豆大的泪水噙在眼眶里欲落不落。

几个老师都叹息,看向许攸宁的目光更加不善。终于,宋昀张了张嘴,脸上有着深深的歉意,许攸宁装作不忍直视地扭过头,仿佛非常害怕将要被说出口的事实,实则轻轻按了口袋中手机的一个按键。

宋昀的声音呜呜然,如怨如慕,如泣如诉:"老师我错了!我不该帮助攸宁作弊的。"她朝任课老师深深鞠躬道歉,瞥了一眼许攸宁,有些愧疚地继续道,"我和攸宁从小一起长大,她是我的好朋友,从小考试的时候,攸宁就喜欢问我,因为是朋友所以我才不介意,现在我也是习惯性使然,她问我要答案了,我就帮助她……"

"宁宁?"

宋昀的声音戛然而止,取而代之的是推门而入的脚步声。多么熟悉的声音,许攸宁趁众人回头快速地按了两次按键,故事太精彩,情节太波折,她实在担心不能把这台戏给全部留下来。

看到许攸陶走来,许攸宁怯怯地仰头:"姐姐。"

许攸陶目露关切,先是温柔地按了按许攸宁的肩膀,随后看向一众老师:"我今天正好来学校拿些东西,攸宁是我的妹妹,她又闯什么祸了?"

许攸宁淡淡敛眉,垂首。一众老师考虑到许家的背景,迟疑着未开口,那位监考老师想来是看不惯仗势欺人的主,嫌恶地睨了许攸宁一眼。

"许攸宁作弊,而且听这位同学的说辞,这已经不是一次两次了。"

比起臭名昭著的许攸宁,考上重点班的宋昀值得信任一百倍。许攸陶叹了口气,看着面上不满的老师似有些无奈:"宁宁被我们宠坏了,是我这个做姐姐的不对,以前想着宁宁要什么,我们就给她什么好了,却不想她作弊这个坏习惯越来越厉害了,这是我的不对,没有好好教导她,也是因为我忙着学业和平日的工作,没能好好和宁宁相处……"

"陶姐姐……"

宋昀怯生生地看了许攸陶一眼,许攸陶神色转缓,对宋昀轻声道:"你是好孩子,但这样不是帮宁宁,以后让宁宁自己做,别老想些捷径。"

宋昀连忙摆手:"以后不会了,攸宁其实很认真的,她一直在图书馆读书的。"

许攸陶点点头,手覆上许攸宁的手背:"跟老师道歉,写一封检讨,下次不允许再作弊了,听到了没?"

许攸陶的语气温柔却又有一丝严厉,围站着的老师暗暗点头。许攸陶曾经也是一中的学生,成绩优秀,又听说许攸宁是她带大的,于是,心里更是对一个天一个地的姐妹俩叹息不已。

宋昀见许攸宁不开口,神色着急地催促道:"攸宁,道个歉就好了,老师人很好的。"

一旁的监考老师一听,不对了!他皱眉,重申道:"都高三了还作弊,事态严重,要全校通报批评的!"

许攸陶淡淡道:"没那么严重吧?宁宁虽然犯了错,可是她还小,又是一个女孩子,全校通报批评对她来说太不近人情了。"

宋昀见许攸陶和监考老师对起来了,连忙拉了拉许攸宁的衣袖:"攸宁,快点道歉啊!"

这监考老师其实也在看许攸宁的态度,却只见她低着头,不发出任何声音,他心里恼火,这女孩子还真是屡教不改!

他将视线放回到许攸陶身上,严肃道:"你也看到了,你妹妹实在是太骄纵了,即使犯了那么大的错误还不肯认错,如果不严厉管教,以后可能会成为社会上的蛀虫。"

妈呀,这话说得太狠,在场的老师都不太认同,许攸宁就算是蛀虫,蛀的也是许家的粮食,何必说得那么狠?

许攸陶目光变得冷淡:"我家宁宁就算是蛀虫,也是我许家的女儿,看样子你是觉得许家不够本事咯?"

监考老师心头一虚,被人用家世一压,他脸上马上五彩缤纷,他不过是一个外地转来的总务老师,根本没什么背景,哪得罪得起许家?可是便是这股骨子里的自卑让他自尊心膨胀得更加厉害,他恨恨地看了许攸宁一眼:"许攸宁犯了错,就必须接受惩罚,我会马上通报教导主任的。"

许攸陶似乎还想再说,却被监考老师阻止,他神色放松了一些,看着许攸陶苦口婆心:"你不能再那么纵容你妹妹了。"

说着,监考老师看了一眼许攸宁:"许攸宁,你怎么说?"

妈呀,好一场大戏,精彩!即使面上没什么表情,许攸宁心里已经比了一个"good",这种狗血的桥段许攸宁表示,真是丰富人生阅历。

她缓缓抬起头,周围一圈老师灼灼的目光就钉在她脸上。

许攸陶目光关切自责,宋昀神情愧疚。

许攸宁睁大眼睛,颇为无辜地望着愁眉不展的众人,说出来的话却挺毒的:"我以为姐姐在唱双簧呢,一会儿和宋昀,一会儿和监考老师。"

"宁宁!"

"攸宁!"

"许攸宁!"

许攸宁表情乖巧,她看向许攸陶,疑惑道:"姐姐,你为什么一进办公室就认为是我做了坏事呢?为什么你不问我发生了什么,就听信别人说我作弊了呢?为什么你那么确定是我作弊,还一定要代替我道歉?"

三个为什么,那清澈的目光就像两把利刃飞向许攸陶,看似疑问,却字字是对这所作所为的指责,许攸陶一时哑口无言,不知是错觉还是什么只觉得周围人都是一愣。

"许攸宁,你平时作弊的行为不少,你姐姐自然会觉得你是坏习惯又犯了。"

许攸陶镇定了不少,蹙起眉,却见许攸宁的眼睛里非常清澈,瞳孔里反映出她的脸，不知怎么的，许攸陶心里一慌。她想起许攸宁说，她不会再为了孟廷屈就，下意识就想拉住她的手不让她继续说下去。

可许攸宁退后一步，面带受伤神情："姐姐，以前我不明白，但最近有位爷爷告诉我，有两个字叫作'溺杀'，看似你是对我好，十足关心，可你没有给我解释的空间，不让我自己道歉，反而像是用我莫须有的罪名来反衬你的用心良苦和对我的疼爱。"

许攸陶简直想晕过去了，如此直白的话简直把她当作一个用心恶毒的女人，若只是两人她反而会嘲讽地夸许攸宁一声聪明，可现在这么多人……

她脸色发白，喃喃道："宁宁，你怎么这样认为……"

"而且本来老师也没有想采取什么全校通报的极端措施，但你一来噼里啪啦说那么多，老师反而更加不开心了，帮我还是害我？"

她如果是老师，听着这些话都会不开心，何况对面那个老师看上去还很不喜欢她呢。

许攸宁看了下手表，看来她今天要浪费三个小时的时间来处理这件事情。她心里清楚，她的成绩与过去的许攸宁天差地别，就算考试并没有被抓到作弊，这样的差距还是会被人指指点点，所以要将这些杜绝最好能够一次到位。

顺便杀杀鸡儆儆猴，以儆效尤，至少不要让那么多人误会了惹麻烦。

许攸陶已经败下阵来，许攸宁看看宋昀，宋昀此时又心惊又害怕，被许攸宁盯得低下头来，一时不知道该怎么做。

许攸宁面容沉静，看向监考老师，只说了一句话："老师，让我和宋昀单独考一次吧。"

宋昀猛地抬起头。

许攸宁恍若未觉，一字一句解释："这个暑假我是刻苦的，之前姐姐生病，我将自己的肝分了一半给姐姐，住院养病了好久这才没赶上期末考试，其实在那之前我已经下定决心好好学习了。"

"为什么没有请病假？"

围起来的老师越来越多,许攸宁疑惑道:"我并不是很清楚,家里人只说让我安心住院就好了,毕竟姐姐的手术刻不容缓。"

许攸宁这副单纯的模样落入不少人眼里,众人陡然觉得,或许这女孩子只是有些傻乎乎的,并非传闻那么纨绔。而且,这孩子说话有理有据,将自己的肝分给姐姐,对身体一定造成了负担,可她想到姐姐的手术重要竟没时间请病假,说明她对家人关心,是身体力行的。

相反……

这些老师自然不会多说什么,可这场"作弊"不知不觉一传十十传百闹得太大,好多学生假借对答案的名义跑进了办公室,一边蹭蹭空调,一边听听这场判决。形势急转而下,处于不利位置的许攸宁置之死地而后生,竟然让老师刮目相看了!

妈呀,这剧情竟然有惊人逆转!

许攸陶是沉得住气的人,她不说什么,却仿佛很受伤,淡淡地看了许攸宁一眼:"我没想到,你是这样看我的。"

说罢,她转身离开,只留下一个脊背挺直的背影。

许攸宁摸着下巴,怎么看都像是落荒而逃啊。

许攸陶来时无声,去的时候,倒是惹了一身的臊。

"攸宁……"

许攸宁转头,宋昀正不解地望着她,眉尾下垂,眉头拢起,眼神专注,嘴唇轻抿。

"你在担心我吗?"

宋昀点点头,许攸宁平静地看着她:"你担心我什么?"

宋昀眼睛盯着对方,神色有些尴尬,似乎不太说得出口:"攸宁,虽然你暑假好好复习了……可是考的毕竟是高一高二的全部内容……"

许攸宁颔首:"我可以试一试。"

她似乎是不自觉地将之前颇为伛偻的身躯,缓缓挺直,直至如松柏一般不卑不亢,又临风自峙。

端正自己的姿态,是让人产生好感的第一步。在几个老师眼里,以往不爱学习的少女眼中有说不出的坚定。纤瘦的女生腰板挺得很直，眼神清澈，注视着一个人的时候有令人信服的力量。

他们不知道在许攸宁身上发生了什么，让她改变如此之大，可这种因为腹中墨水才有的自信是真正让他们动容的地方，或许，对努力改过自新的学生应该不吝给予机会。

- 第 3 章 -

▼ 让群众心伤的许攸宁

暖色渐渐融进大多老师的眼睛。

瞧着身边的这些灵魂工程师都要被这暴发户收买，心里不平的男人当机立断。

"不行。"

夹着一丝愤慨的声音如石破秋雨，自始至终，这位监考老师都对许攸宁抱有偏见。

察觉到所有人的目光都聚集到他身上，他心底莫名有种自得，可愈是自得，他愈是端正严肃。他对有钱有地位的人家既想亲近却又因来自心底的自卑而抵触，他隐去一丝愤恨，尽量语气平静地道："既然犯了错误，那你得认错，然后再弥补。"

许攸宁的目光，若有似无地落在男人丰富的面部表情上，她掩下嘴角一闪即逝的轻慢，仰首，正目，对着面前的人，态度诚恳地道："老师，您说得没错。"

听到满意的回答，这位监考老师并不小心掩藏的虚荣心几乎飞速膨胀，他心里咧开了大嘴豪迈地笑着，这纨绔子弟还算听话，让他在转职到一中，还没有得到众人认可之际好好地杀了个下马威！给他长脸了！

想着，他咳嗽了两声，正要代表权威地说下去……

许攸宁目光丝毫不游移，盯着对方继续说："可是我没有作弊呀。"

一刹那鸦雀无声。

突然，有人忍不住扑哧笑了出来，笑声压得很低，却在安静得不得了的办公室里——异常清晰。

不过一瞬，男人蜂巢一般千疮百孔的脸以可见的速度潮红起来，他几乎能听到办公室里所有人对他前后反差的窃窃偷笑，那些眼神都是不屑的。他知道自己是走后门进来的，所以更加害怕别人这样的目光。

他只觉得神经紧张，看不见别人的目光也不想看见，他伸出一只手，表情气急，指着许攸宁的脸就要开骂。

"你这个不学无术——"

"老师不知道手指指着别人鼻尖的同时，弯曲的其他四根手指是对着自己的吗？"

怒吼戛然而止。

许攸宁同样用一根手指，轻轻推开快要戳到自己鼻尖的粗壮手指，她微笑着，注视这位一副难以置信表情的老师："为人师表，还是要注意言传身教的好。"

"你这种学生——"

许攸宁退后一步，仰头认真地看着监考老师，郑重说道："我是学生，刚才的举动实属不敬，老师，对不起。但是，尊重他人的人才值得被尊重不是吗？我并没有作弊，宋昀将纸球扔给我，动作的发出者并不是我。过去我的确浑浑噩噩成绩糟糕，在那段反省的时间里我对自己也感到失望，我现在重新振作，难道作为学生人生中指路明灯的老师，您要用我过去的阴影，将我重新拍倒在谷底吗？

"我知道，任何人都会在好学生与差学生中，第一反应相信好学生，我对此并不失望，但我希望您能给我个机会好好解释，或者让我澄清自己。在刚才的考场上，无论怎么样都不可能说明白我和宋昀同学到底谁在说谎，所以我才想说，如果能进行一场只有我和宋昀的考试，或许我就能通过成绩来证明自己。"

许攸宁眼神平淡，语气却坚硬无比，办公室里，只能听到这一字一句盘旋在上空。

"老师，我只是想有这样一个机会，从过去晦暗的迷雾里找到属于我的路。"

她仰头，眼睛清透，无坚不摧。

卿试掷地，作金石声。

八个字横在黄慧英脑中,这女孩子……不错。

她在一片沉默里走进办公室,不知站了多久,现在竟觉得腿肚发麻得厉害。扫了一眼现在乖巧得仿佛之前那个言辞铿锵的人不是自己的许攸宁,又看过张嘴震惊的宋昀,她心底暗笑。这世间变幻莫测,人更是如此,她曾经看过宋昀在台上高谈阔论,许攸宁在教室外被任课老师严厉批评,现在,却换了位置。

"许攸宁,你先回教室,宋昀,你也回去。"

作为两人的班主任,黄慧英是最有权力发号施令的,她手下的学生哪里需要不知哪里冒出来的人教导,教坏了那对她来说可是名誉上的损失。

许攸宁此时温驯得如同小猫,俯首恭敬对着班主任喊了一声"黄老师",随后重新挺直了腰板走出办公室。宋昀也照做,只是急躁的身形破坏了几分尊敬,正如之前许攸宁说的,"显得轻浮"。

黄慧英看着两人的背影,愈发觉得,看人不能只侧三分目。

停下其中思绪,黄慧英回头,面对这位监考老师,她是不必好脸对待了。

许攸宁和宋昀的"作弊事件"不过一场考试的时间,就被传得沸沸扬扬,走在过道里,时不时会有人侧目送上打量的目光。

不过对于这一切,许攸宁是不在乎的。

宋昀亦步亦趋地跟在许攸宁身后,她震惊于许攸宁的改变,用"脱胎换骨"四个字来形容一点都不为过。她是聪明人,此时开始自我怀疑,这次会不会是自己做错了。

可她也知道的,回头路后悔药世界上根本没有,现在,她能做的就是补救。

回想起刚才的情景,许攸宁就像一棵树一样站在那么多人面前,她明明腹背受敌,处在最不利的位置却一点点反败为胜,她那瞬间已经想不起许攸宁是为什么被叫进办公室的了,只知道她从容不迫,不卑不亢,有理有据的样子闪闪发光。

是她很想成为的那种人。

这种情感很复杂，她过去是向来看不起许攸宁的，于是许攸陶说什么，她照做便是，得了好处也不必担任何责任，可现在许攸宁站成一棵高树的样子让她羡慕。

落差有落差的意义，譬如说让人清醒。

掐断脑中想法，宋昀加快步伐，向前小跑几步扯住许攸宁的衣角，许攸宁转头，短发别在耳边却因摆头的动作微微扬起，耳垂玲珑，白玉与墨发交相辉映格外清新。宋昀突然觉得她漂亮又有气质，刚想心底嗤笑摆脱这想法，却冷不丁看进那不带什么情绪的墨池一般的眼睛。

八月湖水平，涵虚混太清。

宋昀心悸得竟一下子说不出话来。

许攸宁很有耐心地等着。

宋昀回过神来后神色复杂，她这次竟然全心全意地想修复与许攸宁的关系了。

"攸宁……这次对不起。"

许攸宁淡淡地看着她："那么，你要去和老师说是你陷害我的吗？"

宋昀捏着许攸宁衣角的手指一僵，她勉强扯了一个笑："攸宁……"眼睛却是不敢看向这个突然让她心悸的人。

许攸宁并不知道自己的外表在她十年如一日养成的书生气质下开了这样的外挂，不愿意再浪费口舌，迈开脚步。

宋昀的手却没有松，她声音里有自己都没察觉的一点点期盼："攸宁，你讨厌我吗？"

许攸宁心底一笑，这一拉一扯的桥段……走位实在风骚。

许攸宁没有回头，只是向旁侧了侧，宋昀便自然而然地松开了手。她的背影在宋昀眼睛里依然挺直，直到那人转身进了教室。

宋昀突然觉得，真的很后悔。

什么话该说，什么话不该说，什么话该问，什么话不该问。

对于"作弊"这种敏感话题，高三一班这群人精一样的学生，不约而同地采取缄口不议的态度。有时候，人与人之间的差距就是那么立竿见影。

放学后，望着眼睛发散绿光的某人八卦得不得了地冲到自己面前——许攸宁扶额，如果是这货，那么所有科学道理都没有办法解释了。

她不是圣母也非毒莲，所以面对着陆其宸充满求知欲的眼睛，淡定地说："宋昀陷害我，我俩重新考，这次她栽了。"

十五字的精简概括是整个"作弊事件"最真实的写照。

许攸宁和宋昀的考试就安排在第二天，题目与第一天的摸底考相近，难度不变。炎热的暮夏，两人坐在空调房间——教导处里奋笔疾书，许攸宁觉得这待遇比出去上课还来得好。

没有同学知道这次考试的结果，只有第三天一早，三楼公告栏里教导处的一纸告示："经仔细查证，许攸宁同学并未有任何作弊行为，特此纠正。"

既然一个人没有错，那就是另一个人的问题。

相比众人留在许攸宁身上端正许多的目光，事件的其二者，宋昀，日子就变得很难过了。不是所有人都人精似的能把握好分寸，其他班级幸灾乐祸又爱凑热闹说八卦的人可不少，"落井下石"和"趁其病要其命"看似说得有些严重了，可人类潜意识中一息尚存的幽暗意识让这种反面心理，在得不到抑制的情况下，只能任其滋长。

或许宋昀在考完试后就知道这一结果，所以本来浮躁的她一下子变得很沉默。许攸宁坐在座位上，转身取本子的时候，余光瞥到她埋头专注地看着书。她书桌上有些书明明是新发的，却破烂不堪，成绩很高的卷子，被涂满了颜料。

许攸宁仿若未见，转过身继续低头做自己的事情。真不知道浪费时间给别人泼污水是什么心态，都高三了还不好好学习想东想西的，中二病的青少年啊！

不过她虽然参加了证明清白的考试，可到底是不会计入摸底考里的，大家不知道教导处是怎么"仔细查证",却模模糊糊地因为许攸宁最近的表现,抓住了细枝末节。

许攸宁的同班同学们对这些细枝末节剖析得更加透彻。

譬如,许同学每天手不释卷,钢铁侠都会在疲劳过后喝杯咖啡,这位女同学则直接嗅着书香过日子了。

譬如,数学老师格外欣赏许同学,若有什么难题则会请这位女同学去讲台上将思考过程写在黑板上——对文科班一部分同学来说,这是至高无上的荣耀了。

又譬如,某天晚自习,班长凌则站在讲台上叹了一口气,声音有些响,同班同学偷笑着抬起头,英语是凌则几门学科里唯一吊车尾的了。正巧许攸宁走进教室,听到叹气声目光微移,看了一眼凌则的单词本:"你的 abandon 已经被你的指纹磨成 ambiguous 了。"

"噗!"

没想到改过自新的许同学竟然那么幽默,不少人低头笑出声来。凡是凌则座位旁边的同学都是知道的,班长的单词本"A/a"已经呈现被操练翻了的神魂颠倒状,而当中的"S/s"之类——抱歉,由于恩客守身如玉,所以尚未被宠幸,总而言之,凌则的单词本两极分化非常严重。

不过因为这件小事,这些人精对许攸宁亲近不少,因为他们觉得,这也是个人精,而非书呆子。

既然是同类……那就同流合污吧!

事实证明,同流合污还不足以证明许攸宁的好。

第一轮月考,几门考试风平浪静地过去,所有人翘首企盼成绩公布,对于高考冲锋役来说,成绩才是最重要的。到了高三这个阶段,前五的位置一般固定,不然就是你和她换换位置,她和他换换位置,大家自己人,不用太计较谁当头谁坐尾……反正都是高三一班的。

许攸宁走进教室的时候,窸窸窣窣的讨论声仿佛差一秒追尾前的刹车声——收得令人毛骨悚然。如狼似虎的眼神她并不陌生,一联想到一天前的月考她心里就有底了。过去她也常常受类似的注目礼,不过从某种意义上来说那真是很早很早之前了。

"许攸宁……原来你那么厉害……"

凌则打量着放下书包的许攸宁，声音百转千回，眼神秋波万里："深藏不露啊你！"

许攸宁垂眸，似乎有些怅惘。

凌则毕竟还没和这姑娘混熟，这乍一看怎么低气压那么厉害，他有些怕自己做了坏事，眼看身后的人对他投来指责的目光，他当机立断就要认错："许攸宁，我——"

"还是被你们发现了啊……"

声音柔软的少女幽幽一叹，凌则担心到一半，突然愣了一下："啥？"

一时不备，竟将自己的祖籍给暴露了。

班长同学不过一时失神马上就反应过来了，他瞪大了眼睛，看着少女若无其事地将课本从书包里拿出来放在桌子上，然后把随身携带的全英文原著摊在桌面上……

凌则张了张嘴，伶牙俐齿的他少见地吐不出字来了。

许攸宁很是轻快地浅浅一笑"原来我的深藏不露被你们发现了啊！"

高三一班的同学深深地震惊了，憋屈地抹了一把脸，没看出来许攸宁脸皮厚啊。

当同班同学们犹自对许同学的无耻狂妄指点江山时，市一中作为H市的门面之一迎来了一群西装革履的外国科研友人。

黄老师在讲台上宣布这个消息，并暗暗警告大家不要在这种关键时候做出毁三观的事情的同时，克制颤抖地提了一句，有没有同学自愿接待外国友人展现出我校洋气的面貌。

H市乃国际大都市，市一中是H市最好的高中，校长掐指一算，是时候把自家的"汗血宝马"们拖出来遛遛了，于是色气满满，目光深邃，闪过的七彩光晕闪瞎了高三教研组兢兢业业的骨干们的眼睛。

散会后的各班班主任相视，扭头，各自心里苦，让本就苦巴巴的高三生从绞成丝瓜筋的海绵里,挤时间去迎接外国友人,这种挨千刀的事情臣妾真的做不到啊!正是因为如此,黄慧英女士走进教室,看见祖国的花朵们面色发黄,两颊深凹,呈现疲劳过度的状态时,她深深地不忍心了。

高三一班的孩子们尊敬师长,热爱生活,见老师来了不由自主扯开了笑容,黄慧英一个哆嗦,孩子们的笑容配上青面獠牙简直有撕裂灵魂的效果。

"校长有意让大家通过对话,提高自己的英语水平,有自愿做接引人员的吗?"

黄慧英威严的声音给这句没有底气的话加了"buff",她暗自满意几十年严谨教学终于合成附加的人类灵魂工程师的璀璨光环,可惜孩子们不能体会老师的苦心,更看不到冯虚御风的光环。底下一片"我看错了你"的悲怆眼神。

黄慧英虽早知道结果,但还是在心底轻叹了一声。

就在这时。

"老师,我愿意。"

静默的班级里,许攸宁温和的声音,若林中熹微。

黄慧英看向许攸宁,她举手表示:"我非常愿意做接待员。"

许攸宁的自愿,让黄慧英惊讶之余,心中对完不成校长所说"每个高三班级至少出一人"的担忧烟消云散。

现在许攸宁自愿接待外国友人,黄慧英比想象中更加放心,她相信这个女孩子是不会落下成绩的。

"嗯,下课来我办公室。"

黄老师结束短暂的和蔼可亲态度,很快转变身份为不苟言笑的任课老师。

下课后,许攸宁跟着黄老师进办公室填完个人资料,在只有两个人的时候,黄老师才会难得地说一句夸奖的话。她回到教室,凌则显然不解:"接待外国友人很耗时间的,高三本来时间就紧巴巴的,你这样就快没有时间复习了。"

凌则身后也有两三人目露不解之色，或许还有一丝丝同学情谊的关心。

许攸宁心里有些开心，点点头道："我知道的。"

"那你为什么还要自愿呢？"

凌则蹙眉，许攸宁觉得这样的班长很有趣，起了调笑的心思，于是弯着眯眯眼，明朗地笑道："因为接——客，很有意思啊。"

一时教室里笔袋翻落的窸窣声不绝于耳。

"接客"是一门技术活。

许攸宁认为适当地了解访校科研人员来自哪些国家，对礼节性的工作会有所增益，另外，将本校规模和办学特色在脑中用英语过一遍，这样在友人询问的时候才有底气，所以态度严谨的她做了一些准备。

高三有十七个班级，这样就有十七个高三生排排站，由矮到高，许攸宁被丧心病狂地排在了第一个。高一高二则是选了一些英语水平过关的精英骨干，不过人数稀少。她心想，或许看上去不靠谱的校长实则是想锻炼高三毕业生的口语以及独当一面的能力。

国际友人抵达的这一天是阴天，几阵冷风过后淅沥沥的小雨降落，一扫秋老虎带来的暑热。初秋时节的细雨沁凉，但不刺骨，刮下几片叶子贴在窗户上可以清晰地看到纵横交错的青黄叶脉。一中老校区与新校区合并成一块，老校区的教学楼一板一眼，新校区则是西式建筑，独有一丝西班牙式的明快。

换上长袖衬衫的少男少女们排着整齐的队站在新校区的迎接大厅，对面是老校区遍布整个墙面的爬山虎，风里来雨里去整面墙宛若巨大幕布波浪般摇晃，层峦起伏绿意浓密，一眼望去竟好似流动的绿海。许攸宁只觉得湿润的空气里有格外好闻的绿叶味道，凉意与令人清醒的芳树使一排人更加精神抖擞。

"许攸宁？"

声音有些陌生，许攸宁转过头，一个身材高挑的少女正皱眉看着她。

何雨柔。

许攸宁知道这人是谁了，高一高二一个班的学习委员，因为学习好，所以性格有些傲，高三选择了理科班，不过在高手云集的十一个理科班里，她的成绩并不能让她进入重点班。

国际友人还没有来，门口的老师也不管这些优秀的学生，何雨柔和许攸宁身边的人换了下位置。何雨柔今天是代表八班的，八班比七班理科重点班稍微弱一些，成绩紧跟其后。

许攸宁变成学霸的事情在整个高三年级传得沸沸扬扬的，何雨柔习惯在课后也奋笔疾书，而"许攸宁"这三个字总是随着气流碰撞她的耳膜。如果说，在高一高二的班级里，她最厌恶的人是谁，那非许攸宁莫属。

何雨柔不喜欢许攸宁整天一副楚楚可怜却还心安理得的样子。许攸宁家庭背景深厚，何雨柔曾经羡慕过，想着这样背景出来的人应该大气，就像许攸宁的亲姐姐许攸陶，她还记得许攸陶以荣誉毕业生的身份回校演讲时神采飞扬笑容端庄的样子，明朗的人总能得到大多数人的好感。

有次正巧她在办公室帮忙誊分，回教室晚了，走到门口就听到许攸陶声音低微"宁宁，不要生姐姐的气好吗，你也希望孟廷和爱的人在一起，生活幸福不是吗？"

何雨柔知道，不，大多数人都知道，许攸宁喜欢和许攸陶同级的孟廷，可孟廷只喜欢许攸陶，姐妹俩和一个男人的三角恋再简单不过。

"我不生你的气才怪，你这个坏女人抢走了孟廷哥，是你做了很多坏事才让孟廷哥离我远远的，你以为我不知道吗？你不要笑了！你真是恶心下贱！和你妈妈一样下贱！"

何雨柔眼看着许攸陶脸色发青、浑身颤抖，而许攸宁不再装扮成楚楚可怜的样子，面容狰狞，这一刹那，她只觉得实在没有人比许攸宁更低下了。她故意步伐加重地走进教室，两人见到她来才消停下来。

江山易改，本性难移，就算许攸宁成为学霸了又怎样，她的心思还是一样恶毒。

从回忆里跳脱出来，何雨柔望着许攸宁剪短的头发，眼底泛着厌恶："许攸宁，你怎么在这里？"

何雨柔考虑到还有其他人，声音放得很轻，又因为心情厌烦态度急躁，整句话一溜烟儿就过去了，再加上突然刮来一阵和细风瘦雨的画风完全不同，横冲直撞正在飘移，并且一拐弯和其他大风发生追尾的妖风——

天不时地不利人不和。

"什么？大声点我听不见。"

何雨柔明媚张扬的脸寸寸龟裂。

当一个人面对她厌恶的人将所有回忆拿出来捣腾一遍，酝酿好情绪，摆好高冷眼神以及顶天立地的身姿，准备将一句轻飘飘的话甩过去，让人无地自容从而为民除害的时候，她已经准备好看着许攸宁梨花带雨地一下子坐倒在地上，随后难以置信地看着自己用手绢拭去眼泪，说"我是来欢迎外国友人的，姐姐你别欺负我"，之后自己紧跟剧情，挑眉，侧目，邪魅一笑，眼神不屑，嘴里的话如刀子在许攸宁身上凌迟：就凭你这上不了台面的东西——

因为讨厌许攸宁，所以脑补非常完整的何雨柔心情非常差。

"大声点我听不见。"

许攸宁抬头，仰视正盯着自己，神情僵硬，眸色复杂，浑身透着一股"我很委屈，你这负心郎君为何还不来填充我心中的防空洞"的何雨柔。

许攸宁后颈一凉，默默地扭头，不再直视那张奇怪的脸。

何雨柔知道自己现在的表情很没有气质，可当她看到许攸宁装作没有被人发现地向远离她的那一边挪动了一步，她的脸一刹那有些扭曲。就当自己重新酝酿情绪准备继续说话时，一阵嘈杂声从大厅外面传了进来，不需要老师的提醒，同学站好各自的位置，面色从容带着欢迎的微笑。

当校长副校长和行政办公室的老师引领着一众外国友人进入大厅时，一眼望去，气质上佳的学生整齐地排在大厅两边，白衬衫藏青西裤的搭配简洁干净，自然而然的微笑令人心生好感。

校长心里欣慰，都是优秀的学生，所以用不着担心他们就能做得很好。

按照老师之前说的，引导员自动跟在科研人员后面，当他们需要的时候，进行一系列介绍。许攸宁走到第一个进入大厅的外国人身前，礼貌问候，见对方伸出手，她一愣，随后向着对方友好一笑，握了过去。

引导员按照进来顺序跟在老外身后，一个萝卜一个坑，配对快而无声。

等科研组的人走出大厅才发现，他们身旁各有一名学生，相反，所有老师都离开了。于是心里无不对学生有序，老师自觉，氛围轻松的学校产生好感。来访之前，科研组组长的确和该校校长表明希望只是被当作参观的游客对待，却没想到是这样一种"我有事，你先玩"的放松环境，学生的指引让他们更加轻松自在。

走在这个鹤发老人身侧偏后，老人一路不曾说话，许攸宁也不开口介绍学校，相比身后其他几对的热络，许攸宁与老人一组显得格外冷清。

何雨柔就跟在两人身后，一路诚挚而详细地向身旁的人介绍学校风貌的同时，余光不由自主游弋到前面两人身上。她承认，对许攸宁近来的风评转变感到诧异想眼见为实，可还有一方面是，许攸宁身旁的老人她是知道的，那是《经济学人》周刊大篇幅专访过的科研教授——Benoit先生。没能成为这位教授的引导员她微有遗憾，但看到两人一路无声的尴尬情景，她心中得意又暗自嘲讽，比起她准备充足的滔滔不绝，许攸宁根本开不了口，Benoit先生应该感到很尴尬吧。

何雨柔犹自想着面色依然不变，下意识地跟在两人身后。

清晨雨停后的校园，湿漉漉的，空气新鲜，沁人心脾。

许攸宁见老人望着一处驻足——从窗口望进去，一个班级的同学都在做眼保健操。

"这是眼保健操。"

因为靠近教室，所以许攸宁声音放轻，老人蹙眉，疑惑，低头看着许攸宁："眼保健操？"

许攸宁点头，望着老人认真道："眼保健操是我国中小学生的课间操，它可以提高人们的眼保健意识，调整眼及头部的血液循环，调节肌肉，改善眼的疲劳。"

"是那种穴道按摩法吗？"

"是的。"许攸宁虽然没意料到老人第一个感兴趣的地方是眼保健操，但好在以她现在的身份，也不需要将每个穴位的英语翻得清清楚楚，所以她大无畏地说，"这些穴道我不知如何翻成英语，不过如果您感兴趣的话，我可以示范给您看。"

何雨柔跟在科研人员身后，对着前方树丛旁，认真做眼保健操的一老一少嘴角抽搐。她深深地觉得许攸宁是个奇葩，这货没有办法好好介绍学校就算了，怎么现在拖着 Benoit 先生一起做眼保健操了？简直是丧心病狂！

而此时，许攸宁的声音传进耳朵："不，这里您的手指要动，像我一样按压，对，没错，就是这里。"

话音未落，Benoit 先生喉头传出一声舒爽的喟叹。

何雨柔不能再让事态往诡异的方向进行了，她已经放弃拯救德高望重的 Benoit 先生了，她想，她该带身旁的扎克先生到别处去逛逛："扎克先生……"

"你能告诉我，睛明穴，就是刚刚那个女孩解释的，那个穴道在哪里吗？"

何雨柔放弃了扎克先生。

清晨的任务不过是学生与科研人员第一次见面的适应时间，十点科研人员要自行开一个小型会议，许攸宁与其他接待人员在这段时间里，需要收集他们布置的任务数据。

和 Benoit 先生稍作示意，许攸宁便和众人一起退出会议厅，而何雨柔早就在一旁等着她了。看着脸上写着"我对你很不满，你到底在做些什么"的何雨柔，许攸宁采取的态度是——没有态度。

她跟随着大部队走。

何雨柔盯着她，任何一个人被盯着，都会知道对方有话和自己说，所以看到她走过来，自己已经想好了要说什么。

何雨柔目光犀利地盯着许攸宁向她走来的纤细身姿，心中冷哼果然一切尽在她的掌握之中，看她慢慢走近，慢慢走近。

在许攸宁快走到她面前的一刹那，何雨柔换了一个站姿，眯眼，嘴角弯了个弧度，开口道："你在做……"

尾音消散在空气之中。

何雨柔完全没有想过许攸宁会不停下来，并且按照她的想象，许攸宁会过来问她为何这样犀利地盯着她，然后娇躯一扭梨花带雨地跪倒在楼梯上，扯着她的裤脚跟她说"你太残忍了"——

何雨柔不知道怎么回事，想到这种画面就觉得，爽大了。

或许她与许攸宁是命中的宿敌。

然而，许攸宁从她面前走过，经过她时还友好地笑了笑。

何雨柔看着许攸宁远去的翩然背影，不禁扶额，她之前究竟在脑补些什么，有病吗？

"许攸宁，你等等！"

许攸宁扭头，见到何雨柔小跑过来面色不豫："怎么了？"

"你还问怎么了！"

听到许攸宁淡淡的语气，何雨柔快声打断她的话，心底的火烧了起来，她蹙眉盯着许攸宁，神色嫌恶："你知不知道今天来访你招待的是谁？他说一句话就可以决定要不要给我们学校多加百万的实验资金，可你呢？你今天除了和他做眼保健操，你还说了什么？你在他旁边几乎就是漫无目的地散步。"

等她说完，许攸宁问："你上午一直跟在我后面吧？"

何雨柔一愣，不知不觉有些心虚："对，我只希望学校被你丢掉的份儿，至少我能捡回来一点。"

"所以，你滔滔不绝大声地将一中的发展史从改革开放说到现在，只是为了捡一点我丢掉的份儿？"

何雨柔吸一口气，定定地望着她道："没错，怎么，你不这样认为？"

许攸宁将被风刮到眼前的碎发捋到耳后，没有散发阻挡的剔透黑眸直视对方，就像一面映射出人内心想法的镜子。何雨柔底气不足地侧头，她在许攸宁不知名的气势下做不出毫不畏惧的样子。

而此时，许攸宁只轻轻一笑："嗯，我还以为你是故意想让 Benoit 先生对你刮目相看呢。"

何雨柔在刚进高中的时候就觉得"攸宁"这个名字很好听，"殖殖其庭，有觉其楹。哙哙其正，哕哕其冥。君子攸宁。"但那时的许攸宁完全辜负了名字中的真意。现在，她突然有种许攸宁和她的名字很衬的错觉。她浅浅一句话，温温和和进入她的耳朵，她气，却也生不起气来，脸上闪过一丝不自在，毕竟被戳破了心事。

何雨柔看着许攸宁，情绪翻涌，她想不屑地质问许攸宁凭什么这样说，这种轻飘飘的侮辱说出来不嫌脏吗，你许攸宁人品那么差有什么资格说我？你自己还不是看不上你优秀的姐姐？脑袋里消极的自己一直在对许攸宁人身攻击，另一旁清醒的自己却十分明白，消极的自己只是想用狡辩掩盖自己的真实想法，算得上不齿的真实想法。

许攸宁说得没错，她是想引起注意，可那又怎样？清醒的自己突然高大起来，她有错吗？没有。她只是在为自己争取一些便利，毕竟水往低处流人往高处走。

所以，看着许攸宁仿若洞悉却又无意的眼睛，她放下防备，脸上的腆意和欲盖弥彰渐渐散开去，她的嘴角挂上一如以往的浅浅傲意："如果有 Benoit 先生的推荐我进入牛津的把握会更大一点，所以我这样的做法没有错不是吗？"

她在等待许攸宁肯定的回答，或许在自己心里，她从根本已经变了不少，这是她希望的，不然她会觉得很难堪。

许攸宁静静地盯了何雨柔半响,直到对方被看得脸上泛红焦躁,也不回答是与否,而是应了另一句风马牛不相及的话:"你前面问完了,现在轮到我了。"

何雨柔一愣,挑眉:"你说。"

"Benoit 先生是 FCI 科研组组长,他们以什么闻名?"

何雨柔不假思考:"态度严谨,理论实践并重。"

许攸宁脸上划过浅浅笑意:"所以,他们会不了解我们学校的历史吗?"

何雨柔一下就知道许攸宁要说什么了。

"他们态度严谨,所以作为 H 市唯一一所被选中的高中,他们一定做了充足的准备进行调研,从而分析差异教学文化。他们理论实践并重,所以在来之前一定对我校刊发的教师文摘进行过定量的阅读。他们手里可以拿到的数据远远在我们的了解之上,既然如此,何必画蛇添足呢?"

"那就在一旁像你一样,什么话都不说吗?"

"或许你还离得不够近,所以没听到我说的一些'无关紧要'的事情。"

"无关紧要?"

"对。"许攸宁道,"Benoit 先生在社团活动区看了几眼,于是我跟他说了我们学校比较出色的社团,以及我参加的社团是什么样的,两三句话后看到他点头我就不再说下去了。"

何雨柔还是觉得这样简直是敷衍,一点都不符合标准,而洋洋洒洒说一大段才算完美:"你怎么知道 Benoit 先生不想听你亲口说呢?"

许攸宁目光有些古怪地在她身上游弋了一圈:"因为当他听到你的介绍时,不耐烦地皱了眉,脚步加快了一些。"

何雨柔的脸色一下不好了。

- 第4章 -

▼ 不得不爱的许攸宁

说是收集数据,其实也就像大中小学都会经历的问卷调查一样问一些基本的问题。

"校每周课余活动大约多少时间?"

"你最满意学校哪一种教学方式?"

"你对学校的建议是什么?"

这些问卷及时做完收集起来——

许攸宁抱着手中厚厚一沓——废纸,其他人她不确定,但 Benoit 先生的科研组,应该不会看。因为以 Benoit 先生为首的科研组崇尚的是约翰杜威的"教育本质论",也就是顺应学生的天赋,他们认为,教育的目的是让孩子的天性得以增长并为生活添色,而不是为生活所用。

因为信息收集快,许攸宁和一众接待人员都提早去食堂吃午餐,十几二十多个学生坐了四条长桌。

许攸宁在一班的人缘好了许多,在年级里却很难说。她刚来,后面的人一顿,竟纷纷往其他的桌子坐去,这样显而易见的排斥让所有人都脸上尴尬,可让他们和"许攸宁"这样的"大人物"坐在一张桌子上吃饭,这还有些做不到。

无论是高一高二,不学无术、赫赫有名的任性白莲花,还是如今高三成绩突飞猛进的冷淡冰山女,他们不知道她到底是怎么样的一个人。

扮可怜,狡诈,还是像现在看上去一样沉静?

因为吃不透所以没人敢触霉头,这才造成了这样尴尬的局面。许攸宁仿若没有看到众人的脸色,拿着饭卡,径直走到盛饭阿姨的窗口,对着戴着口罩面色不善的阿姨说道:"阿姨,我要番茄炒蛋、鱼香茄子、椒盐排条,再来一只鸡腿,谢谢。"

"八块五。"

许攸宁把饭卡放到读卡器上目光追逐着阿姨胖胖的身影:"阿姨,能多放点鱼香茄子吗,很好吃。"

没有人想排在许攸宁后面,可何雨柔想啊,她还想着下午怎么在 Benoit 先生面前修正自己的形象呢!所以在亲近这位先生之前,得先和先生的引导员,也就是许攸宁打好关系。

她听着许攸宁同食堂盛饭阿姨说话心里不甘,这人对食堂阿姨的态度比对她还好,说话声音春风化雨的,可跟她说话寒风腊月似的。不过许攸宁的表情和声音都很到位就是了,何雨柔冷笑,好一朵天生丽质的白莲花。

何雨柔回头,她要睁大眼睛欣赏食堂阿姨给这不知好歹的许攸宁一个狠狠的下马威。

只见食堂阿姨,缓缓地抬起勺子,插入鱼香茄子……

噿瑟地笑我噿瑟地笑,何雨柔嘴角勾起,是了,给这种贪得无厌的小人打点油星子就可以了阿姨你不必太认真。

又见食堂阿姨用尽力气抬起勺子……

我去!这一勺得顶三勺吧!?这画风怎么和以往不一样啊!?

"阿姨谢谢,您辛苦了!"许攸宁恭敬且认真地道,朝食堂阿姨笑了笑,随后端着异常沉重的食盘转身走了。

何雨柔疑惑地看了看许攸宁的盘子,难道来了新的阿姨?不久,她看了看食盘,确定还是熟悉的配方,还是原来的味道。

许攸宁在原先的桌子旁坐下,何雨柔余光扫了一眼四周,嘴角微微勾起,轻声说:"许攸宁,你的人缘还真好。"

许攸宁舀了一大勺鱼香茄子和着白饭一起塞进嘴里,学校的茄子炖得很烂很香,卷边还有一点脆脆的焦,非常下饭。

旁若无人的许攸宁让何雨柔很不服气,她将餐盘放在同一张桌子上,在对面坐了下来。而在这时,又有另外一人在许攸宁身侧坐了下来,何雨柔抬头一看，皱眉："沈嘉言？"

沈嘉言是理科重点班的班长，同时荣获一中校草美誉。他长得清秀，有一双并不过长的丹凤眼，浅褐里溢着柔软的光。十七八岁的女孩子都还喜欢漫画里的美少年，沈嘉言就像画里的美少年一样，肌肤白皙，并且有怎么晒也黑不了的烦恼。可他上挑的眼尾和过薄的唇瓣比美少年多一份风流，偶尔流露的温柔更让他宛若浊世佳公子。

沈嘉言长得隽秀，风评却不怎么好，传说他最喜欢的就是勾引女同学却不作任何回应，像一个邪恶至极的人在看她们小白鼠似的上钩，扑腾，沦陷在泥潭里，进而不得退则不能。他自己说，多情却被无情恼，他却是最无情最顽劣的那个人。

何雨柔不喜欢这个人，因为太多差评了，她当然也喜欢沈嘉言的外貌，但也深深知道这不是好啃的骨头。

相反的是，许攸宁喜欢这人的外貌，清秀之外有光波流转，动人心魄，所以对沈嘉言的靠近，她挺感兴趣。

见许攸宁和何雨柔都埋头吃饭，沈嘉言也举起了筷子，三个人只用餐不说话，连眼神交流都没有出现过。

何雨柔越吃越艰难，她面前坐了两座大佛，一座出水芙蕖的许攸宁，一座温文尔雅的沈嘉言，前者是她自认为的死对头，后者是她曾动过春心的人渣。

许攸宁吃饭吃得很香，令人食指大动；沈嘉言动作优雅，令人馋涎欲滴；何雨柔心底暗叹一阵，便埋头吃饭再也不庸人自扰了。

也许是三人间气氛太过于诡异，竟然影响到其他几桌也都埋头吃饭，只是三桌十几人眼神互动实在太过于频繁，半空中都像是有静电的声音。

许攸宁将餐盘里的食物清光，满意得不行，这接待员伙食真不错。她把餐盘放到食堂窗口处，另找了一张靠近原位没有人坐的桌子，将自己面前的桌子的四分之一处擦干净，手臂环抱放在桌子上，头侧枕着手臂，闭上眼睛开始午睡。

何雨柔开始钦佩许攸宁了，这得是多优秀的心态才能安然自得成这样。比起和许攸宁斗嘴，何雨柔更怕和沈嘉言独处，所以她也迅速放好了餐盘，趴在许攸宁对面休息。

沈嘉言没有再和许攸宁何雨柔一桌，他回到自己的小团体，当身旁的人疑惑问起的时候，他望着不远处已经陷入沉睡的许攸宁，脸上流露几丝笑意，修长白皙的手指在大腿上轻轻点了两下，似乎心情很好。

中午下课铃一响，大部队卷着滚滚烟尘从教学楼冲了过来，许攸宁跟着前面的人走了好一会儿，突然停了下来，面色怪异地看了看何雨柔："你为什么总是跟着我？"

一路上被探究审视的眼睛机关枪一样扫描是个人都会察觉，许攸宁蹙眉，何雨柔满不在乎："你不是我的敌人吗，我在剖析敌情啊。"

许攸宁想了想，也对。

她又侧头转向另一边，沈嘉言察觉到她的目光，朝她笑了笑，他一笑脸上的五官就会变得非常柔软，融合成一幅烟波江南的明媚春光画。

许攸宁欣赏了一会儿，然后回过头。

何雨柔看到两人的互动嗤笑一声，翻翻白眼："许攸宁，没想到你也那么虚荣，有校草跟随身旁心里一定很爽吧？"

许攸宁点了点头："如果你不在就更好了。"

"你！"

何雨柔气急，狠狠地瞪了她一眼。

许攸宁似乎是为了安抚何雨柔的心情，侧头望进那气急败坏的眼睛里，温柔地朝她笑了笑："如果你也长得那么好看，那我也因你而虚荣。"

一番情深意重让何雨柔愣了愣，怔怔地走了几步突然醒悟过来："许攸宁，你说我没沈嘉言好看？"

会议室。

一中将向以 Benoit 先生为首的科研组做一次全面的"presentation"，除去大屏幕上的全版英文，主讲人也是学校外联处面向国际交流的专业老师。

即使如此,许攸宁等人依然被安排在后座以备不时之需。

这是一次很好的听力练习,校长和专业老师其实并不会让这些学生独当一面地出力,只不过既然有这个机会,就要让他们试水。

许攸宁拿起老师在每张椅子上准备的记录本与笔,跷起二郎腿,记录本摊开放在膝盖上,随后将一边的头发别到耳朵后面,背部只稍微弯曲,静下心,两眼盯着主讲人。

这个姿势完全出自于本能,在她读大学的时候同样参加过许多翻译活动。作为优秀的志愿者,她坐在与会者身后,一边记录一边回答对方时不时提出的、因为文化差异而并不完全清楚的概念,和其他英语专业的优秀学生相比,她的优势是对金融的更深理解,所以每次有这样的活动她总是第一个被叫去帮忙。

台上的主讲师语速不快,何雨柔听下来并不费劲,她的父亲是外交官,母亲是大学英语副教授,从小耳濡目染,让她英语一向很好,下意识地看了一眼身旁的许攸宁——

少女眼睛平静地看着前方,手中的笔停顿许久才动起来,于是何雨柔瞄了一眼许攸宁的记录本,分段用直线框了起来,每一段有精简的几条概括,看得出是趁主讲师休息时间比较长的间距一口气写下来的。

比起快速听写下来,能够通过短时记忆将听到的信息,在左脑中分析概括是更高的要求。何雨柔听她的父亲说过,如果她想女承父业往外交官这条路上走,那么这样的训练少不了。

何雨柔一时神色复杂。

终于到了中场休息,坐在后座的学生们放松紧绷的身体,却也不敢在这样的场合大声说话。何雨柔凑过头去看许攸宁的笔记,字迹清爽,分段明确,她心底有一些不服气。

"借我看一下?"

许攸宁将记录本递给她,夹在本子里的水笔不小心从书页里滚落了下来,许攸宁弯身去捡,另一只手动作却更快。

白皙的皮肤下经脉如突起的山川河流,而他骨节分明清瘦,手指修

长如玉,随便做一个动作都很好看。

沈嘉言捡起地上的水笔,笔头向自己,笔尾朝着许攸宁递过去,许攸宁抬头看他,却见他不以为然地笑笑,一头偏软的短发在灯光下划动着栗色的光泽。

"谢谢。"许攸宁接住笔的尾部,看着沈嘉言礼貌道谢,只是……笔头还是被牢牢握在对方手中,她疑惑地望向低头看她的男生。

沈嘉言低头可以看到许攸宁纤长的睫毛,挺翘的鼻尖,当这双桃花眼突然望向他的时候,像是两枚温润的黑曜石,漂亮得勾人。他心里一动,弯起嘴角,没有松开手,反而将笔头向更靠近自己的方向拉了一点,少女沐浴露的清香一丝丝地钻入鼻子,而反应不及的许攸宁被猛地一拉,耳边的碎发像流苏一样蓦地散在粉腮两边。

他笑着看进许攸宁只是望着他却没有过多波动的眼睛:"许攸宁,你变化真的很大。"

两人的手指都在用力,一拉一扯,许攸宁感受到他的气息隐隐拂过自己的面颊,她再度确认,沈嘉言长了一双很容易蛊惑人的眼睛。

她突然松了手指,失去一方力度,沈嘉言轻微地向后倚了倚,凤眼微微睁大。

"Sir, you're no gentleman."

"And you miss are no lady."

冷淡的声音拂过耳际,沈嘉言勾唇一笑,接过许攸宁的台词。

H市一中和光华附中就像是盘踞在这座城市的一虎一狮,有毕业生作过如此打油诗:

如果说一中自招成绩空前,那么附中裸考分数绝后,

如果说一中学子打饭背书,那么附中学子如厕阔论,

如果说一中拿北清亮剑,那么附中取藤校接招,

如果说一中以笔行天涯,那么附中用言笑江湖。

所以中场休息的时候看到附中的老师与学生齐齐亮相,大家都是不

约而同一笑,两方校长握手示意,两边学生皆是自信昂扬。

　　Benoit先生似乎极为乐意看到这样的场景,而附中校长应邀而来,最大的原因也怕是这位德高望重的老人。坐镇三方围绕坐台,上半场分析数据的讲师已经将ppt撤换了下来。

　　许攸宁发现何雨柔面色意外平静,拳头却握得紧紧的,她想到她之前说的:"我要尽快让Benoit先生对我改观。"

　　莫非早有安排?

　　她看着几个学生将屏幕下的椅子全部撤换成桌子,而何雨柔吸了一口气,走了上去,对面几人里同样有个女学生走了出来,许攸宁托腮挑眉,她大概知道这是什么戏码了。

　　这种场景在大学辩论赛中很常见,不过以许攸宁金融生的身份,最常看到这种形式对垒的是关于金融科技应用课题资金申请时的场景。她还记得他们小组曾经为了银行投资资金限制技术的研发,而与国贸同学进行过一场非常激烈的对垒,连续三天的对战他们还是输了,原因是对算法的不自信,这是硬伤。

　　不过,拼尽一切努力为了一个目标而奋斗的感觉实在称得上,美妙。

　　两校校长自然不会将这么大一件事放在学生身上,小说里电视里说的孤注一掷,在现实生活里不可能随随便便上演。

　　许攸宁想,这大概是Benoit先生与他的团队所提的要求,资金的投放几位领导人早就商榷完毕,此时只是看一下两校学生的水平罢了。

　　这种表演性辩论称为斗牛,老师可以轻轻松松在辩论后跟学生说不要在意,可辩论毕竟是由好胜的两校学生主导。

　　何雨柔拥有深厚的英语底蕴,她深知自己的优势在于纵横面之广,同样,她也知道自己的劣势在于不够深入,如果碰到对方触入腹地那她得尽快将话题引开,俗名"挡拆"。

　　辩论之所以誉为唇枪舌剑的浮屠台,在于它就宛如真正的战场,妙语连珠根本不允许你有丝毫晃神和岔路。

　　更别提,是用英语对话了。

主题比大多数的辩论刺激：你觉得那么多资金适合一中还是附中。

热血沸腾啊！这对两校学生来说简直是荣誉之战，过往所碰到过的辩论大多是道德、人文、社会，这种偏大的话题，引经据典什么的已经成为固定模式，如今碰到钱这种"大俗若雅"的事物，也怪不得一个个眼放绿光。

且看到容易夯毛的何雨柔如今在台上眉头紧皱，眸子里闪耀着耀眼光辉。她高谈阔论用词用句皆是一步到位，滔滔不绝地在扎克先生旁边做引导，更加胸有成竹。许攸宁不知不觉弯起嘴角，这种拼命三娘的认真劲儿还真是比平时耐看多了。

"一中相比附中生源覆盖全国，以最新数据来看，如今附中生源出国化的优势已经没有那么明显。"

"比较附中，如今均衡化趋势大好，以魔都为圆心向外辐射后续发展力强才是优势。"

最后的命题全部转化为优势论，不过这也是不可避免的，因为一旦提起对方的劣势，就说明在优势上必过反而会将周延性转一个弯降低自己的气势。

许攸宁对辩论并非很有研究，却有自己的一个独家经验。

"你有什么看法？"

温热的呼吸扑向脸颊，许攸宁正沉思，冷不防身侧的人靠近，一下子被吓得没了反应，她被吓到从来不会浑身哆嗦或者尖叫出声，而是心弦一紧又突然放空。

沈嘉言没想到许攸宁竟然那么不经吓，看到她突然身体僵硬嘴角微瘪竟像是闪过一丝委屈，向来游刃有余的他一时眨了眨眼不知道该做什么了，可再定睛一看，许攸宁已经恢复平静的表情。

"在于两字可以换个地方，如果拿优势当主语马上可以反击。"

沈嘉言没想到许攸宁真有想法："优势在于？"

"嗯。"

"怎么说？"

许攸宁蹙眉摸了摸下巴："我也是以前有过一次经历。有资格获得资金'在于'学校的优势，其中在于作'是'解，而优势'在于'更具有准确性，对应集合论的概念，主项概念应当是谓项概念的非空子集。说得通俗一点，对于'A 是 B'这样的判断，B 的范围应该比 A 大。"

沈嘉言看着许攸宁的眼睛脑中将她所说的过了一遍，不过片刻，他嘴角微勾："原来还在想其他方法的，不过好像都没这套好……"他垂思片刻，蓦地抬起头，朝着许攸宁明媚一笑，"攸宁真是帮大忙了。"

许攸宁发誓，那一刻她第一反应是抽飞这张太过于花枝招展的脸。

"我猜最多还有五秒，对面那个高个子就要截断何雨柔了。"

许攸宁懒懒接话："怎么说？"

"高胜寒是附中的二辩，负责冲锋陷阵，今天虽不是正规辩论赛但抢断话机不可小觑。"

许攸宁打了个哈欠，望着对面，托腮点点头："我们这里是你咯？"

"三、二……一。"

回答她的是沈嘉言的倒数声，就像是应声一般，对面的高胜寒站了起来，正如他所说的，截断话机。

何雨柔和对方女生纷纷走了下来，许攸宁可以清楚看到她如释重负的神情，何雨柔坐到位置上才叹了口气，浑身都没什么力气了。

下一秒看向许攸宁，神情里满是嘚瑟。

"讲得不错。"

许攸宁盯着何雨柔看了好一会儿，直到对方眼里的嘚瑟变成愤怒和委屈，才慢慢说道。

Well, no zuo no die why you try.

许攸宁看向对面的高胜寒，她想，人真是不能比较的，和唇红齿白笑意风流的沈嘉言站在一起，高胜寒就像是光明顶上地位不错，气势不够的宋青书。

沈嘉言不是辩论队的，他没有前倾的习惯不会快语连珠，他似乎对加深我方观点没有很大兴趣……

"我方强调附中对资金投放有……"

"依你的逻辑……"

"我方强调附中对资金定标处理……"

"依你的逻辑……"

沈嘉言唯一做的事情就是按照对方的逻辑推理下去，然后——偷换概念。这近乎于诡辩，需要极为缜密的思路，沈嘉言硬生生把高胜寒的因果关系全部打断，他所做的不过是抠字眼。

高胜寒就算伶牙俐齿也知道遇上了不按常理出牌的人，这种人没有经历过辩论队的培训，所以总是往痒处挠，他知道对方只不过变换了几个词语的位置，就将他所说的换了一个说法，这种方法在辩论队里算是迷惑对手的技巧，却没想到用来做"挡拆"……

高胜寒看到 Benoit 先生颇为满意的笑容，知道差不多了，他开始重申摆明观点的优势论，不过在这之前，他看了沈嘉言一眼，而沈嘉言，看了许攸宁一眼。

这一场交流会很有意思，从几位大佬的表情上都看得出来。只不过附中学子临走之前，瞅着沈嘉言的目光颇为古怪，尤其是高胜寒，像吃了一只苍蝇一般恶心。

想起这场斗牛的最后……

高胜寒在总结之前看了一眼沈嘉言，说道："还请这位同学等我说完再进行逻辑推敲。"

沈嘉言收回看向许攸宁的目光，问他："说完了？"随后也不等高胜寒回过神来，自顾自地开始己方的总结，最后一句赫然是许攸宁提到过的，"获得资金当仁不让，优势在于我校统筹兼顾全方位发展，更适合科研组的理念。"

高胜寒瞠目结舌，在辩论场上所向披靡的他们就算会有敌我关系，却也都凭本事说话，哪有人横插一脚的？而且每次他想要打断沈嘉言的总结，冷冷的目光就扫过来吓得他不敢再说，这人怎么那么无耻！？

终于，等沈嘉言说完了，高胜寒深吸一口气就要开口，可下一秒他就风化在台上。

沈嘉言竟然鞠躬下台了。

下台了！？

台下掌声响起，传入呆愣的人的耳朵里。

结束了！？

高胜寒气若游丝地看了看怜悯望着他的战友们，又看了看憋笑望着他仿佛也有些可怜他的校长，只觉得自己无数年挣下的脸面全被一个无耻的人给践踏了。

许攸宁在下面听着面皮一抽，沈嘉言是真的对辩论没有概念，可这张善于将不利化为有利、莫名自信的脸让人觉得他说得真是让人拍案叫绝。之前诡辩的层层逼近多亏他反应迅速、逻辑推理能力奇强的大脑，最后的总结也是得益于周延性的逻辑分析技巧，与那张目光突然犀利的脸。

这种装腔作势、阴险狡诈、笑里藏刀、厚颜无耻的人简直是斯文败类，许攸宁替附中的人感到义愤填膺，随后看向走下台来坐到她身边问她"怎么样"的人。

"如果你鞠躬后去和对方握握手，那就更完美了。"许攸宁承认她的馅儿也是黑的。

面对附中同学委屈又愤恨的目光扫射，一中同学表示无耻是我们的优良传统。

两位校长一齐送走了科研组，随后，附中的校长面容古怪地对一中校长说："一中人才不少啊。"

一向脸皮顶墙厚的校长表示那都不是事儿，他笑得特别真诚："是啊。"

附中校长嘴角一僵，他决定将自家崽子们带回去，以身作则，言传身教，教导大家强化脸皮。

交流会结束后，老师把每个人的记录本都收了起来，到这时不少没

弄清事情真相的同学才醒悟过来，所谓接待实则是考验大家的能力，于是一时间后悔没做笔记的有，嫌自己笔记做得太乱的也有。

放学后，许攸宁去车棚拿车，自从熟悉了路线，她就拒绝家里司机的接送，一来她缺乏运动，二来她不想看到时不时出现在车上，说要来接自己的许攸陶。

许攸陶已经成为扮演不受待见的好姐姐的老戏骨，许攸宁向她的兢兢业业致敬。

推着车走出校门，一只纤纤玉手拦在她身前，许攸宁顺着手抬头看去，有些印象，不过不认识。

"许攸宁，没想到你还有要求上进的一天。"秦湘双手环在胸前，仗着身高优势不屑地俯视着对面一脸平静的人。

许攸宁顿了半响，随后回过头一只脚丫子重新踏上踏板。

警察叔叔说不要和陌生人说话。

秦湘扭头，看到许攸宁的动作，难以置信地笑了，伸出腿，一脚踹在自行车的后胎上。许攸宁骑车立马察觉到重心不稳，来不及伸腿撑地，整个人伴随着自行车摔在地上，金属碰撞发出刺耳的声音。

许攸宁整个人摔在地上，而自行车压在她身上。自行车尖锐的铁片从她的膝盖一路往下划到脚踝处，一开始只是发肿发红，可迅速渗出血来，皮破开后血汩汩地冒成小溪，从小腿滑下来，掉在地上，一滴一滴，声音沉重。

车轮还在吱吱呀呀地打转，车下的许攸宁脸色苍白，紧咬下唇，从书包里翻出矿泉水，将裤腿一把拉到膝盖以上，将水倒在伤口处。周围在她被秦湘拦住的时候，已经不知不觉围了一圈人，此时看到秦湘的行为更是目瞪口呆，什么时候光天化日下欺负人的事情，在一中门口也敢上演了？

秦湘没想到许攸宁会受那么严重的伤，这血擦了也止不住，流了好多在地上，都变成一摊了，她看着都不由得心惊胆战。她心里害怕，更加大声朝着许攸宁喊道:"你别故意把责任推在我身上,这伤口是你自己故意弄出来的,不过是碰了一下你的自行车你就倒了?你是纸人吗!?"

围观的人对秦湘很是不满,可也听过许攸宁的风评,她家世厉害,秦湘敢这样做怕也是肆无忌惮,于是众人走的走,不然就是掏纸巾掏水递给许攸宁。

许攸宁看都不看秦湘,朝周围人问:"有酒精吗?"

众人面面相觑,谁会随身带酒精。有几个穿着校服的学生上前问道:"现在带你去医院吧?"

许攸宁感受到小腿越发疼痛几乎快失去知觉,被铁片划伤如果不能快速消毒很容易破伤风,现在也没有其他办法了,她便朝几人点点头,道谢道:"拜托了。"

突然,眼前的场景被一个身影挡住了,有人在她面前蹲了下来:"对面超市买的白酒,比医用酒精度数低了10%,不过至少能临时起到杀菌作用。"

沈嘉言的眼睛眨都不眨地将白酒倒在许攸宁的腿上,她龇牙咧嘴疼得不行,消毒是最痛的,更何况还洒得那么"爽快"。

许攸宁受伤的事有同学告知了学校医务室,沈嘉言消好毒,医务室的老师就匆匆跑了过来,帮她的伤口做简单处理。

这时候秦湘早就不见了。

到医务室检查完毕,打破伤风缝针全都处理好,医务室老师念叨几句"怎么家长还不来"就走了。

于是,许攸宁躺在病床上看书,沈嘉言在做作业。

不知过了多久,沈嘉言合上作业本,看向许攸宁,她察觉到,将书倒扣在桌子上。

短发齐肩的少女脸色依旧苍白,不过一脸淡定看不出有什么疼痛,对面的男生也只是静静地打量着她。

良久，还是她先开口："谢谢你送我来这里。"

沈嘉言眉头一挑，放松身体靠在椅背上，跷起二郎腿，无所谓地看着她："送老师走的时候你已经谢过了。"

许攸宁想不出她还要说什么，她自认情商不算太低，但面对一个帮助自己的人，她能做的是以后也帮回他，可要她说话，莫非说"好人一生平安，祝你心想事成"？

这次轮到沈嘉言开口了，他有些疑惑："你是装作不认识秦湘的吗？"

"我和她很熟吗？"许攸宁蹙眉。

"哦……也不一定。"沈嘉言犹疑地看了许攸宁好几眼才恍然，"怪不得，你自从阿姨去世后就再也没有回过秦家了，我以为你们至少还有些联系，想不到你是完全和秦家分开了。"

"我过年都是在许家住的。"

"秦湘是你舅舅的女儿，你应该叫她一声表姐。"

"没踹自行车前我会叫，现在不可能。"

"你性子太硬。"

"不好吗？"

沈嘉言一愣，许攸宁的表情很无所谓，似乎得罪谁她都不怕。他从小生活的地方就是口蜜腹剑的，想的和说的不一样，说的和做的不一样，每个人都洗白得自己像是去西天取经的唐僧无欲无求，回过头一看做的事情简直是吃人不吐骨头的白骨精。所以他为人处世就像家里人一样，圆滑且世故，即使在学校里大多数人说他拈花惹草，可真的讨厌他的几乎没有，他用这样的性格收获了那么多年，却第一次碰到……

"停下你的幻想，看到你眼神突然变得那么柔软我就知道你想岔了。"

冷淡的声音仿佛一盆冷水浇在他头上，许攸宁正枕着脑袋无聊地看着他，她的手指在隔板上"咚咚"地敲了两下，把他敲醒，于是，沈嘉言重新摆上水仙花一样的笑脸，眼神撩人。

"嗯？"

"许家秦家差不太多，我是许家的孙女，又是秦家的外孙女，我哪里需要怕她？尤其是这件事错在她，如果去秦家，我可以说是那次秦湘给我留下的印象太可怕，又因为小的心性太差一时留下了后遗症，所以不能开口叫表姐了真是不好意思啊。不就得了？"

沈嘉言看到许攸宁面无表情，嘴却停不下来，最后还翻了个白眼，顿时笑得花枝乱颤，不得不说秦湘作得一手好死。他笑完了才道："你大概不知道，秦湘这次的任务是带你回秦家，因为你被许家藏得太久了，所以首府的人都不知道秦家还有你这样一个外孙女。"

"带我回秦家？"许攸宁一愣，心里莫名挤压酸胀，这么多年没有去过秦家，秦家却还记得她？"不是其他的什么原因？"

沈嘉言似笑非笑："想太多，你不知道吗，秦青鸾，也就是你的妈妈，是秦老爷子最喜欢的女儿，虽然对你恨铁不成钢又被许家放得太远，但总归是爱屋及乌的。"

许攸宁身体里第一次冒出一种很想见见秦家两老的心情，或许她在看到陆其宸和陆其琛以后，其实潜意识里还是对亲情心向往之的。

许攸宁不愿意在这方面想太多，于是转头看向沈嘉言："你怎么什么都知道？"

只见眉目如画的少年瞪着一双水灵灵的凤眼，无辜地望着她："你不会连我是沈家人都忘了吧？你外公可还是很喜欢我的呢！"

许攸宁有些疑惑，就算是沈家人可他人在H市，怎么连远在首府的秦湘会来找她都知道？

疑问没有解开，她还想继续问下去，可这时——

"宁宁啊……"

这种矫揉造作的声音发自于雄性，真是让病房里的两人都是神魂一震，只见陆其宸抹着眼泪飞扑过来，许攸宁惊恐地看着他往自己肿成球的脚踝上趴。

"离远点。"

陆其宸下手的前一秒，被人拦住了，他瞪大了眼抬起头抹了一把刘海："你知道我是谁吗？"

沈嘉言嘴角一抽："陆其宸你是傻了还是智商低？"

"怎么是你！"陆其宸一甩头，这才发现对方是"陆其宸梦幻世界"里的第一大反派。妈呀，这种别人家孩子是比自家亲哥更讨人嫌的存在！从小比上不足的他被家里人乱拍胡打就算了，下面还有个小他两个月的沈家小子，前后夹击，他的童年就在悲催的夹缝中度过了。

陆其宸气势汹汹一不留神一巴掌拍在许攸宁的伤腿上，她娇躯一震，一口血差点喷出来！

"陆其宸……"

拍了人的陆其宸还没有察觉到不对劲，可看到许攸宁一张要把他送上西天的脸，顿时觉得大事不妙，他迟疑着，随后顺着沈嘉言怜悯的目光……看到自己的手正拍在她腿上……

他默默地扯开被子，看到绷带染红，然后再默默地放下被子。

而正在这时，陆其琛走了进来。

沈嘉言和许攸宁都不忍心地扭开了头。

陆其宸垂着头，乖乖跟陆其琛走出了病房。

而病房里的两人，目光相触，突然对视一笑。

"他好笨。"

"他好蠢。"

陆其宸实在是个非常坎坷的可怜娃子，请你们不要欺负他。

- 第 5 章 -

▼ 与许父开诚布公的许攸宁

病房的门再一次被轻轻地敲开,陆其宸和陆其琛一前一后地进来。陆其琛依然是一副严肃面瘫的脸,而陆其宸眼神茫然,可以想象,陆其琛的教导一向是震慑灵魂的。

跟在陆其琛后面的,还有一个脑袋。许攸宁看着何雨柔一副眼高于顶的样子,脸上写着"你也有今天",随后磨磨蹭蹭地走进来,眼神邪魅狂狷:"你——"

"谢谢你来看望我。"

何雨柔难以置信地退后两步,许攸宁朝她笑了。

为什么许攸宁会突然朝她笑?这种笑眼弯弯的样子简直是不可理喻,难道许攸宁有什么阴谋?

所有人诡异地发现,何雨柔的眼神放空了。

许攸宁默默挠爪,她发现只要做出和何雨柔的想法相反的事情,这货就会濒临抽风的状态……心神一转,许攸宁突然想起秦湘说的话:"你现在倒是要求上进了。"

感觉像她一直被注视着似的,这种感觉很不舒服。她扭头想问沈嘉言,可这里人太多,所以还是转回头,可这一转头,陆其琛一张包公脸就望向她。许攸宁沉默,默默地将病床上的被子往身上拉了拉,任何人被一个威武雄壮的汉子用写着"青天白日,朗朗乾坤"的目光注视着,总会觉得自己做错了什么吧?

陆其琛看到许攸宁畏缩的样子,抿了下嘴,随后用威严的目光看向沈嘉言。谁都知道,这个圈子里陆其琛是大哥,沈嘉言对着其他人可以虚与委蛇,可面对陆其琛……他的反应没比陆其宸好多少,小孩子的时候也是被这位大哥教育过的。

"不要早恋。"

掷地有声。

病房陷入死一般的寂静。

"早恋！？"

几个人转过头，许夫人和许攸陶从门口走进来，许夫人走到病床旁，陆其宸几人将靠床的位置让给许攸宁的家人。

许攸宁躺在床上，看着脸色仍旧有些发白，许夫人伸出手握住她的手，面上关切："怎么又和你表姐闹脾气了呢？你表姐是来找你玩的，你好好和她说话呀。让我看看，摔在哪里了？"

许攸宁听到这话，沉默了。话说，这三两句就颠倒是非的技巧……这母女俩师承一家的吧。

"伯母，您是不了解事情发生的经过吗？是她表姐故意去踹她的自行车哎！"陆其宸一听许夫人说的话脸马上沉了下来，他在许家吃了一次晚饭，就知道这个继母不是什么好人，处处针对许攸宁，和传闻中端庄贤淑的贵妇差了十万八千里。

许夫人扯起无奈的微笑："是陆家的孩子吧？你不知道，宁宁和她表姐有些不合，唉，这都是小孩子的事情了。"说着，许夫人又望向许攸宁，神情关切，"宁宁啊，等会儿你表姐来，你们就好好说说话啊。"

许攸宁拿过苹果啃，看了许夫人一眼："说什么？"

许夫人表情和蔼："随便啊，你们姐妹好久没见了，也是爷爷不好啊，硬要让你待在这里，说南方比较适合女孩子生活，让你都没办法回去看看外公。"

许攸宁摇摇头，一脸纯真道："继母，我不想和她说话，你去和秦湘说叫她别来了，这天还热，她来多累啊。"

许夫人佯怒："这可不行，她这次还是来接你的呢。你外公想你啦！"

许攸宁想了想，面对许夫人期待的眼神，还是摇了摇头，郑重其事道："继母，对不住啊，看到她我生理反应就是摔下床，可能得后遗症了，现在我看到她就怕，您虽然不是我亲娘也得为我的生命考虑啊。"

许攸宁表情太诚恳,不知怎么的眼里还噙着两泡泪水。许夫人脸色发青,她深吸一口气,缓和表情,勉强笑了一下:"这孩子瞎说什么呢,我也是关心你啊,行,让你姐姐对你说,你们有血缘关系。"

说着,一脸落寞的许夫人就坐得远远的。

"噗——"

明显努力压抑的笑声在安静的病房里响起,许攸宁幽幽转头,陆其宸充满歉意地低头认罪。许攸陶扫了一眼围在许攸宁另一边的几人,眉头蹙得更紧,许攸宁怎么会和这些人扯上关系的?

她坐到许攸宁的床边,见许攸宁无辜地望着她,直接因这天真无邪的表情一阵气闷,她对着这张脸只想一巴掌扇下去,还要她好好劝导,她简直是——

"宁宁,"许攸陶不赞同地说,"不要任性,就算不喜欢你表姐,我们也都是一家人,姐姐让湘湘和你认个错,怎么样?"

许攸宁沉思,许攸陶无奈地望着自家妹妹。许攸宁抬头,许攸陶微笑,许攸宁一脸正气,许攸陶摸了摸许攸宁的脑袋,许攸宁抹了抹眼睛,眼睛一睁一闭眼泪就流下来了,许攸陶去帮她擦泪,却看到对方流着泪楚楚可怜地说:"不好。"

许攸陶的手僵了。

许夫人这下可生气了,皱眉道:"攸宁,你得懂礼貌。"

许攸宁眼泪流得更欢了,她捂着脸,哽咽着道:"对不起,我亲娘死得早,礼貌什么的,后妈没教啊!"

反正她就是不喜欢这俩人现在装作好人来管她!如果可以她真希望探望的人没有这俩,她们不情愿自己也心情不好。

陆其宸实在忍不住了,哈哈大笑起来,随后被陆其琛一巴掌拍在脑袋瓜子上,这倒霉娃儿立马就恍惚了。

沈嘉言忍俊不禁,却听到许夫人不高兴地说:"这些是宁宁的同学吧,谢谢你们送宁宁来医院,现在我们到了,你们可以回家了。"

他本就坐在靠近许攸宁的椅子上削着苹果,闻言手一顿,抬起头笑着,轻飘飘地道："他们是从家里赶过来的，小宁人缘好，大家都乐意。"说着，他看了一眼许夫人，"不过，倒是没想到离得比较近的家人来得那么晚。以前一直听说许家人溺爱许攸宁，今天看来，不足为实。"

他话音落下，完整的苹果皮落地，许攸宁看看他，沈嘉言看看她，然后把苹果放进自己嘴里。

左边一方和右边一方开战，许攸宁觉得无聊，示意几个人先走。空荡荡的病房里只剩下坐在一旁的许夫人，和她的姐姐许攸陶。她将刚搁置下来的书重新翻开来看，书名是《荒诞心理学》，用嘴巴工作的人职位想要越高，眼界最好就越广，看杂书识百知，非通一门而精窍，这是翻译人员最好的状态。

许夫人在一旁心里冒着火，她又是觉得许攸宁不给她面子，又是觉得这人现在拿着本书的样子实在装腔作势，可回头想想，许攸宁好像从来就不忌讳甩她面子，听说最近成绩也变好了，这样左右一寻思心里更加恼火。

许夫人向来知道她女儿聪明，所以像找到主心骨一样看着许攸陶。许攸陶不语，面色平静，从旁边的书架子里随便抽了一本杂志翻阅，这姐妹俩的动作倒是出奇相似。

许夫人是坐不住的，她不喜欢读书，以前当过个拍 mv 的小明星，现在早就离开圈子了。见两人都不睬她，又没有人开口说话，她心里憋闷，于是干脆拿出手机玩。

许明伟走进病房的时候，看到的就是这样一番三个人各做各的完全没有交流的场面，他压抑着一丝不开心，叫了一声："李美心。"

许夫人连忙把手机往包里放，有些惊讶地道："阿伟，你怎么来了？"

"我女儿受伤了我都不能来？"许明伟本来就对许夫人刚才的举动不满，所以说话声音也就响了一些。

许夫人自己心虚，于是讪讪认错："刚才问过宁宁了，她喜欢看书，

所以我们也就不打扰她。"

许攸陶看到父亲生气,站起来拉住父亲的一只胳膊,小声地说:"父亲别怪妈啦,宁宁现在喜欢读书也是好事,我们当然要支持她咯。"

许父看着乖巧的大女儿叹了一口气,颇为欣慰地拍了拍许攸陶的手。他走到病床旁,拉开椅子坐了下来,看着小女儿清瘦单薄的身体,心疼得很。

"怎么摔的?"

许攸宁放下书,看着许明伟老实回答:"秦湘在我骑自行车的时候,踢了一脚我的车胎,我就摔下来了。"

许明伟点点头:"医生看过了吗,还疼不疼啊?"

"医生说我的伤口是从将近膝盖的地方延伸到脚踝的,所以缝了蛮多针,麻醉刚消的时候会疼,不过忍忍就过去了。"

许明伟听到许攸宁的回答就皱眉了:"还缝针了?"

许攸宁垂眸看书,轻轻地"嗯"了一声。

许明伟最近才觉得自家小女儿开朗了一些,亲近自己一些,怎么这摔一跤就和以前一样了呢?他耐心问:"宁宁,怎么不开心?"

许攸宁叹了一口气,蓦然抬起头直视许父:"父亲,我很不开心。"

不爱开口的女儿愿意和自己说心里话了,许明伟大感欣慰,眼睛也亮了一些。

"怎么不开心?"

许攸宁回答:"因为今天我出事以后,我的同学从老远都赶过来看我了,离医院不远的继母和姐姐却是最后才到的。"

许父好笑道:"就因为这个不高兴,是继母和姐姐晚到让你丢了面子?"

"这个其实不重要,因为只要有人来看我就好了,毕竟当初我将肝分给姐姐的时候,醒来以后我的病床旁可是一个人都没有。"许攸宁不假思索,假装没看到许父有些僵硬的脸继续说,"只是今天是秦湘的错,可继母来病房以后,说的第一句话就是叫我不要闹脾气,要我和秦湘好好相处。这件事明明不是我的错,继母和姐姐却硬要我低头,难道我的身份就那么低下,只有委曲求全才行吗?"说完,她扭过头,脸上的难过化为平静,"继母还说我没礼貌。对,我是从小就没有妈妈,继母也是放纵我多过于管教我,我常听到你们说我性格怪异、别扭,不像姐姐上得了台面。可这是我的错吗?继母将姐姐打造得那么完美,而我只是随便怎么玩都行地扔在一边,我小时候不懂,现在长大了你们却全怪罪于我,子不教父之过,父亲,这也是你的错。"

许攸宁不会将这些话与许夫人和许攸陶说,她要当着误会她的人的面说,适当时间适当地点做最适宜的事情,才是正确的做法。当所有的批判性语言听自于夫人和大女儿,现在又听小女儿这么一说,许明伟只觉得异常难过,他怎么忘记了许攸宁母亲还在世的时候,李美心也是个善妒的人呢?

一时间,许明伟觉得,自以为缺失女儿对自己的爱慕的这几年,其实是他根本没有好好去了解女儿的想法。或许他总是远距离出差,电话里多是李美心的声音,所以才糊涂了,也或许是他作为一个父亲,没有尽责才会让小女儿变成曾经那副样子。

他是真的错了。

许攸宁清楚许明伟这一刻是真的觉得错了,可即使如此,许攸陶也是他最宠最乖巧的女儿,李美心的耳边风没有用了,许攸陶的话还是有千金的价值。她在熟悉这里的世界,记忆会越来越清晰,她不明白的是为什么原来那个"她",会选择用冷面去对待其实可以靠得更近的人,父亲才是靠山,不是吗?采用冷暴力去博得父亲的注意是很傻的做法,因为能够与父亲相处的时间一点都不长,争一口气,等待一个父亲幡然醒悟"自己"其实更重要的想法,实在是愚蠢。

许攸宁自己是对这个父亲无感的,从知道这个男人结婚期间外面还养了个初恋开始,早就不会对他产生任何与父亲有关的情意。这个男人或许是奉父母之命要与秦家小姐联姻,可现在社会哪有一定要执行的事情，许明伟懦弱，离不开家里的钱财地位，所以装出一副无辜受害者的样子面对对他极好的秦青鸾，许明伟花心，才会在有了妻子以后，仍旧和初恋缠绵悱恻，做出情深意重的样子。

面对现在颇有补救意味，给她说些以前的事情的许明伟，许攸宁百无聊赖地观察他的表情。正如行为心理学所解释的，许明伟一边说着一边抚摸了一下颈部，而在刚才那段时间里双手抓了两次西裤，之后处于冻结状态。他对和小女儿这样近距离地对话感到紧张和一丝不适，他的身体自动采取自我安慰的动作获取安全感和自信。

许攸宁收回注意，听到许明伟正好讲到"秦青鸾"这三个字。她开口想问，见许明伟的眼睛也亮了起来——他欣喜说了能够吸引许攸宁的事情。

就在这时，前不久出去的李美心和许攸陶进来了，许明伟平复表情，而许攸宁看向李美心身后的那个人——秦湘。

秦湘知道犯了错，爷爷让她这个同龄人来接许攸宁的时候她是不乐意的，明明许攸宁在父亲手下寄过来的资料里，是不求上进的，可爷爷还是总想着这个不入流的外放外孙女，她们圈子里的人有时还会问及"你爷爷提到过的外孙女，你见到过没？"

秦湘最讨厌这样的问题，虽然她不会傻子一样亲口说出来，可在她心里，以及她母亲告诉她的，她秦湘是秦家唯一的千金。

能让她屈尊来 H 市还有个更重要的原因。

秦湘进到病房，看到病床上根本没看她的许攸宁，心里的火烧得胃都拧巴拧巴地疼，叫她给这个装模作样的人道歉……

秦湘心里翻了个白眼，就当是被狗咬了一口。

"许攸宁，今天是我不小心，你好好休息啊。"

"好。"

秦湘想着这人估计还得闹上一会儿，可没想到人家只是淡淡地说了声"好"。这种像是被施舍根本不放在眼里的样子，让秦湘蹙眉。

"许攸宁，你有没有教养，别人道歉你只说一个'好'字？"

秦湘没看前情提要,不知前面正是"教养""礼貌"这问题让许明伟深深地受了内伤,现在的话无疑是伤口上磨刀子,磨失败了换一把咱继续。

许攸宁瞥了许父一眼,随后看向秦湘,疑惑道:"你的意思是,你来问候我一声,我要感恩戴德?"她想了想,蹙眉说,"不对啊,你刚才这语气明明是'我问候你大爷'啊。"

秦湘看着许攸宁一张百思不得其解的脸,心里怄火:"许攸宁,你别血口喷人!"

"秦湘!"

许攸陶见父亲的表情越来越黑,知道这秦湘给许明伟的印象已经非常差了,可是想到预先的计划……

许攸陶拉过秦湘的手臂,眉眼里是无奈之色:"你的脾气怎么那么暴躁,宁宁还是你亲表妹呢,你就不能温柔一点?"

"真倒霉。"秦湘不高兴地将自己的手臂从许攸陶的手里挣脱开。

一时病房里又陷入冷场,许攸宁看了看时间,是时候换药了,于是按了铃,不一会儿一个医生两个护士进来了,她左腿上的伤口长又狰狞,因为刚缝针血丝还渗了出来,看上去更加触目惊心。许明伟看了简直心痛难忍,他问医生:"这伤好了会不会有疤?"

"处理好了养好就行,痒了千万别挠。"

因为第一次换药,所以还得擦一次酒精棉,护士擦之前说:"疼就叫出来,腿不要乱动知道吗?"

许攸宁点头。

许父就看着护士用酒精棉小心翼翼地擦上去,第一块上去的时候,许攸宁整个人都疼得抖了一下,护士停下手上动作,戴着口罩的脸只露出一双询问的眼睛,许攸宁说:"继续吧。"

之后的消毒过程她是真的一动也没动,如果没看到本就苍白的小脸上,渗出的冷汗将两旁的碎发都黏住了,怕是会以为这个过程根本不痛。

换好药,护士朝许攸宁点了点头,有些赞许道:"还挺能忍啊。"

许攸宁回以浅浅的微笑。

看到许攸宁刚才忍受那么强烈的痛苦,许父本打算说的话从嘴边又滑回了肚子里,或许这件事可以从长计议。可李美心见许父这样子,就想起当年他还是决定和秦青鸾结婚时,也是这副进退维谷的表情,一阵怒意涌上心头。

她直接靠近许攸宁的床边,慈爱地说道:"你外公想让你回首府看看他,你表姐带你回去也怕照顾不好你,所以攸陶也一起过去,这样你们三姐妹还能一起做个伴。"

"李美心,你这时候说这个干什么!"

许明伟打断她的话,他没想到他的妻子会在此时,就这样把话说了出来,连忙低头去看许攸宁的表情,果不其然,只见小女儿望向他,眼神带着询问的意思。他很想说这件事以后再说,可想到攸陶说她是打算进入司法部门的,秦家在这片领域有权势得多,而且秦家毕竟是他前妻的家,宁宁又是在他身边长大的,到底有几分关系,何况许家不是这条路上的,老人也对这个想法颇为赞同,所以他就想或许这也是一个不错的机会。

许攸宁看着许明伟一手又摸了一下颈部,男人做这个动作很寻常,而且他还是个长得书生气的中年男人,所以更加不会觉得怪异,可是这个动作说明男人极度心虚与想要寻求安慰。

她看着自己的父亲,眼神一点点冷淡下来。许明伟察觉到小女儿的变化,心里一空,马上明白今天所有的补救都完了。他看向李美心,却看到她眉眼里还透着一丝自得的喜色,只觉得难以置信,一时呼吸急促起来。他想到过去听到的都是假的,让他和小女儿隔阂那么多,李美心功不可没,顿时心生厌恶。

许攸宁不知道许明伟的心理变化,只是抬头,视线安静地扫过秦湘、许攸陶和李美心。

"真蠢还是假蠢?也不怕许攸陶一过去,外公就把她给踢到海里去?李美心,你是什么人?是破坏我母亲与父亲的婚姻的小三,是一个拿这种见不得光的感情标榜自己真爱至上的无耻刽子手！能不能要点脸？你当我外公是佛光普度的如来佛祖？"

在场的人都一室，许攸宁表情平淡，从知道许明伟的答案她就不想要继续下去了。

许攸陶气急，猛地冲上来挥起一巴掌，就要打下去的时候被许明伟拦住了。许攸宁眯眼看着许攸陶，嘴角竟流露一丝浅浅的柔和的笑："你就是这样对你的救命恩人的？"

许攸陶瞪着眼睛还想冲上前说什么，却被许明伟拉到身后，她委屈地看了许明伟一眼，但她的爸爸没有和往常一样先安慰她。

许明伟望着病床上的人。

许攸宁心底好笑地看了他一眼，随后垂眸看书："我要休息了，你们走吧。"

"宁宁……"许明伟心中痛苦，伸手要去碰许攸宁的肩膀，却在听到翻书的声音时顿住了动作。

指尖捻过书页发出轻微的纸质摩擦声，许攸宁翻到正在看的那一页，眉眼安宁而专注。

许明伟垂手，用眼神示意几人离开。

"等一下。"秦湘蹙眉阻拦，她刚才看了一场大戏，许攸宁突然的爆发对她来说惊多于怒，但是这和她没有关系，她过来只是完成爷爷交代的任务。

一张机票轻飘飘地落到许攸宁的书页上，许攸宁拿起来看了一下，目光转向秦湘："休假期那么短，外公要我过去？"

外公——

听到这两字，秦湘心里一阵不舒服，她嘴角轻挑，长而艳的美目俯视许攸宁："爷爷过寿许家可没一次带你来的，十五号爷爷大寿，这次专门给你送机票过来随便你去不去。我和你一个航班，到时间了我就走。"

"嗯。"许攸宁爽快回答。等几人都走了，她才垂首细看这张机票，两指指尖摩挲着票面。

许父主动要求送许攸宁去机场。浦江机场坐落于 H 市最北端，一路上外环 S6 以外农家的田地池塘尽收眼底，清晨秋风凉爽，芦花苍苍，九月肃霜，十月涤场，霜降后的空气清新无比。

许明伟最后还是没同意许攸陶去首府的事，哪怕许攸宁回去后对这件事不置一词，哪怕李美心在他面前掉了好几串泪水。他想过了，许攸宁不喜欢这个姐姐，他对许攸宁愧疚之情太甚，所以能随她心意的，就随她吧。而且她说得也有道理，秦老爷子虽然在成婚之后不曾置喙他和秦青鸾的婚姻，可青鸾毕竟是秦老爷子最疼爱的小女儿，而他和李美心的事情……

许明伟一阵头疼。

怪不得每次老人都说别去凑热闹了。

许明伟侧过头，以前他觉得许攸宁的容貌是随他的，可现在看着这双投向远方的安静的眸子他却觉得，是像秦青鸾的。女孩子长大，大多会越来越像父亲，可他的女儿，和他相像的地方越来越少。

是什么时候开始那么沉默的呢？是那次他们都没有一丝拒绝许攸宁难得那么大方，愿意救许攸陶……

"宁宁，上次那个医生说，你手术后会不会有后遗症？"许明伟自己都惭愧，这句话问出来也磕磕绊绊。

"排毒功能和消化功能可能需要几年才能完全修复，医生说要保持规律生活。"

蓦地，许明伟双手紧紧握住方向盘，心里又酸又苦又悔，当时只听李美心说攸宁是最合适的，攸宁又同意他才没有在意。他后来是知道的，这方面的手术有第一第二优先者，都是能够治好攸陶的病的，兄弟姐妹是第一优先，而父母是第二，可他真的不知道这手术会对身体有那么坏的影响。

李美心——这个名字现在对他来说简直是——他不知为何觉得很痛苦。突然，他想到在攸宁卧床的时候，他们都守在攸陶身边，那时候攸宁会是什么心情、什么感觉？是不是很失望，或者……他不敢想。

后面的车子鸣笛催促,他看着前方开得快了一些。对,只要好好调养就好,他要给许攸宁最好的环境好好调养。急切地想要补救的心跳动得很快,他想等许攸宁回来,他就尽量不去出差,过去错了太多,他要给她补偿。

许明伟尽量放松语气,带着些像开玩笑的意味说道:"宁宁,你恨不恨爸爸?"

他的声音即使压抑着还是透出一丝颤抖,许攸宁觉得很无聊。

"不恨。"

许明伟喜出望外,只觉得心里的寒冷和害怕一点点回暖,如一点点释下害怕绝望的包袱。

可许攸宁的下一句话一秒钟便把他打入冰窖——

"除了名义上的父亲,你和我有什么关系?"

她想起刚醒时脑海中的片段,有些好笑地看向许明伟。

到了机场,许攸宁下车拿行李,许明伟也下了车——

"谢谢你送我过来,你也赶紧回去吧。"

许明伟顿在那里,勉强扯了一丝笑意,看着许攸宁道:"宁宁,你不能干体力活,我帮你把行李送进去。"

许攸宁从后备厢里取出行李箱放在地上,抽出拉杆,四个轱辘圆溜溜地转着,前前后后左左右右,怎么拖怎么推都不费力气。

"不用了,"她拉着可以横推的行李箱往机场大厅方向走了几步,随后跟站在车外的许明伟摆摆手,"再见。"

许明伟还能说什么?他目送着许攸宁进去,叹了口气,开车走了。

如有约定时间的事情,许攸宁一般都提前到,到了就拿一本书出来啃啃背背消磨时间。

时间还早,她坐在大厅的多人机场椅上,将前几天读的《荒诞心理学》拿出来继续看。

来来往往人流量不少，不过那么早大多是飞国际路线的，走进大厅的沈嘉言轻装上阵只提了个电脑包。

身材颀长的沈嘉言上身灰色衬衫，套一件灰褐色亚麻软西装，下面则穿一条浅黑色牛仔裤，迈步时玉树临风。他抬手看了一眼手表，到得早了些，环顾四周想看看有没有什么可以坐的地方，一眼看到了捧着本书的许攸宁。

视线扫过她穿着棉质运动裤的小腿，左腿明显僵硬了一些。

光线被挡住，许攸宁眉头微蹙，未抬头地往左边移了移，可下一秒这遮挡物也移了过来。她抬头，阳光从透明的候机厅玻璃屋顶上倾泻下来，照得沈嘉言脸上淡淡的笑意如光风霁月。

"到得很早。"

许攸宁看了一眼手表，望向他："你也是。"

沈嘉言在一旁坐下，笔记本架在腿上戴上一边耳麦，仿佛打发时间般未专心盯着屏幕，骨节分明的修长手指却随屏幕上滚动的数据翻飞。

两人都是肤白貌美，男的儒雅，女的恬静，偶有路人不着痕迹看上几眼，爱美之心人皆有之。

秦湘来的时候有些赶，但不算晚。她走进大厅先打了个电话给沈嘉言，几声过后，清冷的声音从里面传来。

确认好位置，她匆匆赶过去，一眼望到沈嘉言，心跳都快了几拍，她立马敛下脚步，翩翩走过去，走近才发现他旁边还坐着许攸宁。

好心情一扫而光，她恼火两人坐一起，可沈嘉言在，她还得装出大方的样子："嘉言，你认识攸宁啊？"

许攸宁听到声音，又看看说话对象……

攸宁。

她嘴角一抽，合上书，沉默地将其放进看上去可以放很多东西的布制手袋。

沈嘉言勾唇，前些天他等秦湘走了才出现，就是不想让她发现，她什么样子他是知道的。

"认识。"掩下似笑非笑，他提起电脑包，朝两人道，"走吧。"

秦湘对这个回答很不满意，本还想问下去，却见两人不顾她便往前走去，心里再愤懑不平也只能赶上去。

三个人的机票，只要秦湘在，她是不会让任何雌性生物靠近沈嘉言的，和小狗撒尿占地一个道理，占有欲极强，却又装出沈嘉言是大家的这种宽容态度，好似她对沈嘉言真的如同普通好友——不过除了她，谁这么认为呢。

女追男对她来说是种耻辱，所以她只能慢慢让他身边只有她一个人，这样就可以非她不可。

秦湘坐在两人当中，左手边的飞机起飞后就拿出了笔记本，右手边的撑着脑袋懒懒看书，两人各干各的。她靠近许攸宁看她读的是什么书，却见密密麻麻全是英文，于是头疼地背靠椅子，突然觉得手中的杂志索然无趣，干脆蒙上眼罩假寐。

两个小时的航程很快，沈家秦家住得近，所以秦老爷子大手一挥，让沈家人别去接了，他全包了。说全包了也不过是派了车把三个小崽子往里面一塞完事。

明叔精神抖擞，他平时专门为老爷子开车，可今天老爷子破天荒地请他去接一下三个小家伙。一开始还不解，却突然想到这三个小家伙里面，有个老爷子口里又气又恨，却时常念叨的小姐的女儿。

想到小姐……

明叔轻叹一口气，有些可惜了。

秦青鸾虽出生的时候带了一些病，但自小文静聪明，明明是秦家最体弱的人，心性却和老爷最像，因此也特受宠爱。如果说秦青鸾唯一让秦老爷伤神的事情，那就是眼光不太好喜欢上了当年那个许明伟，秦老爷对这件婚事很不赞同。

小姐外柔内刚，看似随性实则固执，老爷当时对小姐说的话秦家人都知道："我尊重你的选择，不过你记着，秦家人没有后悔一说。"

小姐的病在有了小小姐以后复发，其实大家都知道先天性的病也就是这样，只能维持现状，真正康复做不到。

后来……

明叔不想了，他觉得时间差不多了，便下车走进航站楼。

明叔只见过小小姐一两面，还记得是个……他不好说出口，只能说是和秦家人很不像的女孩子。柔柔弱弱靠在一旁，扯着身边一个男孩子的衣服，秦老爷子当时看到小姐的女儿是这样的一下子火冒三丈。老爷子不说，他也知道，老爷非常失望。

和小姐完全不一样。

他稍微舒心，也幸好完全不一样，才不会勾起老爷子对小姐的思念，白发人送黑发人，哀莫大于心死。

"迎接旅客的各位请注意：由H市飞来本站的NA1530次航班已经到达……"

明叔起身，不知道小小姐现在是什么样子，希望不会太让老爷子失望吧。

不久，到达大厅的乘客陆陆续续地走了出来，秦湘率先出来，本只想歇一会儿的，没想到一觉睡了过去，下机的时候心里一肚子火没法发。

走出过道，秦湘一眼看到了明叔，心里暗嘲：爷爷果然还是宠爱许攸宁，连明叔都派来了。

纵然心里这样想，她还是快步走过去，挽住明叔一只手，言笑晏晏："明叔，爷爷让你来接我们啊！"

明叔点头微笑："老爷觉得我比较稳妥。"

秦湘心里嗤笑，什么比较稳妥，不就是因为许攸宁嘛。

明叔看向后面走来的两人，一个他认识，沈家小儿子，从小就聪明圆滑得跟黑狐狸一样的人物，长大了更不得了，配上清风朗月的样子，阴了别人，别人还不敢相信。

而另一个……

明叔眼眶酸胀，好像看到当年沉静的秦青鸾，笔直地一步一步走来。

- 第 6 章 -

让情敌暴躁的许攸宁

秦湘看着并肩走来的两人，不由得皱眉，故意有些撒娇似的问："你们怎么走这么慢啊！"

沈嘉言和明叔问好后道："许攸宁前些天腿受伤了，还没恢复，所以走得慢了些。"

秦湘一愣，心里的弦一下子绷得紧紧的。她目光扫向许攸宁，见她面色如常，一时不敢再说她走得慢。

这时，沈嘉言向许攸宁介绍："明叔。"

明叔五十出头，但看着很是明朗沉稳，许攸宁礼貌地点头，声音尊敬："明叔好。"

太像了！和秦青鸾几乎重叠的一双干净清澈的眼睛，同样瘦弱却挺直的脊背，同样没有多余表情的清秀的脸，同样不卑不亢果断干脆的声音。

明叔掩下一时失神，笑了一下，老爷这下不知是欣慰多一些，还是思念多一些了。

走出航站楼，明叔把许攸宁的行李放到后备厢里，秦湘刚想和沈嘉言说让他也坐后面，就见到沈嘉言先她一步开了副驾驶的车门。

秦湘抿唇，不动声色地坐进后座，随后许攸宁也坐了进来。

一路上，三个孩子都没有交流，车里只有 CD 放着古典乐。舒缓的音乐催人入眠，许攸宁自认晚十一点睡，早上六点起已经是非常规律的生物钟了，可在平稳的路上还是有些昏昏欲睡，她闭眼养神，单手撑在车门侧围内板上支着脑袋。

明叔通过后视镜可以看到许攸宁。太瘦了，下巴清瘦得不行，米白色的松垮棉质衫像是套在衣架子上似的，灰色运动裤不知别人穿是不是也那么宽宽松松的。他皱眉，许家是在虐待秦老爷子就算相隔千里之外都挂在心上，不掉一分的外孙女吗？

而且……老爷子年轻时太拼身体有些老毛病，他也就干脆跟家庭医生学得了一些医理，小小姐……脸上血色很淡，不像很健康啊，难道是青鸾小姐的那个毛病……

其实是想岔了。许攸宁脸色差只可能是因为许攸陶。许家人也知道如果被发现这种事，秦老爷子不和他们一刀两断才怪，本来他们也是不同意的，对他们来说李美心算什么，许攸宁才是真正重要的人物，她这名字是秦青鸾起的，而许攸陶这名字……呵，许家人哪里管。以前她也不是这名字，可住进许家以后，老人就让许伟明给她换个差不多的名字得了。

种种偏重——可耐不住以前那个许攸宁智硬自虐，唯爱玛丽苏啊！

许家人劝导都没用，过去那个许攸宁简直拿把西瓜刀就可以自己开膛破肚的阵势吓坏了他们，许家掌门人许泰山扶额："没办法，随她去。"

他们负责擦屁股就好了。

许攸宁一觉醒来，车子还在平稳地开着，窗外景色纷沓，她想起了郁达夫的文章——秋天，无论在什么地方的秋天，总是好的；可是啊，北国的秋，却特别来得清，来得静，来得悲凉。

恰槐树落蕊的季节，街边就像书里说的，厚厚积在一起的蕊，极微细极柔软的触觉，无声，无味。

窗外景色热闹起来，一路东行，转过几道街区后车子驶入东山公馆，临湖而建，草木荣荣，风吹来零落成泥的丹桂味道，浓郁易醉。

车在其中一座别墅前停了下来，明叔示意让他们先下去，老爷子已经等着了。

各回各家，各抱各妈。沈嘉言知道许攸宁首次到秦家秦老爷一定有很多话要说，所以今天拜访不是个好日子，他让两人替他向老爷问好，自己先回家了。

许攸宁跟着秦湘走上二楼，随着距离靠南的那个房间越来越近，她垂下眉睫，竟觉得有一丝……情怯。

秦湘扫了许攸宁一眼，随后叩门。

许攸宁承认，她很期待，听到里面那位老人的声音。

"进来。"

威严而厚重，声音传入耳朵，和想象中有那么点相像，许攸宁心里笑，没了所有包袱。

和秦湘一齐走进房间，老人便坐在那里，唐装，有些发福，不苟言笑，但看得出精神矍铄。老人的目光先是落在秦湘身上，点了点头，然后移到许攸宁身上。两双同样平静的眼睛相对，不同的是前者颇有审视意味，而后者澹泊含笑。秦忠国压抑住藏在桌后的拳头的微微颤抖，他这种年纪的人了，可看到跟在秦湘身后的女孩子走进来，他真的是心湖翻滚，是青鸾的孩子，样子、感觉一眼就看出来了！

"秦湘，你先出去。"

秦湘点头，看了许攸宁一眼，走出房间并把门带上。

偌大的书房里，现在就剩下几乎是面对面的一老一少，秦忠国直视许攸宁的眼睛，低沉道："你的名字是小鸾起的。"

许攸宁点头，道："唅唅其正，哕哕其冥，君子攸宁。她是希望我一生都光明安稳。"

秦忠国沉默了一会儿，道："你父亲再娶，我本想接你过来，你却那么多年不肯来秦家。"

这个话题太犀利，许攸宁认真地盯着老人："外公，弃我去者，昨日之日不可留。"

"哼！"

被这声"外公"叫得心肝脾肺无不清透，秦忠国知道是小姑娘耍的把戏，可毕竟挠到了点儿上，爽到了！

秦忠国重重哼了一声，神色稍霁："顾左右而言他。算你过了！"

许攸宁展颜一笑，秦忠国心里翻了个白眼，算是看错了，他家小鸾才不会有那么多花花心思对他耍诈。

气氛轻松了些，秦忠国继续道："大学考到首府来。"

似是询问，语气却是毋庸置疑的，许攸宁也是这个打算，便点点头："我想考去首外。"

"首府外国语？"秦忠国老脸抽了一下，表情别扭，眼神游移躲闪，"靠自己？"

沉默。

许攸宁心想，连秦湘都知道我要求上进了，您老会不知道？

秦忠国很冤，打开管家放在桌上的几片纸头，看到许攸宁"成绩突飞猛进"时……他是真的觉得有哪位好心人和外孙女换了卷子，当时面对管家担忧的神情，他重重喘了几口粗气，勉强道："还、还成吧，至少能有些人脉了。"

成，成个什么啊！还人脉呢！若不是要面子，他会这样说！？

如今外孙女提起这一茬……秦忠国忧伤了，莫非要我拉下老脸去和那个好像在首外挂闲职，做工薪阶层的老头子谈革命友情？

秦忠国咳了一声，严肃地看向许攸宁，却见她表情云淡风轻，恍若这句话是轻描淡写扔给他就大功告成的——一口粗气上不来，秦忠国觉得心好累。

片刻后，他沉声道："行，我去给你说说。"

首外要求极高，还不是有关系给钱就能进的，那些搞语言的老古董要的都是有天赋成绩优的。秦忠国以前觉得这学校正派，为祖国输送真才实学的外交人才！现在……何必呢，说不定大器晚成的好苗子就被遗漏了！

许攸宁好笑，看着秦忠国一副肃穆的样子眼神却闪烁放空，她便知道老爷子在胡想些什么了。

"我会自己考进去。"许攸宁不担心，她相信自己的学习能力。

她声音轻淡，却不似说笑的，秦忠国蹙眉，这才真正认真起来："这么有自信？"

许攸宁嘴角勾起，明眸善睐："对。"

干脆，果断，自信，坚定。

秦忠国愣怔，一时心潮汹涌。他记忆里的一直是那个怯懦缩在别人背后的女孩子，如今长大了，无畏地站在他面前，宛若一棵从瘦石里破而后立的幼松，青嫩，纤细，风骨却毫不逊色！

心田酸胀而饱满，他看着许攸宁，叹声道："你还是很像你母亲的。"

许攸宁所有记忆里，关于秦青鸾的只有原主那几抹很浅的断片。她抿唇，对秦青鸾这样一个未曾听过贬评的女子，她的母亲，感到好奇。

只是，小腿突然抽了一下，许攸宁身体轻轻摇晃，有些站立不稳。

秦忠国皱眉："你的左腿怎么了？"

他参过军，一眼就看出是许攸宁左小腿的问题。

许攸宁没想到秦忠国一针见血。

这事情若一般人碰上，初来乍到不会将实情说出来，可许攸宁不高兴藏着掖着，明眼都看得出这外公心里是很宠她母亲的，想必对自己也会爱屋及乌，所以，凭这阵势，躲躲藏藏何必呢，伤口痛得嘞。

秦忠国看着许攸宁突然似笑非笑的表情，心神又是一跳，直觉接下来说的不是什么好事。

"秦湘来学校找我，踹在我的自行车车胎上，我摔下来划了条口子，缝了十二针。"

十二针？！

秦湘过去也不过十天左右……

秦忠国瞪眼："你刚拆线？"老爷子面色不豫，怎么不早说，他若知道就让她坐椅子了哪还用得着下马威，"你先坐下来。"随后打了个电话，"让王医师过来一下。"

见到许攸宁这下乖巧地坐在一旁，还自在地从书架上翻下一本书看，他暗哼一声，气质是和青鸾像，不省心这点也不差！

王医师听到秦老的电话便急急忙忙赶了过来，见到书房的情景微讶，原来是秦老的外孙女来了。像这种拆线后一两天的伤口，他很有经验，女孩子都爱漂亮不想留疤,那就得用新鲜的生姜每天三次在拆线的地方滚上两遍,这样皮肤就会光嫩如初。

王医师让许攸宁抬起腿,他帮姑娘消好炎,就拿着生姜教她,他不在的时候就自己坚持每天滚上几遍,皮肤会恢复得快些。

老爷子在一旁看着许攸宁又细又白的小鸟腿儿蹙眉:"小王,你也帮着看看我外孙女儿怎么这么瘦,不健康!"

王医师闻言也皱眉:"秦老,您外孙女儿虽瘦但这脚踝、腿肚……"他指着许攸宁的腿,"却水肿得厉害,看上去倒是肝不太好。"

许攸宁挑眉,原来从这腿上还能看出肝不好。

"肝不好?"

秦老看向许攸宁,有些疑惑:"怎么会肝不好的?"许家也是H市的大家族了,都有家庭医生定期来检查的怎么会突然肝不好的?

而此时此刻,许攸宁思考的是——

说——麻烦,被老爷子喷口水。

不说——开心,之后被老爷子喷口水。

两者取舍——

许攸宁望着秦老道:"外公,这件事我不好说,您去查下呗,查完我们再谈这件事儿,我将一些您不理解的全告诉您。"

她心想,哪有一些,只有一件:原主操着把西瓜刀威胁要自剖。

这种事情,正常人谁理解得了。

秦忠国讶异了,他只是问问,没想到还真有事儿。王医师知道什么该问什么不该问,于是做好自己的事情后对两人道:"可以改天来做个检查。"

许攸宁跟着老爷子走出书房,和迎面而来的一位同样严肃端正的男人迎面碰上,许攸宁见到对方微愣,觉得自己的眼睛形状不像许明伟,也不似照片里的秦青鸾,反而和这个男人如出一辙。

秦煜面无表情地看了许攸宁一眼,随后望向秦忠国:"爸。"

出了书房的秦忠国脸上肃色更甚，他淡淡地"嗯"了一声，随后朝向许攸宁："他是你舅舅，秦煜。"

"舅舅。"许攸宁问好，有说法说侄女像舅，也是有些道理的。

秦煜面色依然冷淡，只轻点了点头。秦忠国想到许攸宁缝针的事情，面色不豫："秦煜，秦湘养得太骄纵了，管好你的妻女。"

"是。"

父子之间宛如上下级，一个发出命令一个服从命令。

秦忠国点头："阿宁，你的房间已经整理好了，午饭会有人送上来，晚上家宴。"说罢，他见许攸宁了然，朝独子看了一眼，"你给我进来。"

秦老为许攸宁准备的卧室简洁明亮，阳光充足，书柜里摆置着一些陈年照片，照片里的人显然是这间卧室原来的主人秦青鸾。

许攸宁看了一会儿，转身整理行李。

将箱子打开，里面除了几套穿着舒服的宽松棉衫，其他都是习题册和教程。首府是全国中心，只要带够钱就行，缺衣服直接买不必带着占容量。

她把书分门别类放在书桌上。高考这件事，对已经经历过一次的许攸宁来说没什么负担，但她习惯万无一失，于是做好计划，三天时间，每天至少需要四个小时复习功课，两个小时完成字幕组的工作，三个小时背高级口译教程和《荒诞心理学》。要想出口成章，不背不成书。

秦湘推门而入的时候，许攸宁正在背书，面容沉静地对着镜子，轻软的嗓音说着一口流利的英语，口齿清楚，发音标准，嘴角微扬，整张脸竟比她见过的样子都柔和一些。秦湘心里说不出的怪异，没见过背书的时候心情比其他时候都好的。她今年高三，成绩虽不差，但和秦家要求的还有一段距离，当初听说许攸宁成绩不好时她很高兴，有对比爷爷才会知道该对谁更宠爱一些，可不过一个暑假，怎么就成绩突飞猛进了呢。

她看许攸宁十几年难得来一次秦宅，下午也不到处看看而是选择背书，心下还是承认的，有这种毅力，成绩进步那是一定的。

"许攸宁。"

秦湘等着等着不耐烦，她推门而入的声音许攸宁肯定听到了，现在却故意晾着她，不就是仗着外公不会责怪她吗。

"许攸宁！"

许攸宁皱眉，停下来转头看向秦湘："我还差两段就背完了。"

秦湘愣住，这人是怪她不让她背书吗？心里翻了个白眼，她说道："你以为我愿意来这个房间啊！我问几个问题就走。"

许攸宁示意她说，秦湘抿了抿嘴，问："你和嘉言就是一般的同学关系吗？"

不怪秦湘瞎想，她喜欢跟沈嘉言在一起，所以常常注意他的一举一动。沈嘉言看上去行事风流，真正却不太和不熟的女孩子说话，想到机场里看到他俩坐在一起无比和谐的画面，她就浑身硌硬，后来沈嘉言也是顾及许攸宁走得比往常慢得多……

眉头皱得更紧了，秦湘催促着："是不是啊？"

"对。"本来就是事实，许攸宁回答得很快，她心里不满秦湘打扰她宝贵的时间，就是为了问这种无聊的问题，"以后这种问题别来浪费我的时间。"

秦湘得到想要的答案，心神放松不少，爷爷平时对沈嘉言好，说不定沈嘉言是看许攸宁是爷爷的外孙女，一个圈子里的人，才表现得比平时上心一些的。

于是听到许攸宁后面的话秦湘也不像往常一样跟她对峙了，现在在爷爷家她得不了便宜，何况，像许攸宁这种书呆子在正经场合一点都吃不开，过两天爷爷大寿宴还不是自己的主场？

秦湘心情舒缓，连带走出房间都神采飞扬，一旁做整理的阿姨见大小姐进去出来两张脸，顿时对老爷的外孙女感到好奇了。不过某人的好心情没有持续多久，她刚下楼就被秦煜叫进了他的书房。

秦宅很大，设计也是最传统最舒服的样子，当初东山还没开盘，老

爷子就因为这里风景秀美而订下了最能一览湖水芳树的独栋别墅。这房子在东山公馆称得上有资历的了，秦老爷子图个清静，所以用了二楼最靠里的房间，当年秦青鸾还在的时候身体不好，于是也住在二楼。

长子秦煜和长女秦火凤都是住在一楼，即使成家了也没变过。

秦湘从小就害怕她父亲，但这害怕里还有一丝丝敬仰，每当看到来家里做客的爷爷同辈人，对爷爷说："秦煜是个能做事的！"

她就会想，她爸爸是多厉害！

跟着秦煜进到书房，她有些战战兢兢，面对爷爷和外面同样身份显赫的人，她可以摆出秦家人的风骨，可碰到自己父亲，却只感觉得到把骨头都吹抖了的风。她特别怕秦煜这样，就这么一潭深水似的看着她，也不说话。自从她长到十岁，每次她做错事都是这样，再也不会像以前耐心地好好跟她说道理了。她想自己又做错了什么，突然，她想到父亲是从二楼下来的，莫非是爷爷说了些什么？

难道……

秦湘心里害怕，难道许攸宁这个不要脸的跟爷爷说了她腿伤的事情！？在秦煜面前秦湘绝对不敢做出恨恨的样子，所以只低垂着头。她还不确定，万一没说呢，她不是自乱阵脚？

于是，秦湘问："爸，我做错什么了？"

秦煜眼中闪过一丝失望，秦湘终究没有像他心目中期盼的那样。他心里叹气，刚才只是稍微一看，也知道老爷子是不可能不喜欢那孩子的，气质和青鸾太像了。秦忠国对秦青鸾的偏爱有目共睹，当年秦青鸾出生的时候，他已经九岁，火凤也七岁了，他们心里欣喜，却不想最小的妹妹身体那么不好。一开始总是怜惜的，何况这个妹妹圆圆的黑眼睛总是湿漉漉地装满依赖，他和火凤两人都抱着奶香扑鼻的小丫头不肯放手。

可渐渐地，就不对了。

青鸾病弱，老爷子格外照顾他们觉得这是应该的，可那般温柔宠爱的神色他们两个是很少见到的，或许小时候见过，可越长大，父亲的脸便越严厉。

　　小孩子不会那么快想到嫉妒，只是羡慕父亲对妹妹那么好。但随着青鸾长大，越发文静聪明，老爷子不再表现得那么宠爱，却满眼都是喜欢欣赏。

　　这个差距，是真正让他们两人心里失落的根源。

　　如今青鸾的女儿来了，从小备受宠爱的秦湘就和当时感受到对比的他们一样，可因为来得太晚，老爷子念叨得又多，种种落差使秦湘在徐明月"不失分寸"的教导下，这种情绪变成了或许女儿自己也不知道的"嫉妒"，心里是怎么想的全都表现在了脸上。

　　他望着自己的女儿，一字一句地说道："你是不是，对许攸宁不满？"

　　秦湘呼吸一室，父亲知道了。她愣愣地抬起头，果然只能看见父亲蹙起的眉和不赞成的眸色，她的心一下子拔凉拔凉的！为什么呢？为什么呢！爷爷也是，爸爸也是，都对那个许攸宁那么好，为什么许攸宁一来她就要被爸爸责怪，为什么许攸宁明明只是秦家的外孙女，大家都对她那么好，她才是秦家的孙女啊！

　　秦湘沉下气道："我是不喜欢她，当时因为她装作不认识我，气愤才做出那种举动，没想到让她腿上缝了那么多针。父亲，我错了。"

　　秦煜一时觉得有些累，如果真的知道错了，为什么听他问这句话，先是眼神躲闪、惊慌，随后才是低头？哪怕是承认错误也不敢抬头看着他说。

　　秦煜久久没有说话，秦湘有些怕，抬起头，正好父亲也站了起来，她看到秦煜不置一词，刚想开口再重复一遍说辞。

　　"好了，做你自己的事去吧。"

　　秦湘见秦煜埋头开始批示文件，心里一涩，一直挺直着背的父亲，什么时候竟流露出一丝伛偻的老态？

　　她闭眼，再睁开，随后走出书房。

　　许攸宁看起书来心无旁骛，等到阿姨敲门进来，说可以用饭了，她

才把书签夹在里面，合上书下楼。

客厅沙发里坐着两个人，见到许攸宁下楼，都抬头看向她。

一人面貌和秦青鸾肖似，只是多了一些锐利，另一人看上去则温和了许多，不过最先和许攸宁对话的，却是——

"你就是二表姐？"一个小馒头一样的男孩子不知从哪里窜出来的，双手叉着腰趾高气扬地朝她问道。

"方正鸣。"

听到这声音，馒头瑟缩了一下，许攸宁看向发出声音的女人，向她问好："姨妈。"

随后又看向她旁边的人。

"姨父。"

再望着脚边的馒头："方正鸣。"

方正鸣差点没从楼梯上一跟跄摔下去，怎么差别那么大，叫他爸妈姨妈姨父的，想来也会叫他表弟，怎么突然叫他全名？可看着这表姐是个清冷的正经人应该只是没适应有个表弟吧。

虽然这样想，可心里还是一阵郁结，方正鸣噔噔噔跑下了楼梯，才五岁的小包子哪里知道这个"二表姐"只是觉得从来没尝试过欺负小孩，此生要尝试一下才有意思，如今逮着个现成的正好试试手。

简而言之就三个字——逗你玩。

许攸宁看着本来还一脸霸王气势的方正鸣突然嘴巴瘪成了波浪线，她笑了，觉得好玩。

秦火凤在嫁人后，除了过年过节，或者老爷子身体不适的时候，就不住秦家了，她虽心里感念父亲对她的严厉，让她成为独当一面的女强人，却也对老爷子对秦青鸾的偏心，终究心里产生了些微罅隙。

如今看到秦青鸾的孩子，她不知为何，心里有些酸。秦青鸾去世后，她常常想，其实也没必要和这个妹妹争什么，最开始的时候她是和秦煜一样，那么喜欢这个妹妹的，也不知道什么时候心态发生了变化才会让自己离初心越来越远。

人都去世了，还能怎么样呢？

面对秦青鸾的女儿，她没有什么感觉，不会有曾经对秦青鸾产生过的些微恨意，但也谈不上喜欢。

许攸宁觉得秦火凤比秦煜对她的感觉还稍淡一些，所以只表达对长辈的尊敬，也不会像面对秦忠国时，因为看得到他眼里的疼爱就不由自主地放开心，想要亲近。

而另一边，从她下楼就感受到有不喜的目光。

秦湘的母亲，徐明月。

"舅妈。"

不论怎样，称呼不能少。

徐明月是发自内心地不喜许攸宁，从她嫁进来第一天就是。

这时，老爷子下来了，众人就座，每个位置上都有相应的食物，分量不一。许攸宁的和秦湘差不多。秦湘喜欢运动，身材健美，于是消耗的食物也多，许攸宁过去胃口是非常大，或许是因为消化系统在手术后不太妙，如今吃了一半不到就够了。

秦家向来讲究规矩，食不言寝不语，一顿饭就在默默无声恪守礼节中吃完了。

秦湘欣喜，姨妈不喜欢许攸宁，她感受得到的，可今天爷爷和父亲的事都给她带来些打击，一时心情又低落下来。

饭后，秦火凤三口都住了下来。后天就是秦忠国七十大寿，是要在外面办的，所以也不回去了。她陪着秦忠国说了说话，方正鸣这小子和家里人都不一样，一点都不怕人，尤其是秦忠国。秦火凤有时也郁闷，怎么她都不敢做的事情，自己儿子做起来简直是信手拈来，譬如说骑着秦忠国的脖子扯老爷子的胡子。

许攸宁坐在秦忠国旁边，和他说自己的课余生活，方正鸣在秦老爷子身上一会儿拍一把，一会儿乖乖坐在老爷子怀里，许攸宁视若无睹面色平静，只在方正鸣拍着老爷子的背时皱了一下眉道："你别拍，用按的，用力一点效果更好。"

感受到身后的馒头突然僵硬，秦老爷子心叹，家里的猴子和小青鸾都非池中物啊，从小一个胆大包天，另一个……思想很优秀很超前啊！

秦忠国在方正鸣的一阵乱敲胡按下浑身都舒爽不少，见许攸宁准备回房继续看书，他犹豫了半晌道："攸宁啊，你说你要考首外，那现在有几分把握？"

听出老爷子的言外之意，许攸宁微讶："外公是准备这两天就把我介绍给某些老师？"

老爷子微微瞪眼，倒是和青鸾一样挺聪明。

"怎样，有把握吗？"

许攸宁点头，她心里高兴，能够早点与这片领域的大牛结识是再好不过了！

"谢谢外公。"

第二天一早。

许攸宁下楼吃早餐，见到秦煜独自一人在客厅里用着稀粥小菜。

"舅舅早。"

秦煜看了一眼钟，才六点不到，他点点头，看向许攸宁："起得很早，"顿了片刻，又问，"睡得好吗？"

许攸宁看着白粥上浮着几根碧翠的生菜食指大动，于是笑答："睡得很好。"

因为晚饭吃得不多，所以早上起来肚子里还是空荡荡的，如今来一碗垫底又不油腻的清淡稀粥，浑身都舒畅无比。

秦火凤一向有早起的习惯，丈夫儿子还在睡觉她就自个儿先用早餐了，本以为会像往常一样只有大哥一个人，没想到还有许攸宁。

见到秦火凤也下楼了，许攸宁礼貌问好。

秦火凤没那么热络，点了点头，这时秦煜已用好了早饭，他不避讳许攸宁，对着秦火凤道："你说的那件事，父亲肯定不会同意，所以你别再想了。"

"秦家也是时候踏出这个圈子了，你不想想和我们关系最好的沈家也——"

秦火凤皱着眉，声音发急，下一刻突然顿住，看了一眼旁边埋头吃饭的许攸宁，音调放缓："大哥，我这不是没有根据的。"

说罢她也不继续说下去了，怕是在顾虑些什么。

秦煜离桌，沉声道："我不管你是怎么想的，这件事和我们……相悖，我吃好了，先走了。"

许攸宁仰头喝完小米粥里散发米香的粥汤："我也吃好了。"

餐厅只剩下一人，秦火凤舀了半勺粥放入口中，似想到什么郁结的事，又缓缓放下汤勺，疲惫地揉了揉睛明穴，动作缓慢又无力，片刻过后睁开眼，轻轻地叹了一口气。

许攸宁上楼的时候，秦忠国从旁边的卧室出来，他见到这么早就起来的许攸宁也是很惊讶："起很早啊。"

许攸宁浅笑："外公早上好。"

秦忠国早上有晨练的习惯，见许攸宁起得这么早又身体不好便生出些想法："换上运动服，等会儿我们去走走。"

许攸宁早上是准备背书的，但只迟疑了一秒，见到秦忠国隐含期待的眼睛，于是答应："好。"

东山公馆自然风光占地面积极大，许攸宁出门就感受到了空气中一阵清新的凉意，昨晚下了一场小雨，老话说一阵秋雨一阵凉，现在空气里湿度刚刚好，浑身毛孔无不蠢蠢欲动。

许攸宁不自觉地大口大口呼吸着新鲜空气，两人沿着小道走得不快，她跟着老爷子也做一些舒展运动，譬如摇摇手臂、扭扭脖子什么的。

秦忠国正想感叹今天空气格外清新呢，余光瞥到跟在自己身后的小外孙女儿，一时间动作一滞。他外孙女儿像个糟老头似的，做着一些没有美感的老年操动作，还格外认真。

东山公馆虽然是他们这群糟老头子的驻扎地，但更多的是下一代的青年才俊，秦忠国心想，平时见到世家的小姑娘都格外注意形象，他们家的秦湘也是，做运动都是瑜伽、骑马、舞蹈什么的，怎么偏生许攸宁就这么——实在呢！

许攸宁不知道秦忠国在想什么，在她那么长时间的学霸生涯里，是从来没有"用看书的时间去学习一项把身体凹来凹去"的运动的，她学着秦忠国将手臂甩来甩去，突然看到秦忠国望着她，眼神幽幽的，于是一愣。

还没问呢，就听到身后传来熟悉的哈哈大笑声。

秦忠国和许攸宁同时收手回头，沈嘉言穿戴整齐，比起早起，更像是刚刚回来。

秦忠国皱眉问："小二子，怎么又这么晚回来。"

沈嘉言笑眯眯地回答："回秦爷，很久没回来，一些朋友聚聚喝了些酒。"

沈嘉言走近，两人同时闻到一丝淡淡的酒味，秦忠国蹙眉："不学好。"

沈嘉言笑笑不说话，目光转向许攸宁，正巧，许攸宁也在看他。

许攸宁在他说自己和朋友喝酒时就知道他在说谎，说谎的人大多会触摸眼睛、鼻子、嘴唇之类的面部器官以作为心虚的掩饰，他虽无任何肢体动作，却明眸蒙雾，笑时把眼睛眯起来看不清焦点，这样似乎说谎给虚拟出来的人物听，如此自我想象心虚就会少很多，因为说的话与面对的人都不真实，效果会更加好。

如果还有什么疑点的话，沈嘉言面色偏青，若是和朋友把酒言欢，那么由多巴胺刺激产生的喜悦会使面色带有红晕，即使褪去也不会那么快。

所以，沈嘉言在说谎。

不过，与她许攸宁无关就是了。

沈嘉言见到许攸宁观察自己后，眸中流露出的一丝了然，唇角微勾，他觉得许攸宁挺聪明的，读书破万卷却是能够运用一些方式知己知彼的。

他当作不知道，只笑说："许攸宁，你的动作很僵硬。"想到他刚才回来时看到许攸宁跟着老爷子，做动作时宛如一只蠢萌的小鸭子，好笑到不行，没见过肢体语言那么僵硬的，"我从来没见过一个女孩子可以将那么简单的动作做成这样子的。"

秦忠国心里一跳，这是沈家二小子在欺负他外孙女儿吗？不带窝里斗的啊！

刚想说上沈嘉言两句，让他对自家外孙女儿好些，却见听到这话黑了一张脸的许攸宁缓缓说道："见识少就别弄得尽人皆知了，丢份儿。"

秦忠国目光严肃，随即猛地笑出声。

沈嘉言嘴角微抽，上半张脸和下半张脸开始有丝分裂，他眯眼笑得更欢了："口才很好。"

许攸宁点头毫不客气："嗯。"

沈嘉言呼出一口气，笑笑"那你好好锻炼，"随后，目光转向秦忠国，"秦爷，我去睡一觉。"

秦老爷子不耐烦地挥手："去吧去吧！"

- 第7章 -

又美又有气质的许攸宁

传说中，人到了一定的年纪无论性别无关地位，都会问自己的后辈一个相同的问题："你觉得，他怎么样？"

秦老爷口中的他，自然是指沈嘉言。

许攸宁不再做老年操运动，她给的回答的确是她想的："沈嘉言聪明、狡猾、善于伪装。"

秦忠国一愣，倒是没想到许攸宁给那么正经的答案，他笑了笑，攸宁刚来不必那么快参与其中，于是他只带了句："沈家有两个嫡子，大哥沈嘉行，沈嘉言是弟弟，沈家也是和我们一样，只走政道的。"

秦火凤不经意脱口而出的话迅速和秦忠国说的话排列对比，许攸宁眨了下眼，下意识地不想听下去，于是扯开话题，说："外公，你准备给我介绍哪位老师？"

秦忠国笑了，他知道一定是许攸宁不想听了。但是，想到昨天打电话给那老头，秦忠国眼神怪异。对方阴阳怪气的声音实在欠揍，什么"没听说秦家还有对语言有天赋的人啊"。秦忠国一家上下不知怎么的，英语都不好，秦煜这么稳重的人也只混了个中等水平，秦火凤和秦青鸾都喜欢数字，英语……说了伤感情，再看看下一代，秦湘成绩都一般，许攸宁……过去的许攸宁那成绩实在没法让人轻易谈起，痛得太深刻。

对方的中心思想就一句："你们秦家学语言什么的，呵呵，智硬了吧。"

秦忠国差点没气得对着话筒就把那老不死的一枪给崩了！

秦忠国的表情太扭曲，许攸宁觉得那一定是一个有故事的夜晚。

早上走了一圈许攸宁不出意外遇到许多秦忠国的老友，大家都半退休了，无论曾经是不是高位挥斥方遒的，这一开始养老就和普通老人没差太多。

"哎哟，你外孙女啊？"

"是啊,这不刚过来看看我吗。"
"长得可真好啊。"
许攸宁听多了,自觉即使她是颗小白菜也会——
"哎,这是你买的小白菜啊。"
"是啊,刚买呢!"
"哎,真新鲜。"
……

太阳升起来以后,陆陆续续声音就响起来了,爷孙俩即使只是慢走也出了一层薄薄的汗,两人到家时秦湘刚起床。

看到爷爷和许攸宁一同出去晨练,她心里一沉,趁着爷爷去擦汗,似笑非笑地看了许攸宁一眼:"这么快就和爷爷套近乎了?"

许攸宁凝视秦湘许久,觉得这表姐真是和整个秦家的画风都不同,侧眼看到从卧室走出来的徐明月,她知道了,这外在因素太犀利。

秦湘笑道:"怎么不说话?"

许攸宁抬头,郑重其事道:"你智硬,我怕。"

说完,朝楼上走去。

秦湘在原地简直了,她气得笑了一下,看谁都不顺,即使是她妈妈走过来也不给个好脸色,话都不说直接走回自己的房间。

秦老爷子过的是七十大寿,从未在任何场合中露过脸的外孙女儿许攸宁自然是亮点之一,传说种种,从成绩奇差、家教不好到热爱学习,她的传说大概有好几种。

当秦忠国认为自家孙女儿今天终于可以带出去遛遛的时候,他遗漏了一个重要的问题。过去的许攸宁或许会准备华服,可现在的她刚跟家里的俩女人闹掰,又一根筋地没担心过这个问题,所以到了中午,秦忠国终于有些不确定地问:"攸宁,你衣服带了没?"

许攸宁恍然大悟,随后一脸镇定:"去哪儿买?"

"……"

沈嘉言长腿一伸搁在膝盖上，一边扶额闭眼假寐，一边百无聊赖地等着许攸宁和秦湘做造型。人生之事，计划没变化来得快，又是忙了许久想睡个回笼觉的沈嘉言差点就进门了，可还是在进门前一秒被老爷子给拉走了。

秦老说："她们两个女孩子说不定要逛逛，你家没人，你也别老宅在家里，多出去走走。"

沈嘉言打着哈欠，老爷子不就是觉得秦湘许攸宁不和怕晚上出差错吗，扯什么他是宅男的借口，没见他刚回来啊……

秦湘非常不愿和许攸宁一道，可见到沈嘉言立马开心不少。

许攸宁被人放到一张椅子上，脸上弄弄，头发弄弄，她觉得这和按摩其实是一个套路，于是心安理得地闭眼睡了。不知过了多久，她似乎想起这里不是家，缓缓睁开眼睛，镜子里娇嫩的少女也缓缓睁开眼。

"如果只看这张脸，那还真是楚楚动人。"

不知何时沈嘉言站在身后，笑眯眯的，他换好了正规西装，一丝不苟，但因为这张笑春风的脸上内双的细长眼，眼尾微翘，总觉着有种风流公子哥的味道。

许攸宁看向他身后，秦湘一身红，她身材高挑，穿红色长裙，露出半边腿，显得性感又高雅，她手里还抱着一个盒子走过来："你的衣服，你爸送过来的。"

秦湘将绸缎扎紧的礼盒放到桌子上，许攸宁扫过一眼——Je vois la vie en rose（我看见玫瑰色的人生）。

许攸宁打开礼盒，里面是一条白色抹胸裙，花蕾点缀绣纹精致："这个牌子是玫瑰屋，所有衣服上都会有这一季主打的花型。"

许攸宁对衣服不在意，听秦湘一说才发觉胸前点缀的花朵是含苞待放的白芍药。她走进更衣室，套上这条裙子后只觉得胸部以上凉凉的，走出更衣室，面对镜子里的自己也不由得暗叹一声。

微往里翘的短发清爽又漂亮，隐隐约约露出两道形状清晰的锁骨，饱满的胸型隐在花骨朵之下，材质轻盈绣工一流的裙摆随步伐轻轻摇曳，却不会因风而被吹起来,是非常适合她的一件衣服。

许攸宁觉得有句话很有道理——人靠衣装马靠鞍。

沈嘉言原以为许攸宁瘦成一个纸片人,却没想到该发育的地方很不错,甚至原是用来装饰的花瓣都被挤开了些。

"不要盯着不该看的地方看。"

许攸宁对他露出不赞成的目光,某人点点头一本正经:"你说得对,该看的地方一定赏心悦目。"

沈嘉言说话上捡了便宜,眼睛也不再不规矩了。

许攸宁问他:"秦湘呢?"

沈嘉言道:"哦,她说老爷子还没来,她得代表秦家女儿去宴会上招待一下宾客。"

秦湘在一干从小一起长大的世家子弟中穿梭,举止优雅,笑容明媚,透亮的酒杯互碰发出清脆的声音,她抿了一口酒,和对面的人道了一句"尽兴",随后回到自己的圈子里。

众人见今天的大小姐来了,纷纷调笑:"怎么,累了?"

秦湘瞥了一眼油嘴滑舌的人,嘴角微勾:"怎么会累,不过是一场晚宴而已。"

"秦大小姐今天可否赏个脸,让我邀您跳个舞?"与秦湘相熟的阮家公子大手一展,做出邀请的姿势。

秦湘嗤笑:"怎么,不喜欢小白花了,改口味了?"

阮公子碰了一鼻头的灰,只能摸摸鼻子收回了手。

"不过……"一旁的齐悦若有所思后,笑意盈盈地看着她,"今天,好像那位也来哦?"

秦湘本来微笑的脸,沉了一些,她轻哼一声:"不过是仗着爷爷宠她而已。"她看了一圈身边的好友,突然笑了,"不过也就如此罢了,她现在可是个书呆子,我们,她估计还都看不上。"

说着,秦湘喝了口酒,透过透明玻璃,果然能看到大家表情都僵了些。

她要的就是这效果。

这圈关系好的人，脸上都有些挂不住，家世背景分一个阶层，而他们平时的作为，决定的是朋友圈子。他们这个圈子算是比上不足比下有余，都对学习没太上心，成绩一般，但也不会辱没了家族的门面，可即使如此被人说出来，那也是丢脸的事情。

"可秦大小姐有些好感的沈二少，好像也是个成绩优异的吧？"阮昊故意咬重"有些好感"四个字，秦大小姐平时做什么都过得去，但一碰到沈嘉言的事情就容易跳脚，明眼人都看得出她心之所属可她偏偏要说是朋友，就是不愿意丢份儿，要面子要得厉害。

秦湘摇晃着杯子的手一顿，眸子不耐烦地看向说话的人："不需要你多嘴。"

阮浩一连在秦湘这里吃了两个闭门羹，还被间接地说了一次读书不好，一时心里也不爽，他把酒杯放在服务员的端盘上，说是到处去看看。

秦湘也心烦，怎么那两人还没来，想到沈嘉言对许攸宁的一丝丝优待，她心里老大不爽，恨不得许攸宁立刻消失在自己面前。

"秦湘，你那位表妹看样子很懂规矩，知道第一次亮相是越晚越好？"

秦湘不愿意再谈这个人，于是敷衍道："参加晚宴连礼服都没带，所以带着去做形象了，别提她了。"

沈嘉言带着许攸宁走进宴会厅时，两人一黑一白，一个妖孽一个清纯，吸引了不少人的注意。

众人定睛一看，哟，这不是沈二少嘛。

秦湘兀自不爽地抿酒，冷不防被好友碰了一下手肘，她顺着好友的眼神向后面望去，沈嘉言和许攸宁就像是一对似的站在一起，齐悦眼神落到远远的许攸宁身上，轻飘飘地吐出一句说不定让秦湘下一秒就要暴怒的话——

"你这个表妹挺厉害，姐姐看中的男人也敢下手。"

"别故意惹怒我，没什么意思。"

秦湘白了齐悦一眼，见她果然不怀好意地笑着心里又是一落，她扭头看向两人，从服务员的托盘上多拿了一杯酒，缓缓地向两人走去。

在首府，那么些个平起平坐的豪门皆知秦忠国孙女秦湘，碰到有重大场合，也多是这个女孩子众星捧月地站在那里，不过，传说秦忠国对自己的外孙女才是更加上心。

所以，当看到秦大小姐走向许攸宁时，众人恍然，这位就是秦忠国的外孙女吧？

许攸宁一进来就被各种各样的目光打量，仿佛要把她掘地三尺似的。她是秦忠国首次出席秦家宴会的外孙女，而身边那人又是沈家二少，两个都是焦点人物，效果不一加一为三才怪。

"攸宁。"

许攸宁抬头看去，秦湘姿态高雅地一步一步走过来，言笑晏晏，手里带着一杯颜色醇透的酒，许攸宁眨了下眼，莫名想起在那些慈善晚宴上，资助过她学习的老板贵妇们，也是这样向她走来，看似诚挚地告诉她要好好读书，随后镜头一阵乱拍，第二天就会上报。

她见秦湘脸上的笑容越来越深，转念一想便知道，是哪里她可以被拿着做对比了？于是大方一笑，接过秦湘递过来的酒杯，随后轻轻与她碰杯，她不能喝酒，于是乎装作喝了下去，实则只沾了沾嘴唇。

轻轻地举着酒杯，许攸宁不愿和这个明知道她做了手术还意欲有所为的人多待，在外公的宴会上她要保护秦忠国的脸面，可不能因为秦湘而被破坏了。

两姐妹如此默契的情景倒是让许多谣言消散于无形，可秦湘真的高兴吗，不见得。她见许攸宁动作丝毫不做作，举，碰，微微仰头而只沾了一下，感觉像吃了苍蝇一样恶心，不是说做了个肝的手术后不能碰酒的吗，能装，实在能装。

她下意识地要去拉许攸宁的左手，许攸宁却侧身往她的背后走去，秦湘恢复端庄高雅的样子看过去，原来是爷爷和父亲、姑姑走出来了。

两姐妹一前一后向自己走来，秦忠国难得露出了一个满意的笑容。

许攸宁过去做陪同翻译的时候穿过有些跟的鞋子，但今天这白色丝带鞋的跟实在是高了许多，她走路的时候不得不踮着脚，以防因不适应而崴到。

许攸宁走到秦忠国面前，微微扬起孺慕的笑容，眼神清亮，声音清脆："外公，祝您福如东海，寿比南山。"

难得见到许攸宁露出和平时很不同的笑容，甜甜的，秦忠国眉目里流露出一丝高兴，他点了点头，秦湘跟在后面，比起许攸宁举止更是端庄，秦忠国也很满意。他知道秦湘心性虽然没那么好，但在众人面前还是很有大家风范的。

两姐妹说完，软糯里还带着灵动的小馒头的声音就蹦蹦跳跳地撞进众人耳朵里，方正鸣向来没什么年纪小怕事的怯意，即使在这种宴会上，他也毫不拘束，一手捧着秦忠国的大手，大眼睛水汪汪地盯着脸皮抽搐的秦忠国，感人肺腑地朗声道："外公！祝您生日快乐，您多吃多喝，吃好喝好啊！"

"哈哈哈哈哈哈哈——"

方正鸣的祝词把附近的老人都逗笑了，也就知道方正鸣是秦家出来的一朵奇葩了。看着第二代、第三代都是规规矩矩，进退得宜的，秦大小姐从小到大一直如是。秦二小姐——就是这第一次露面的许攸宁，也是亭亭净植，仿佛一束清雅挺致的白芷，方正鸣格格不入，却也很可爱。一时间，羡慕秦家第三代都如此出众的人比比皆是。

"唉，真羡慕你这老头——"

一个西装革履虽然已是鹤发，可身姿挺拔眼神灼灼的老人走过来，秦忠国见到这人心里暗道：浑身散发着一股老狐狸的臭味。

老人眼神一转弯儿，落到许攸宁身上，他挑眉，朝秦忠国道："这就是你那想要考首外的外孙女儿？"

秦忠国恼，这老头子实在是蔫坏蔫坏的，故意把声音放得那么大，这不招所有人往这里看吗！

而许攸宁，明白这老人便是秦忠国想为她介绍的老师，于是朝老人浅浅一笑，轻轻颔首。

老人笑了一下:"你态度这么好,但我让不让你跟着,得看你自己,这些虚礼没用。"

他话音一落,就有人把目光移过来,落到许攸宁清清淡淡仍旧挂着浅笑的一张脸上,倒是有了不少好奇。

秦湘听老人这样一说,心里也是偷笑,也就外公相信许攸宁是考首外的料了,现在把这座说话很是犀利的大神请来看许攸宁,反而让许攸宁没脸了。

老人问:"你最近看些什么书?"

许攸宁回答:"口译教程和心理学。"

"心理学?"老人多少有些好奇了,"那你背两段来听听?"

秦忠国一愣,随即暗恼,朝这老头子低声道:"你这人是不是来砸场的啊,这看书就看书怎么还要背出来,我外孙女也才刚有志气,你——"

老人揉了揉耳朵,不看秦忠国,只看向许攸宁,一副很嫌秦忠国烦的样子。

秦忠国心中大怒,他什么时候那么低声下气过,平时要多严肃有多严肃,这老头子得了便宜还卖乖,还念不念当年的革命友情了啊!?

许攸宁看到秦忠国憋屈的样子有些好笑,不过看样子,这两位老人感情是深厚的。

"外公,我背得出。"许攸宁是学霸,对有些想引起瞩目的人来说,可能做好准备秀两段英语是有些求而不得的人的作秀,但对她来说……真才实学而已。

许攸宁面对这种所有人都看轻她从而产生落差几乎专门为她准备的逆袭场合表示,学霸准备好亮瞎你们的眼睛了。

"The results of this study show that signifit numbers on residents participate in legal gambling……"

这两段节选自《荒诞心理学》其中变态心理的一篇论文报告,每个人的心理都千层多面,正是其中微小的偏差延伸出两个截然不同的人格。她的确是在学习其中揣摩他人心理的技巧,同时也在自身修养方面受益匪浅。她对这段变态心理的节选非常朗朗上口,她细细揣摩过其中字眼,对俄勒冈州合法赌博中年轻人富有且曾有赌博经历的大比例数据的心理分析很感兴趣,投机就是一场心理战。

背两段英文可没什么了不得,但背的人是秦老的外孙女,考的人是首外鼎鼎大名的教授余金杯,这分量就足了。都知道余金杯做学问超乎规格地严谨,对待自己的弟子那是往昏天暗地的牛角里塞,说是把那个角给撞破了,就自有一片桃花源。秦忠国想让余金杯把许攸宁收了,多少人在看笑话呢,靠交情?余金杯还不嘲笑死你?

不过——这秦家的外孙女儿似乎不错啊!

目睹这个考验过程的人,心里都有几分思量。

现在家里还是要求子承父业,可家里孩子多的,也是鼓励往各方向发展,余金杯如今虽只在首外担一个教授的名头,可他曾经是 UN 会议中六方语言共十八名译员中的首席之一,在全世界都可以看到的国际会议上作为最专业的译员,将各方对话覆盖全场,这是无上的荣耀!

如果余金杯把秦家这外孙女儿收了,许攸宁又争气可以爬到余金杯的位置,那秦家,至少这声誉以及在群众心里的分量……

来参加宴会的人都是有头有脸的,对这小苗苗感兴趣只因为是秦家外孙,许攸宁现在是只雏鸟,如果真能飞到那种高度,他们倒是拭目以待。

许攸宁不多不少说完两段,颇为斗志昂扬地看向老人,如果能够尽早跟着首外的老师学习翻译技巧,她以后所能达到的程度一定更高!

秦忠国看着许攸宁一副小人得志的样子,嘴角微抽,可他心里啊,又有说不出的自豪,这老余瞧着就是搞阴谋诡计的人,想来是要给外孙女儿一个下马威,没想到他家许攸宁那么长脸!

见众人看过来的眼神或多或少带着些赞许,秦忠国一张严肃又矍铄的正派脸又冒了出来,他道:"老余,可以了吧,现在觉得我外孙女儿怎样啊?"

余金杯置若罔闻,只对眼前的少女感到诧异:"能没准备就背下来……

你平时可下了不少工夫吧?"

许攸宁笑着说是,余老能这样说,至少第一关是过了。

她每天至少花三个小时在英语的朗读和背诵中,能够脱口而出不足为奇。以前有人说她聪明,但她自己心里明了,又不是天才,能聪明到哪里去呢,大家的差距其实并不大。所以,在她眼里,找准目标后能够争分夺秒向前迈进认真的人,才是真聪明。

余老还有旧识来找,所以只和许攸宁说了一句还行,就没有再给更多回应。不过许攸宁不气馁,她知道现在自己的水平,无论是发音、语调、停顿,还是其他技巧都没有过系统的训练,所以,路漫漫其修远兮,宁将上下而求索。

这次晚宴打着秦忠国七十大寿的主题,但也是想把许攸宁介绍给在场的人。许攸宁一直待在 H 市,以后若来首府读大学那就必须要融进这里的圈子,秦家人需要参加的场合不少,每个人都得独当一面才行,秦湘是从小就培养起来的,而许攸宁,秦忠国还是有点担心。

面对不断来和秦忠国祝寿的人,许攸宁浅笑着站在外公身后,当秦忠国介绍她时,则礼貌地向对方长辈问好。她不太懂怎么在人际关系中游刃有余,也不会说非常好听的话让对方一笑,之前余老的考验无意识地给她添了一分光,所以,现在的她可以选择低调。既然如此,许攸宁希望能给秦忠国介绍的长辈的第一印象,是个有进有退的好孩子。

秦沈两家关系一直很好,沈天民长得儒雅,许攸宁看了一眼站在沈天民身后的沈嘉言,顿时觉得沈家基因是好,又看看五大三粗的秦忠国,她开始佩服起红颜早逝的外婆了。那得多强大的基因才能扭转如此劣势,那是阻止秦家外貌输在起跑线上的一根强有力的芦花啊。

秦忠国在众人面前一直是板着张脸的形象,连一开始跟许攸宁刚见面时,也一副"我就是那么拽那么拽那么拽"的样子,沈嘉言却好像不太怕他。秦忠国和沈天民聊天提起沈嘉言,对方也不关心是不是抢占了沈天民找秦忠国叙旧聊天的时间,自顾自地和秦忠国侃起来,滔滔不绝仿若两人是同龄的一般。

许攸宁有些疑惑,和沈天民对比起来,沈嘉言看上去反而和秦忠国更热络一些。她听着几人聊天有些百无聊赖,于是神思恍惚了一会儿,不知不觉开始默背课文,也不知道从什么时候养成的奇怪习惯。

晚宴有一套自己的流程,秦湘果然是从小就能站出来的姑娘,她站在台上,念未能到场的宾客的祝词,之后让秦忠国发言,随后安排上席。

纵然对许攸宁今天的风头不满,可秦湘知道分寸,无论怎么说,她代表的也是秦家的脸面,所以,从头到尾她都举止得体,晚宴的节奏掌握得非常好。

宴席还是采取最传统的圆桌,十五人一桌大的,许攸宁刚想入座,旁边就有道声音叫她的名字,她回头一瞅,哦,是许家人。

许家堂兄们走过来,拍了拍她的肩膀:"原来宁宁你英语那么好,早知道就让你教教我们了。"

宴席丰美,等大家餍足了,时间也很晚了。

年轻人难得有时间聚在一起,老一辈的看一眼自己家的是跟谁在一起玩的,见是熟人也就随他们去了。许攸宁明天一早要回 H 市,便跟着秦忠国准备回去看会儿书就睡觉。临走前去了一次洗手间,隐约听到隔壁的楼梯口好像有熟悉的声音,说话声模模糊糊,只是原本春风一笑的声音此时听上去十分冷冽,还有一丝说不出的……

"捞一批过来,不行也得废了。"

许攸宁不想听,却由于突然变清晰的声音还是听清楚了,与此同时,在她懊恼的片刻,对方从安全通道推门而出。

沈嘉言掐断了电话,似完全不介意对方是否听到,只是一如往常地朝她眯眼微笑。

早上,秦家司机送许攸宁到达机场,沈嘉言这次没有一起回 H 市,说是家里还有些事情。到了 H 市,司机接许攸宁回家,临近晚餐时间,许家别墅灯火亮堂。

许攸宁看着这阵仗,桌上佳肴丰盛,李美心和许攸陶各坐在一边,许明伟笑眯眯地朝她招招手——

"父亲,继母,姐姐。"许攸宁一一问好,放下行李道,"我去洗手。"

水龙头里冰凉的水冲洗去指缝里的灰尘,许攸宁用湿毛巾擦拭面部,脸上毛孔张缩呼吸着新鲜的湿气,一阵神清气爽,想到许明伟带着些讨好的脸,她一笑,这算是补救吗?

许攸宁在许攸陶对面的位置坐下,许明伟慈爱地对她道:"一路上累不累,外公对你好吗?"

许攸宁点头回答:"外公很宠母亲,所以对我爱屋及乌。"

刀叉在盘子里发出刺耳的声音,几人都停下动作,抬头看噪声的来源,李美心扶住额头。

"对不起,我有些不舒服,先上去了。"

"坐下。"

李美心身形一滞,难以置信地望着许明伟。许明伟表情冷淡,看了眼她:"之前不是好好的吗?宁宁刚回来你就不舒服。"

许攸宁这下倒是有些好奇了,许明伟现在可是为了自己在甩脸给李美心看?士别三日,当刮目相待啊!

而此时,许攸陶无声无息地用餐,仿佛什么都没发生。李美心一脸阴沉地坐下,而许明伟,表情也好看不到哪里去。

这个家,仿佛只有心情坦然的许攸宁格格不入。

她从一开始的些微惊讶,到大石落地。她心里好笑,许明伟不了解她,也不了解许攸陶和李美心——真是可惜了师傅做的这一桌好菜,对座的两人,表情如同嚼蜡。

她将食物放进嘴里慢慢咀嚼,食材新鲜口感鲜美,西兰花做的是她喜欢的蒜泥味,芝焗的鳕鱼肉质脆嫩,烤得酥脆焦黄的表皮下,竟是白玉一般滑嫩的雪肉,热度刚刚好的肉质一口含进嘴里,如掌心释雪,焦香与清甜共奏的鱼肉烤汁从舌苔上漫溢在口腔之中……

许攸宁叹息，太美了。

餐桌上无人作声，只有进退得宜的餐具发出的清脆声响。

许明伟想打破僵局，却欲言又止。许攸宁自顾自吃得香，可不一会儿肚子就不争气地饱了，她有些恋恋不舍地放下手中的餐具，礼貌地说了一声："我吃饱了。"

"宁宁——"许明伟叫了一声，可又心思烦躁说不出什么来。

许攸宁回头问："怎么了？"

许攸陶的声音带着一丝迫不及待插了进来："下个月我和孟廷订婚。"

订婚？许攸宁眨了眨眼看向她。而许攸陶沉着一双眼尾上翘的眼睛，面对许攸宁一愣后的注视毫不退让。

"那么……是在提醒我要包红包吗？"许攸宁好笑地看着许攸陶的眸色里，渐渐喷涌而出的紧张，她弯唇，起身，走向呼吸陡然急促的许攸陶，清浅一笑，"姐姐，你什么时候，已经沦落到要见我的眼色行事了？"她觉得无聊了，朝过去如此端庄优雅，可现在仿佛被人抛弃的许攸陶无奈地笑笑，"那么，祝你订婚幸福。"

轻轻柔柔的声音仿若春风过耳，可对许攸陶来说，刺耳如指甲划过木板，她垂在衣服两边，握得紧紧的双手怎么也放不开。

许明伟目涩，真的焐不热许攸宁的心了吗？可要说刚才，宁宁却也是祝福她姐姐的。他心中烦躁，为什么每次想补偿许攸宁的时候，总会发生各种各样的事情？

孟家提出的尽早订婚为的是什么他还不知道吗，好一个孟廷！

许明伟疯狂地寻找着可以垫背的人消除自己无法掩饰的无力感，李美心和许攸陶相继回房，他看着妻女毫不留恋，丝毫不曾问他心情地离去，又是一阵阵心烦意乱。许攸宁就算了！你们两个我可是宠着护着的！到头来！你们给了我些什么！

他疲惫地揉着太阳穴，最近他心神太累了。

许攸宁打开电脑，完成了今天的字幕组工作。秋末冬字幕组最近转盈利性由此选择范围更广，比起趋之若鹜的金融美剧板块，她干脆戳到了冷冷清清的地理板块里，其中专有名词很多，并且有不少当地的俚语俗语从当地人口里冒出来，群里多少少年呼天抢地说翻一次旅游剧，就像做了一场浑浑噩噩的白日梦，梦醒了，才翻了自己负责的三分之一。

明天要去学校，她将自己负责的那部分打印下来夹在书里，这时，企鹅亮了起来，点开一看，地理组的副组长传来信息说要她多负责三个小节，她皱眉，每个人三个小节对她来说是恰好一个小时的工作量，多三个小节就势必要把其他的时间安排给占去。

"抱歉，最近有些忙。"

许攸宁马上要高考了，所以理所当然地很忙。

"没事，等你忙完了再翻吧，我们不急。"

许攸宁看了一眼副组长传过来的三个小节，似乎原本翻译的人就是她带进来的姑娘，她皱眉。

"副组，任务转给我，你和组长说过吗？"

对方状态显示输入中，可迟迟没有回应。她知道自己作为"新人"，被不可避免地当作倒茶水的塞任务了，到时候任务没完成反而是她的错。

秉承着负责的精神，许攸宁一边背书一边等待副组的回应，可当她把明天的任务也背完时，发现副组的头像已经暗了下去。她看了看时间，抿嘴关掉聊天工具，拿了本原著小说爬上床翻起来。

逢下半年总会各种各样的竞赛接踵而来，许攸宁刚到学校就被英语老师给叫了过去。全国高中生英语竞赛，这是每年都会举行的一项全国性比赛，若在比赛中名次名列前茅，那么对拿到心仪学校的降分降线很有帮助。

几个老师看了一下最近几个尖子生的成绩，联合上次故意抽查的笔记，决定把其中一个名额给许攸宁。

何雨柔下课后就匆匆跑了过来，她听说许攸宁好几天没来，还以为发生了什么事呢，如今看来那人一副老样子坐在那里手不释卷，她的担心减少不少。

"能帮我叫一下许攸宁吗?"何雨柔抓了靠近门的同学问道。

许攸宁听到叫声,抬头看向门外,就见何雨柔一脸意气风发地朝她招了招手,于是她放下书走出去。

"怎么了?"

何雨柔眼睛直视她,充满了战斗的硝烟味儿:"老师也选你去参加英语竞赛了吧?"

许攸宁了然:"对。"

何雨柔信心满满,抽出一张 A4 纸递过去:"鉴于我们之前的矛盾,我觉得两个惺惺相惜的人不必纠结过去的事情,所以我拟了一份协议书给你,你看看。"

许攸宁默默地接过纸头,想着惺惺相惜是什么时候发生的事情。

协议书的内容大抵是——若在英语竞赛中,我胜过你,那么你就跟着我混;如果你侥幸赢过了我,那我们就和解。

何雨柔写得冠冕堂皇,词缀叠加,好像这不是一书不平等协议,许攸宁明白了,她想和自己和解。

于是许攸宁接过她递过来的笔,签上自己的大名。

何雨柔看着许攸宁低头签名的样子喜形于色,满意地扫了一遍协议,看向一脸浅笑望着自己的女生身心通畅:"那我们现在就是竞争对手的关系了!"

许攸宁点头:"好!"

你看,女人都喜欢找些欲盖弥彰的借口,掩盖自己其实想要和解那种别扭的小心思,许攸宁表示理解。

何雨柔叠好协议,想了想,有些好奇地问:"许攸宁,你以后要考什么大学?"

"首外,我以后要读语言专业。"

何雨柔语气里涌出一些欣喜:"真的啊,我以后要去读外交学院,这样我们就都在首府了。"

这时，上课铃声响了，她和许攸宁挥了下手，随后正色道："这次我会全力以赴的。"

许攸宁走进教室时顿了一下，转头看向她笑了笑："我从来就没有松懈过。"

说完快步走回位置，何雨柔愣了，紧接着好胜心烧得越来越旺。

班级同学都发现许攸宁的计划安排改变了，过去她一下课就是完成作业和看原著小说，规律得不得了，但现在仿佛全身心扑在英语上——只要一下课就会戴上耳机，一目十行地做英语阅读，时不时何雨柔会忍不住来看看竞争对手在做什么。少年人有些纠结的小心思，一方面不太想看到对方太努力超过自己，可另一方面，对方能重视与自己的协议，和自己一样拼了命地往前冲——每次看到许攸宁奋笔疾书，何雨柔心里酸酸的又热血沸腾，于是最终化为恨恨地往里甩一眼，随后急步回自己的教室，念叨着自己的听力还差了一些。

两个少女在不同的教室不同的位置，为了同一场考试竭尽全力，两人身边的同学叫苦不迭，都是那么厉害的人了现在还拼成这样，这不是打击他们吗！

班级同学脸上都委屈得不行，可手上动作不停，"我今天没复习啊"这种幼稚的行为几乎都消失了，每人都是下课放风，放风后一沓资料放在桌子上开始往习题里钻，心烦了、头痛了，抬起头瞄一眼"我自岿然不动"的许攸宁，心里哀叹一声，又埋头苦干了起来。

两个班级的班主任心里担忧，自己班级的同学这是怎么了？是不是压力过重了？不应该啊，都是佼佼者了怎么还那么紧张呢，心态问题吗？看着孩子们上课的时候，讲台下几只小爪子还在抽啊抽的，这学习氛围太美她不敢看啊。

许攸宁不知道因为她和何雨柔这场看不到硝烟的竞赛，让身边人都加了把柴火，学霸的影响力是杠杠的，班主任老太望着月考自己班级的均分把二班甩得越来越远，真是罪过啊。

不过一个月时间,两个班的同学看上去更加超然物外了,与此同时,竞赛来临。

全国高中生英语竞赛在每个市区进行初赛,两人对这场初赛势在必得,她们看中的是在首府复赛的成绩以及最后决赛的表现。可当许攸宁悠闲地从考场走出来时,不知为何觉得心有不安,似乎有谁在看她,往后一瞧却什么人都没有。

这种感觉让她很不舒服,不过马上,她就知道不安感来自于哪里——她被绑架了。

- 第 8 章 -

▼遭遇了绑架的许攸宁

沈嘉言一抵达H市，就被班主任通知要去学校拿自招名额的申请表格，华约北约的自招时间都在十二月中旬，他回来得晚，今天是申请的最后一天。

刚在班主任那里填完表格，走过高三一班时，正好看到何雨柔一脸不高兴的样子等在门口，高三一班门开着，虽然是双休日可里面还有几人在组队刷题。

沈嘉言好奇，难道许攸宁也在？

几次接触下来，他觉得只有许攸宁能够触怒何雨柔了。

何雨柔心情不好，本来是等许攸宁的，可这家伙竟然不在竞赛场地门口，不在也就算了，约好来学校对答案的，现在什么意思？都过了多久了！

"叮——"

何雨柔的手机铃声响起，她不高兴地解锁打开，莫非是许攸宁说有事不来了？

与此同时，沈嘉言的手机也发出振动的声音。

沈嘉言低头一看——

发信人：许攸宁

信息内容只有四个数字和一个符号——505.1。

沈嘉言眉头突然皱起，这不是——他一秒就反应过来。

何雨柔打开短信，505.1，她蹙眉，这是什么，分数？何雨柔看到对面的沈嘉言突然停下步子，于是稍有疑惑地问："你收到的，是不是许攸宁的短信？"

沈嘉言抬头，问："你也收到了？"

何雨柔点头："505.1。"

沈嘉言眉头蹙得更紧,何雨柔想了想问:"许攸宁发这个是什么意思?"

沈嘉言没有回答她的问题,反问道:"你在等许攸宁?"

何雨柔看到沈嘉言表情不太对愣了一下,点头回答:"今天英语竞赛初赛,本来说好考完要在学校里见面对一下答案,但她现在还没来。"

"这条短信是群发的,说明信息非常重要。505.1 中 505 是没法打下 SOS 时的简便写法,也就是说,许攸宁在向所有收到这条短信的人紧急求救。"

何雨柔瞠目结舌:"你说,许攸宁在向我们求救?"

沈嘉言点头,回拨电话给许攸宁,可是那头只有"您所拨打的电话不在服务区"的提示音。

"你去告诉老师,我去通知许攸宁的家人。"

察觉到事情不对,何雨柔点头后快速往执勤老师办公室跑,沈嘉言看着她远去的背影,掏出另一部手机打给远在首府的沈嘉行。他没有许家人的联系方式,所以现在只能告知任职在司法厅的沈嘉行,让沈嘉行通知秦家。

之前那部一直呼叫许攸宁的手机,仍然传出不在服务区的提示音,沈嘉言切断,报警。此时何雨柔身后跟着执勤老师匆匆跑过来,她说:"许家电话打通了,许攸宁不在。"

沈嘉言已经把许攸宁的手机号告诉了他哥,他们有特殊的方式可以找到许攸宁的位置,前提是许攸宁的手机有信号。

沈嘉言向电话那头的警方人员报案后,要拿着手机先去警局将许攸宁留下的短信给他们,何雨柔当然一起,她完全想不到会发生这种事情,明明上午还在英语竞赛,怎么下一秒许攸宁就遇到了危险?

与此同时,许明伟的手机本该也发出嘀嘀嘀的声音,可今天是许攸陶的复诊日子,他照例和李美心陪同在一旁,在有仪器设备的病房里,手机需要关机。

"恭喜,许小姐的身体康复得很好,现在只需稍作调养便好,在我所有做过类似手术的病患里面,许小姐算是好得很快的了。"

许明伟感谢地看向医生,许攸陶是他器重的孩子,能够完全康复指日可待这样的消息,怎能让他不高兴?

"医生谢谢您,我小女儿的身体似乎也不太好,我明天带她来检查一下。"

"好的。"医生点头。

"您所拨打的电话不在服务区。"

打车路上,沈嘉言思索,这种状况出现的原因大多有三:

一、手机电池在开机状态下被拔掉。

二、用户在网络覆盖区以外,例如郊区农村。

三、处于电梯内或者地下场所,手机收不到信号导致信号减弱消失。

而经过排除推敲——

一、许攸宁自己是不会拔掉手机电池的,除非被发现了手机。可能性70%。

二、网络覆盖区以外,这里是H市中心,如果要去郊区农村那么至少得两个小时,以何雨柔的说法,考试是在十二点结束,现在刚过去一个多小时,不合理。可能性20%。

三、除非弃用电梯不然不可能出现这种情况,但是弃用电梯空间不够,不合理。地下场所——倒是很有可能。

沈嘉言反复看着许攸宁发来的短信——505.1。可以想到当时情况非常紧急她没有时间打拼音,所以用的是数字键盘,并且她是把"505"和"1"分了开来,如果全用英文解读那么就是"SOS.A"。

所以……

他闭眼思考,A代表的是什么?

他打开手机地图,如果是首字母的话,市区里有没有重要地标是以"A"字母打头的?

这时手机突然振动,沈嘉言一看,陆其宸。

"喂?"

"沈嘉言,你知道许攸宁去哪儿了吗?她发了条好奇怪的短信,打她电话也打不通,好奇怪,你现在在哪儿啊,她怎么不在服务区——"

沈嘉言掐断电话。

沉默了一会儿,手机再次振动。

"喂?"

带着一丝委屈的声音从里面传了出来:"沈嘉言,许攸宁怎么了?"

沈嘉言本不想让他知道的,陆其宸热心善良却缺根筋,陆其琛现在又不在 H 市,就怕他一冲动做出什么事情来。

沈嘉言觉得自己如果搭上一个陆其宸那还得多费一点脑子,所以只回了一句话:"你问何雨柔。"

坐在沈嘉言旁边的何雨柔瞪大眼睛,难以置信地看向沈嘉言,不要脸,你就把陆其宸丢给我了?

下一秒,何雨柔接起了电话。

不久到达派出所,沈嘉言跟着人往里走,让何雨柔等一会儿说马上赶到的陆其宸。他边走边想着总觉得有些地方不对,以他对许攸宁的了解,似乎把 A 当作地名的首字母,不是她的逻辑啊。

许攸宁昏昏沉沉地被拖下车,意识里仅存一丝清醒,那丝清醒飞速运作,要趁对方认为她还没有醒过来的时候做些事情,或许太信赖药物,所以他们并没有摸掉她放在裤兜里的手机。可她现在眼前模糊,双手虽没有被绑起来,可是软绵绵的一点支撑的力气也没有。

可以做什么?她感觉到被人架着在往地下走,地下?

呼啸而过的冷空气灌进她的喉咙,只是她不能发出声音,她也不敢,现在她可是应该处于昏迷状态。不知走了多久,随着意识的涣散她动作软绵无力摇摇晃晃,她蓦地警醒,闭上嘴巴,试图用上齿一直咬着舌尖,一直保持着这个动作。疼痛和麻木时时刺激着她的神经,这样的动作不会流血引起这些人的注意,但能保持清醒。

她迫切想要知道自己在哪里，眼睛看不见，可其他五官突然变得灵敏起来。鼻子里嗅到的似乎是地下空旷的淡淡油漆味，这里很大，不然会感觉压迫。突然，她听到了地铁轰一下呼啸而过的声音，地铁？

许攸宁脑海里有碎片闪过。

架着她的人突然停住了，她仿佛刹车不及，失去支撑，于是不得不在没有意识的情况下往一个方向倾倒，因此重心侧向一边，全身的重量就压在那里。旁边的人没有想到她会倒下来，将她拉起来，动作并不狠。她深知此时这样的情况下，她不可能会一点意识没有，所以故意往前轻微地扑了一下，似乎想努力站直，可还是瘫软。

她想，只要旁边的人扶起她的手臂，那么就有机会。下一秒，旁边的人似乎不愿意动粗，拉起她的手臂。

她的手心刚才稍稍搭在了对方的身上，本来试图找到类似头发的东西能够握在手心，可不知是谨慎还是本来生活中就注意清洁，她什么都没有摸到。她感觉自己被放到了椅子上，耳边又有呼啸而过的地铁声音，她在数，这已经是第三列了。

旁边原本扶着她的人，带着阴影从头顶散去，脚步声越走越远，她不确定，所以仿若很不舒服地仰靠在椅子背上，余光扫到旁边没有人，后面她进来之前确认过，只有前面有人，目前在走远。

机会只有一次。

许攸宁第一次觉得心怦怦跳得厉害，她不知道自己为什么会被绑架，这一切都不在她的生活前景预算之中。

她狠狠地咬了下舌头，绷起所有肌肉，飞快拿出手机，选择群发——消息——数字键盘——她看不清只能按照记忆里的数字排序按下五个键——

"你在干什么！"

发送！

下一秒手机就被人夺走，旁边不知何时冲过来一个人，她感觉有针尖钻入皮肤，随后又是一阵头昏脑涨。

两个小时。

许明伟赶到派出所时,派出所已经专门调遣了一支队伍出去搜寻许攸宁的下落。他心里不安给家里打电话,可接电话的是许明丰,而不是许泰山,许明丰把他一通好骂,最后说家里已经派人出去找了,等着吧。

许明伟愣了愣,神色突然萎靡。

许攸宁睁开眼睛,眼前被黑布层层叠叠蒙了起来,除此之外,她没有被五花大绑,反而很受"礼遇"地侧卧在沙发里,身体还没有恢复力气,但至少能自由活动。

现在,她能做的就是静静等待。

"吱呀——"推门声——

许攸宁仿若未闻,直到脚步声走近,她被人拉了起来。

"醒了就不要装了!"左背后被一冰冷尖锐的东西抵着,似乎她还不醒就要试试这有多锋利。从一开始受到的"礼遇"可以看出,他们不会撕票,但已经丝毫不手软的动作说明他们不介意让她受点小伤。

"这药只有短暂昏迷的效果,别装了!"

她的手中突然多了一部手机,铃声响了,她眼睛上的黑布被拿走,一瞬间强光刺眼,她不得不接起电话同时打量四周,油漆桶,木架,建筑材料。

"要三百万美元,两个小时内,放在东宫三号出口的垃圾箱里。"

许攸宁看着白板黑字,心里的疑惑一闪而过,对着电话那一头警方焦急的询问,她缓缓将身后人的要求说了出来。

"要三百万美元,两个小时内,放在东,东宫三号出口的垃圾箱里。"

她似乎很害怕,于是努力平静地说着,可随后好像碰到了背后抵着的尖锐物,声音一颤,戳到的一刻多说了一个字。

手机被拿走掐断。

这部手机无法定位,警方在分析电话里的背景声音。

许攸宁多说了一个"东"字。

警方审慎的人开始对东字处理,从方位到带有东字的特殊信息检索,任何有可能的地方都不能放过,不过还是有人觉得这是女孩子害怕时的口吃。

不过害怕到口吃?

沈嘉言他们一点都不信。

许明伟紧张地看着两方讨论的人:"我去准备钱?准备好就先送过去怎么样?"

到了的李美心、许攸陶也都表示认同:"我们去把钱准备好。"

不过是三百万美元,他们把钱给人不就行了?

陆其宸看着沈嘉言沉思的表情:"怎么了?"

沈嘉言摇头不语,他最近得到消息,秦火凤准备"下海",试水的那批物资也是三百万美元。

不过这是不是巧合他就不确定了。

"这个东字是不是朝东靠东的意思?"其中一个警察把大多数人心里的第一个想法说了出来,地图上朝东范围太广,距离竞赛场地以一个小时路程辐射,仍旧是半边区域。

"如果是朝东的意思那么就是通江以东的地方。"

沈嘉言仍旧看着"505.1",这个"1"没有解释出来他始终觉得不对,陆其宸看向一旁冥思苦想"1"这个数字的两人……

"你也在想'1'?他们说这是高楼的意思。"

"也有可能。"何雨柔还是觉得不对,"许攸宁这个人,不按常理出牌,这个'1'有可能是高楼,但她逻辑那么怪——"

逻辑?

"对应到集合论的概念,主项概念应当是谓项概念的非空子集。说得通俗一点,对于'A是B'这样的判断,B的范围应该比A大。"

1?A?

沈嘉言面露古怪,不会吧?

"辩论赛的时候许攸宁和我提过对于'A是B'的判断，B的范围比A大，所以对许攸宁来说A是中心目标，我想，她有可能说的是市中心。"

何雨柔陆其宸一脸惊讶："那这句话只有你听到过，怎么可能！"

"这只是我的想法。"

"那么如果是市中心的话，为什么她不准确说地标呢？"

有个警察注意到几个年轻人的谈话，问道。

"我想，"沈嘉言垂思道，"她是看不到地标。既然是被绑架的，那么一开始，许攸宁一定会被某种方法遮挡视力，她被人架着走还能不被发现，说明这个地方很少有人通过，如果我对A的理解是正确的话，她一定是察觉到某种信号，这种信号给她的判断是市中心。一个人如果五官被遮住了其一，那么另外的就会非常敏锐，怕她大喊所以嘴巴会被堵上，怕她逃走，所以她的行为会受到限制，这样排除后剩下的就是，听觉和嗅觉。"

沈嘉言一层层抽丝剥茧："也就是说，许攸宁是通过听觉和嗅觉，判断出来方位是市中心。"他跟了一句，"如果我对A的理解是正确的话。"

"可是市中心那么热闹——"警察在考虑沈嘉言话中的可推敲性。

"队长，钱已经准备好了。"

思考中的人向推门进来的下属点点头，队长看着沈嘉言："一丝可能都不能放过，你继续说。"

沈嘉言点头，继续假设逆推："市中心气味很杂，而且如果有特别的气味，那么就不该是市中心，我的假设就失败了。可如果不是嗅觉，而是听觉——"

"我想，会不会是地铁？"另一名警察说道，"人声的吵闹是绝对压不过交通工具的，所以如果这是一个很少有人通过的地方，又推测出是市中心，那么就有可能是听到了许多地铁通过的地方。"

众人觉得这样推理下来好像是正确的，可这完全建立在沈嘉言认为的"A"代表市中心的基础上。

"不论有没有可能，小王，地铁线路最多的市中心是哪里？"

"淮安区长东路商业圈。"

队长马上派人前往商业圈，沈嘉言道："另外，我觉得是地下的概率比较大，没有地标，人又少，可能是开发中的地下区域。"

突然，何雨柔疑惑的声音响了起来："许攸宁说的东，会不会因为怕被歹徒听出什么故意装出来的一个叠音，所以她讲的或许是 D 这个字母相关的中文或者英文单词，她英语可好了。"

"接通电话后没有停顿，反而是结束通话后才被掐断，所以可不可以推测，这部手机一开始是拿在许攸宁的手里，她看着接通的，也就是说，这时候她的眼睛看得见身边发生了什么，她要提示的也是，所处环境的样子。"

沈嘉言越说越快"以 D 发音，在地下，她的状况是刚参加完英语考试，脑袋里的第一反应或许是最熟悉的英语单词，所以——"他看向何雨柔，"你们今天考试的时候有没有印象比较深刻的英语单词——"

"decoration！"何雨柔茅塞顿开马上接口，"英语竞赛最后总有十分附加题，其中一题的答案就是 decoration，许攸宁肯定做出来了！"

"那么，"沈嘉言一字一句道，"如果我的以 A 为市中心的基础逆推是正确的，许攸宁在市中心、地下、开发区，并且是装修中的地方。"

话音刚落，手指在键盘上飞速分析的信息员马上报出地名："星月广场。"

第三小组迅速赶往星月广场地下区域，在待开发的地下通道里行走可以听到很明显的地铁通过的声音，几个行动人员互视一眼随后加紧了步伐。与此同时，正赶往星月广场的队长一席人接到了电话："东宫三号门起火，起火原因不明，已及时扑灭，放在垃圾箱里的钱箱已烧毁。"

一时间，车里陷入了沉寂。

沈嘉言听到钱箱被焚毁的消息，终于确定这只是一个恐吓事件。

许攸宁眼睛被重新蒙上，那人接了一个电话后离开房间。片刻，许攸宁只听到"砰"的一声巨响，凌乱的脚步声伴随着器械声撞开门冲了进来。

无论这到底是怎么回事,听到警车来了,她还是松了口气。她被打了针,浑身无力,所以被松绑后只能由警察背着,刚刚摘下蒙布眼睛还不是很适应光线,更糟糕的是脑袋钝痛。

"宁宁!宁宁!"许明伟看着自己女儿面色憔悴地被背出来,顿时脚一软,他伸过手要把女儿接过来,"先不要让她做过多移动,她被注射了药剂。"

许父忙不迭点头,看着警察小心地把许攸宁搬上救护车,随后跟了上去。

许攸宁醒来的时候,只觉得浑身肌肉酸胀无力,头痛得很。她蓦地睁开眼睛,阳光极为耀眼,笔直地照射进来,让她不由自主地瑟缩了一下。

"你醒啦!?"

许攸宁有些茫然,转头看到两张欣喜的脸:"何雨柔?陆其宸?"

然后就听到了咬苹果的声音,她往旁边坐着的人移去目光,正啃着苹果的沈嘉言朝她咧开嘴笑了一下,招了招手,随后继续斯文地啃苹果。

许攸宁一时有些茫然:"你们是来看望我的吗?谢谢。"

"谁要来看望你!"

何雨柔被许攸宁客气的语气弄得有些生气,陆其宸看形势不对,连忙接口道:"许攸宁,你知不知道是谁救出你的?"

许攸宁仍旧不舒服,背靠在床背上,看着陆其宸神气的样子疑惑"不是警察先生吗?"

"哎,救你出来的是警察同志!但你猜是谁说对你所在的位置的?"陆其宸看着她疑惑的眼神,咧嘴笑道,"是沈嘉言和何雨柔,他们好厉害!"

许攸宁一怔,看向何雨柔,不知道为什么是他们救出她的,不应该是许明伟收到短信先去报警,随后警察先生猜出她留下的信息,随后通过搜查找到她的吗?

何雨柔考虑到许攸宁还病着,放轻了声音:"我正生气你没有在教室等我对答案呢,这时候沈嘉言路过,我们同时收到你的短信一看不对,立马报警了。"

话音未落,医生收到铃声推门进来,这时候许明伟和许攸陶也走了进来。许明伟看见许攸宁醒了,脸上露出惊喜的神色:"醒了,饿不饿?爸爸给你买了粥。"

许攸宁望着他手上的粥,不由自主地咽了咽口水"饿了,要喝。谢谢。"

何雨柔和陆其宸走到一旁,让医生给许攸宁检查身体,陆其宸注意到何雨柔有些失落的神色,便问:"怎么了?"

"许攸宁是不是一直那么客气?"

看着何雨柔烦躁的表情,他明白了,于是摸了摸下巴看着天花板道:"对啊,暑假里看她就是这种人,我行我素的,对谁都热络不起来。"

何雨柔蹙眉:"那不是很讨厌?"

陆其宸很认真地想了一下:"对,是挺讨厌的,不过我觉得她这样挺好的。"

"怎么说?"

"暑假里我被老哥关到图书馆,午饭是跟她一起吃的,她吃她的,我吃我的,如果碰到有共同喜欢的菜色那就AA制,她好像希望谁也不欠,但我学习上一有问题问她,她就来教我,也不多说什么,事后也不挂在嘴上。就算是现在看到我,也不会很熟络地找我聊天,依然是跟我打个招呼,然后做自己的事情。"

何雨柔有些难以理解:"她不需要朋友的吗?"

陆其宸想了想,突然严肃地反问:"你觉得沈嘉言需要朋友吗?"

何雨柔愣了。

"沈嘉言每天都笑眯眯的,好像和谁都很好,每个都是朋友,但你觉得沈嘉言需要朋友吗?"

"可是——"

"我觉得吧,"陆其宸难得思考了一回,"这种冷血的人,焐热起来会更长情。"

听了陆其宸的话,何雨柔看着躺在床上像条死鱼一样面无表情地被医生翻来翻去的许攸宁,噗的一下笑了,随后,她就看到本来面无表情的某人幽幽地望向她。

等医生检查完,许攸宁终于可以舒服地靠在枕上了,她有些迫不及待地去拿粥喝,手却一软。

"宁宁,我喂你吧。"许明伟接住差点倒下来的粥碗。

"父亲,我可以自己来。"许攸宁不太习惯别人对她太好,尤其是这个父亲。

"叔叔,我来吧。"

见两人一时僵持,何雨柔走上前去,在许攸宁床边的椅子上坐下来,许明伟说了声"麻烦你了",便走到一边。

盛着米粥的勺子凑到嘴前,许攸宁一愣,看向何雨柔,何雨柔见她摆出询问的眼神,吸了一口气。她想过了,既然她心里想和许攸宁做朋友,那么许攸宁不主动的话,就她来好了。

"从今天开始,你是我的朋友了。"

病房里其他人都沉默。

许攸宁想笑,第一次看到有人这么郑重其事地说那么奇怪的事情,表情还那么严肃,很好笑,很奇怪,很不合常理,很……

没有形容词了。

她看着何雨柔坚定的眼神笑不出来,心里反而有些酸。

"哦。"许攸宁低头喝着勺子里的粥,轻轻地应了一声。

沈嘉言看了许攸宁一眼,继续啃第二个苹果。

这时候陆其宸突然问道:"许攸宁,你短信里'505.1'中'505'是SOS的意思,那么其中的'1'是不是市中心的意思啊?"

何雨柔正好也想问这个问题,于是停下动作,好奇地看向许攸宁。

许攸宁点头:"嗯,我那时候听到很多地铁通过的声音,所以猜是市中心。"

何雨柔和陆其宸同时喟叹一声,颇有深意地看向笑得优雅的沈嘉言,许攸宁不解:"你们看着沈嘉言干什么?是他猜出来的吗?"

何雨柔回过头,想到这件事情就气闷,她不高兴地瘪瘪嘴:"你这个信息只有他知道,我们猜得出来才怪。"

许攸宁有些愣了,奇怪地说道:"怎么会,'505'是SOS,那么'1'就是A,A是ace的意思,H市最顶尖的区域不就是市中心吗?"

一阵沉默。

然后……

咬碎苹果的声音突兀地响起,许攸宁看向声源,沈嘉言啃完最后一口,若无其事地拿起湿巾擦了擦手,面对不约而同转过来的三束目光,笑得像只温文尔雅的狐狸。

"我也说了,是假设呀。"

"所以这都是误打误撞吗?"

难以置信!另外两人只觉得天雷阵阵,他们还觉得沈嘉言的推理神乎其技呢,想不到是建立在一个完全不正确的假设上——也不是完全,至少市中心对了。

许攸宁疑惑地看向陆其宸,陆其宸干咳了两声,看着云淡风轻打着电脑的沈嘉言揶揄道:"沈嘉言推测出你在市中心,是因为他记得你跟他说过,'A是B'的概念,A的范围更小,更明确,具有中心意义,所以他才猜测你的提示是市中心。"

许攸宁看了一眼笑容突然有些破裂的沈嘉言点点头道:"果然是误打误撞。"

陆其宸和何雨柔忍不住低笑,忽然,沈嘉言抬起头来,直直地看向许攸宁,她冷不防撞进一双含笑的眼睛,一愣,开口就要道谢。

"不要谢我,记住这是我第二次帮你就够了。"沈嘉言出声打断。

"哦,我知道了。"她目光炯炯地看着微笑的沈嘉言,严肃道。

许攸宁在医生确诊没事了以后,重新投入紧张的高三考试氛围,更紧张的是，模拟考即将到来。

一模、二模、三模，摸一次心伤无痕，摸两次心痛难愈，摸三次心枯如柴，等到高考的时候就真的升华到了心如止水的境界。

不少人缅怀高考，就是因为高三这一年心灵变得坚韧。

不少人珍惜高考，就是因为这不长不短的一年，或许是漫漫人生路中文化知识的巅峰。

不过，对高三一班的同学们来说，思量这些还为之过早。

纵然一中在市里排名靠前，可也并不是所有学生都游刃有余。教室里只听得到笔尖划过考卷的声音，就连这种声音都变成压抑的音符。

同桌是不是比我做的速度还快？是不是我这个知识点还没有掌握牢靠？这道题似曾相识可我为什么又忘记思路了……

只要自己停顿在那里，而旁边的动笔声稍微快一些，心情就会重上一分，纵然知道这种心态是不健康的，可在这个环境和氛围下，很难做到不去比较自己和对方的差距。

低低的呜咽声哽在喉咙口，抽出纸巾揉成一团，动作非常轻，却在本来就安静的教室里显得异常清晰。

不少人笔一顿，随后又继续做题。

不是不去关心，而是压力太大，哭泣也变成一种好的解压方式。

这是在场每个人都在经历的阶段，这种时候别人再怎么说都只是"别人的话"，真正听得清楚的只有自己心底的话，所以只能靠自己调整心态，告诉自己，坚持一会儿，再坚持一下，现在只是黎明前的黑暗，之后破晓肯定美到要哭出来！想到远方的美景，很快就能够咬咬牙再次沉淀下来。

他们能做得最好的事情就是不去看是谁在哭，保护对方的自尊。现在离那个几乎在一辈人眼中意味着"人生"的考试已经很近，所以，加油！

很快，哽咽声完全消失，刚才的声音仿佛只是幻听。

H市没有晚自习，但习惯性的，许攸宁放学后会继续按照安排看书。

不过现在许攸宁的周围多了一些人,譬如说坐在旁边的何雨柔,坐在身前的沈嘉言,还有沈嘉言身边的……陆其宸。

"陆其宸,你干吗来啊?"

何雨柔面对他还是保持一如既往偏高傲的态度,谁知陆其宸竖起眼睛:"我干吗不能来,看不起学渣咯?"

"呵,有点。"

陆其宸难以置信地看着轻嗤的何雨柔,捂住自己的心脏,梨花带雨道"你怎么就,怎么就不怕伤害了我。"

"因为我从你的脸上看到了万里长城的厚度。"

"你冷酷!"

"你闭嘴!"

"……"

陆其宸默默地无语凝噎了。

许攸宁觉得自己清净的读书生涯就在医院里,何雨柔说出宣言的那一刹那,一去不复返了。

但为什么,既哭笑不得,又有点甜滋滋的呢?

何雨柔凑到她身边,瞪着大眼睛:"你这题解法好特殊。"

许攸宁摇头:"但是是错的,前面的步骤看上去还没错,但后面就解不下去了。"她已经决定换一条思路。

这时一直埋头做题的沈嘉言抬起头来,把何雨柔手里的考卷拿了过去:"我看看。"

沈嘉言是谁啊,理科提高班大哥大啊喂!简直是和如今文科班大姐头平起平坐的一把手啊喂!于是,哪怕许攸宁觉得自己还有其他的解法,还是很期待他能把自己这个觉得特殊的解法,继续解下去。

沈嘉言把草稿纸翻面,这时候陆其宸他们就看着他解题,连许攸宁也开始侧目。

沈嘉言是一个很有条理的人,从他打的草稿就可以看出。譬如说,先将题目中关键数据找出来。

许攸宁想,这看上去是很累赘的一件事,没想到把题做下去以后竟那么一目了然,而且也不会因粗心忽视了细节。

三人看着沈嘉言停顿了一会儿,正以为希望落空时,听到他这样说。

"解出来了。"

"……"

每当众人对一道题一筹莫展时,听到这四个字……

如果是自己说出来的,那么心中一定波涛汹涌,波澜壮阔,豪气万丈,兴奋舒爽得仿佛刚刚完成了哥德巴赫猜想,下一步就是调整到谦虚的姿态去领诺贝尔奖了。

可如果是听别人说出来的,心里的微微失落和嘴上的"我去"齐飞,但渐渐地,惊叹大于心中的怅惘,随后凑到解题人的草稿纸前,就像现在。

许攸宁看着沈嘉言草稿纸上的解法,恍然大悟:"原来是这样,这里加一项减一项重新组合就可以了。"

沈嘉言抬头,视线不小心撞到身后的人小巧白润的下巴,眨了下眼,随后点头:"对,这种解法虽然都是技巧题那种'想得到就对了想不到就没救了'的第一步,但像你这种特殊解法,还是可以用在当中,多试试就好了。"

他说得轻松,但许攸宁知道,能想到并不简单。她或许比旁人多一些天赋,但绝不是天才,而沈嘉言无疑就是那种天生对数字敏感的人。

陆其宸看着这三人对题目近乎痴狂的态度,不由得瘪瘪嘴,心里难掩失落。

"陆其宸,你有事做吗?"冷不防传来这样一句话。

陆其宸疑惑地看向许攸宁:"没有啊,怎么了?要去买饮料了吗?"说着,他整张脸就眉飞色舞起来。

"我负责你的化学。"何雨柔道。

"英语。"许攸宁从自己的课桌里摸出一沓试卷。

沈嘉言摸了摸下巴,笑道:"你有数学题不会可以来问我,不过我每个科目都很好就是了。"

陆其宸惊讶地张了张嘴:"你们干吗啊?"

"陆哥。"

何雨柔摇了摇手机:"陆哥上次记了我们的手机号以后,说你其实很有上进心。"

许攸宁把考卷推到陆其宸面前:"做吧,一个小时后我检查。"

沈嘉言看了看凶神恶煞的两位"女贼",对着陆其宸轻柔一笑:"哥去买饮料。"

陆其宸呆呆地看着,觉得心底的失落是没有了,可现在是惊恐啊!哥哥我要回家!

第 9 章

拥有极品亲属的许攸宁

四人继续埋首做题。

陆其宸咬着笔杆子看看沈嘉言，沈嘉言在啃苹果，他欲哭无泪，这人好可怕！

心神一凛，他扭头看向身后的许攸宁和何雨柔。许攸宁在低头背书，口中默诵，而何雨柔——正凶神恶煞地看着自己，他哆嗦了一下，回过头继续与蝌蚪文奋战。

许攸宁呼出一口气，睁开眼睛，这篇理解得可以背出来了。她合上书，身旁的何雨柔戴着耳机，做的题目似乎是竞赛听力？

她看着考卷上何雨柔打的好几个叉，眨了一下眼。

好像何雨柔无意中提过，听力是她的硬伤？

如果你看过蓝得无瑕的天穹，如果你看过高如白河的天空，那一定是在秋末冬初，落木萧萧，褐枝覆白，窗明几净，帘花瑟瑟。

许攸宁把桌上的复习材料放进书包，目光落到昨晚找出来的听力材料上，她伸手捡起放入纸袋，快步走下楼。现在的许家依旧空空荡荡，许攸陶和李美心忙着筹备订婚宴，许明伟则一如既往地被派去出差。

被绑架的时候她的短信是群发的，但她以为许明伟会是第一个发现不对的……他不是急着补救吗？但没想到那时的许明伟陪着许攸陶在医院里检查，不允许开机。

她心想，许明伟过去的确不是个聪明的好父亲，不过有时就是这样，天意注定有些人真的是有缘无分。譬如说她与许明伟只有父女缘，没有父女分，所以才会在这十几年的过程里，怎么都有偏差和意外。

她慢条斯理地吃着早餐，直到屋外"许攸宁"的叫声响起，她三两下将早点打包放进书包，随后背起书包拿着纸袋推门而出。

门外等候的陆其宸和何雨柔英姿飒爽,单脚撑地,笑容明媚,她一开门就撞到两张笑脸,不由得弯了弯眼睛,心情轻快许多。于是推着自己的自行车一跨骑了上去,凉风瑟瑟,三人行的队伍却因为某两人的唇枪舌剑变得热闹许多。

到了校门口三人推着车走进校园,这时候许攸宁只觉得车尾一重,她正听着何雨柔说话呢,所以只往前扯了扯,听到身后一阵轻笑,她才转头,风流倜傥的沈公子咧着一口大白牙笑得温柔。

"书包太重了。"许攸宁低头看看,沈公子把自己的书包压在许学霸的车后座上了。

许攸宁从来没有碰到过这种事情,她想,自己是不是遇到校园暴力了?

"快点走吧!"罪魁祸首沈嘉言无书一身轻,一早起来就在啃苹果,手上还拿了一瓶没开盖的牛奶。

何雨柔和陆其宸看着许攸宁一脸莫名其妙地推着车,对视一眼,乐得直笑,他们算是明白了,沈嘉言就是喜欢欺负许攸宁。

大道上都是背着书包的学生,清一色的藏青色冬季校服,看上去成熟又稳重,哈出的热气在空气里凝成温暖的白色雾气,三五成群的高三学生看到结伴而行的四人,都有些惊讶。

突然崛起的许攸宁,温文尔雅的沈嘉言,一向高傲的何雨柔,不爱读书的陆其宸——也不知道这四个不同班级的人怎么会突然凑在一起的。

许攸宁停好车,把纸袋递给何雨柔,见她探向里面的好奇眼神,说道:"我练听力时的参考资料,难度比较大,但是效果很好。"

何雨柔惊奇了:"许攸宁,你这是在关心人吗?"

沈嘉言可怜兮兮地看向许攸宁:"许攸宁,我也要你的参考资料。"

许攸宁笑了一下,点了点头,然后,瞬间面无表情地把沈嘉言的书包递给他:"给你。"

"哈哈哈哈哈!"看到沈嘉言嘴角抽搐的吃瘪样,陆其宸笑得眼泪都要掉下来了，随后看到许攸宁又在掏什么，他心神一凛，不会还有他的吧，想到现在每天每晚上都被逼着做题他好想好想自家哥哥。

许攸宁掏出了车钥匙。

到教室的时候，英语老师正在发考卷，许攸宁看到众人或兴奋或低落的神色，知道一模的分数出来了。

许攸宁走进教室，对讲台上的老师恭敬地道了一声："老师早。"

"嗯。"所有老师见到自己的得意门生，脸上表情都会好许多，朱老师点点头，"你的考卷。"

许攸宁接过考卷，看到上面的成绩如预料一般，于是也笑了一下。

"你的初赛过了，接下来好好准备复赛，知道吗？"

朱老师知道，自己不说许攸宁也会努力冲刺的，可做老师的总习惯说道两句，果然，看到许攸宁郑重地点头，她心里满意。学习好性格又谦虚，这种优等生是老师最喜欢的了。

许攸宁回到座位上，班长凌则探头探脑地看她的考卷。凌则在月考以后，坐到了许攸宁后方，他是英语渣，所以看到她那"14"打头的英语考卷一阵哀号，随后义正词严道："许攸宁，考英语的时候你能不能来附一下我的身啊！？"

许攸宁摇头："不能。"

凌则当然知道不能，他只是开玩笑而已，所以看着她一脸严肃的表情一时无语。

许攸宁继续道："老师说不能作弊的。"

"噗——"

周围一群埋头看卷，实则暗暗听两人对话的同学都笑了。

"安静！"

讲台上的朱老师一看旁边的人都在笑，而许攸宁面上安静地坐着，以为这群人在笑她什么呢，于是皱眉道："凌则，你看看你的成绩，还要不要考大学啦！？"

对上英语老师的目光，本来就怕英语怕得要命的凌则登时小心翼翼地低下了头，试图脱离朱老师的视线。看着手下班级的班长这副可怜的模样，朱老师也被逗乐了。

说考不了大学都是夸大其词的，凌则就靠其他几门英语考个鸭蛋都能上个还过得去的大学。只不过，他那一百才出头的英语成绩，在班级里算是倒数，这才让朱老师恨得牙痒痒。其他科目都好，就英语不好，是对英语有偏见咯？

凌则哀叹一声，无精打采地看错的题，看不下去了就瞟许攸宁几眼。许攸宁英语成绩是班级里最好的，不过那看书的势头也最猛，就没见过她放下书的。

要他一天到晚看蝌蚪文——凌则打了个寒战，那真是想想就心酸。

"许攸宁，你那么喜欢读书哦？"

"还行。"

凌则一愣："怎么可能，看上去你是以读书为毕生理想啊。"

"读书是我通往毕生理想的最好道路。"

这种老成的话……

凌则见许攸宁又开始查字典，叹了一口气不再去打扰。

有人说，人生的理想就是去过理想的人生，许攸宁深以为然，这个世界上生来就拥有的东西，譬如财富、地位、权势，或许会被夺走，可自己通过努力换来的一切，知识、学问、经验不会，这才是真正的财富。这才是她对读书充满拼劲的原因，为了获得能够拥有并且牢抓在手心的未来。

突然，手机振动了一下，许攸宁打开来一看，短信的内容让她有些激动起来。余老余金杯要来 H 市的外国语大学开讲座，说她如果感兴趣的话可以去听一下。当然感兴趣，虽然余老并没有把她收为弟子，但能够多与大师交流对她来说已经很满足了。于是晚上照例四人小组一起复习的时候，许攸宁说了这件事。

"你周六不能来学校，要去大学听讲座！？"反应最大的是陆其宸，他的表情透露着"那么有趣啊宁姐头你去吧！我一定会在家好好复习的"的欣喜若狂。

"嗯，所以我周六不能来了，我会给你三套卷子，周日见面的时候我检查。"不顾陆其宸突然的低气压，许攸宁看向沈嘉言。

"我没意见，"沈嘉言眼圈有点发黑，他打了个哈欠，"不过我挺无聊的，要不一起去？"

"我也有点想去。"何雨柔很不好意思，她知道这是余金杯给许攸宁的机会，可她的确对英语口译方面很感兴趣，想着，有些纠结地看向许攸宁，"你说句话呗，带我去不？"

"那就一起去吧。"

许攸宁没有意见，何雨柔心里还是纠结，她从小到大都处在竞争的状态，更加清楚成绩比较好的哪会拱手让机会啊，虽然她心里不这么想，可就怕许攸宁会——

她喝了口水，深吸一口气，有些试探性地看向埋头做题的许攸宁："许攸宁啊，你就不怕余金杯喜欢我，或者说，你把那些听力资料给我，就不怕我超过你啊？"

"不怕。"许攸宁停顿了一下，随后很快应道。

何雨柔稍微放心了些，等着许攸宁继续说下去，可是等着等着，许攸宁还是在做题，于是忍不住问："你为什么不怕啊？"

许攸宁停顿，抬头认真地盯着何雨柔："因为我天赋优秀，平时也很努力，知道自己哪里不足，上升空间还很大，是个很有潜力的苗子。"

何雨柔语塞，看着她理所当然地分析自己的表情，一时觉得果然学霸是不同凡响的。

"哪有人那么夸自己的……"她小声嘀咕了一句。

沈嘉言托腮，看着许攸宁读书的表情，想着这样直接干脆的人还真是个奇葩。本来想把绑架的事情和她说的，可现在见她一心求学的样子，却有些不舍得打断四人这样平静充实的高三生活。不过她这样向往的日子能持续多久呢？以他所知，秦火凤这次可是下定了决心的，许攸宁被绑架的事情一出,尤其是那个金额,秦老头子手下的人一查就会顺藤摸瓜上去,到时候秦老爷子还会支持她的梦想?还是放到身边来培养呢?

陆其宸不明白,陆其宸很不明白,今天不该是他一觉睡到自然醒,然后和狐朋狗友们出去爽一顿吃点好的,到午夜归来,打开电脑玩一圈游戏就睡觉,最后周日早上起床开电脑,搜答案完成许攸宁给的考卷吗?

他站在外国语大学的校门口,眸色复杂地望向远方颇有异域风格的欧式建筑,他深深觉得今天的自己不属于自己。

"陆其宸,快一点!"

何雨柔不耐烦地催促灵魂出窍的某人:"你再不快点我们就先走了啊!"

陆其宸多想说一句:"你们先去吧,我回趟家再来!"

可是,他做不到啊。

一想到今天早上他老哥出差回来说的第一句话:"他们今天好像去外国语大学听讲座,你不是跟我说有上进心吗,那你也去吧。"

陆其宸心痛,老哥,你怎么能拿我敷衍的话当真呢?

慕名而来听讲座的人很多,许攸宁虽然提早到了,可前几排已经被各色水杯和教科书给占领了——这种掠夺性的占座方式她觉得……好怀念啊!

沈嘉言找到了位置,朝对面的几人招了招手。

放好书包,陆其宸两眼放光地左左右右地看:"这大学女生都很不一样啊!"

何雨柔翻了个白眼:"等你考上了大学再说吧!"

陆其宸怒了:"你怎么总埋汰我!?"

何雨柔撇了撇嘴,不想睬他,陆其宸一看人家不和他吵架了,心里一哆嗦,赶紧坐下来谄媚道:"你怎么不继续说了?"

沈嘉言从书包里取出一个洗干净的苹果,递给许攸宁:"要吗?"

"不要。"

许攸宁不喜欢吃苹果。

沈嘉言默默地垂头啃苹果，啃了一会儿，随口问道："余老有说你来听以后要做什么吗？"

许攸宁摇了摇头，这时手机亮了一下："把我等会儿说的，全部用英语翻译下来。讲座结束以后给我看。"

沈嘉言咧着嘴，只看到本来无精打采的许攸宁看了短信以后，马上就精神起来，他凑过去一看，顿时无言以对，就没见过碰到艰巨任务还那么兴奋的。

许攸宁推了推何雨柔，把手机短信给她看。何雨柔还和陆其宸闹别扭呢，慢吞吞地看了看短信，一时嘴角抽搐："这意思是，他这两个小时的讲座，他说了什么全要用英语翻译下来？"

"是。"

何雨柔抖了抖眉毛，邪笑一阵："你就不怕我比你翻得好？"

许攸宁状似劳累地打了个哈欠，随后懒懒地给她送去一瞥："呵。"

何雨柔难以置信地捂住了自己的心，陆其宸忙凑上来，继续谄媚道："帮你揉揉？"

"滚！"

渐渐地，阶梯教室坐满了人，许攸宁看到余金杯西装革履地走进教室，头发梳得一丝不苟。

整个教室爆发出轰鸣掌声。

"他就是那个首外的名誉教授？"何雨柔兴奋得不行。

许攸宁盯着示意大家安静下来的余老，点头，语气里有钦羡之意："是啊。"

余金杯一张口说话，许攸宁的考验就到了。

这做翻译也和做阅读一样，在做阅读的时候，你看到单词脑袋里第一反应不是中文解释，而是这个词就代表的英语意思。这是一种专门训练后会养成的好习惯，而翻译——你听着对方的中文，脑袋里第一反应就是其对应的英文,并且能够通过最简单的逻辑关系分清一二三,可以事半功倍。

所以,首先明确的不是对方说的细节,而是整段话的关键词和逻辑关系点。

何雨柔刚开始精神高度集中,慢慢地整张脸都皱了起来,最后,她干脆放松地只看着讲台上讲话越来越快的余老了。

"好了,现在休息十分钟。"

整个教室窸窸窣窣热闹了起来。

"呼——"

余老终于肯休息一会儿了,何雨柔爱怜地拍了拍许攸宁的背:"你还好吗?"

许攸宁趴在桌子上,浑身软绵绵的:"不好,累。"

"你饿吗?"

许攸宁面无表情地看着由修长手指推过来的苹果:"谢谢,不用了。"

她呼出一口气爬起来,余老说话很快,她精神过度集中,现在有种头昏脑涨的感觉。

"你能记成这样已经行了吧,我可是后面光顾着听了。"何雨柔对照着两人的笔记,再次感到挫败。

"我们练习还不够,不过一步一步来吧。"

讲座结束后,许攸宁四人等在门口,余金杯正在和一个年轻男子说话,余光瞥到许攸宁,跟他们做了个稍等片刻的手势。

许攸宁心里兴奋又紧张,耳边却传来咬苹果的声音,她有些烦躁地抬头,靠在墙上的沈嘉言动作一顿,无辜地咬住苹果看她。

"姑娘,我只是吃个苹果。"

"你已经吃了第三个苹果了。"

许攸宁察觉到教室里谈话声结束,于是身姿端正起来,余金杯走出教室,朝她笑了笑:"我讲得怎么样?"

"关于'影子训练'的那部分讲得特别仔细,我觉得受益匪浅。"许攸宁说出自己的心里话。

余金杯一愣,随后哈哈笑了两声:"看样子你听得很认真。"

许攸宁按捺下心中激动,点了点头,把笔记本递给余老:"教授,这是我做的笔记,您有空看一下吗?"

余金杯接过去,翻到夹了书签的那一页,只稍微看了一眼,随后朝许攸宁点了点头:"不错。"

许攸宁心一落,是不是她哪里做错了?她语气有点紧张:"教授,我的笔记是不是不太符合您心中所希望的标准?"

余金杯看许攸宁紧张地望着自己,一笑:"你做的不是听力,是全场翻译,所以就算不是重点你也不能漏了。"

许攸宁一怔,若有所思地露出欣喜表情:"原来是这样!"

余金杯挑眉,见她自然而然流露出的恍然笑意不像其他人那般刻意,这倒让他有些另眼相看了。

"还有,我见你休息的时候精神不太好,体力和精神对同传也非常重要。"

余金杯朝她点了点头,随后和跟着他的年轻男子点了点头,走了。

许攸宁一直知道自己的身体很不好,却没想到会影响到自己的梦想,她抿了抿嘴,顿时觉得道阻且长。

"An apple a day keeps the doctor away."

面前出现红青相接的大苹果,许攸宁扑哧一笑,接了过来:"谢谢。"

陆其宸讷讷道:"原来英语还能把妹啊。"

何雨柔翻了个白眼,朝陆其宸一字一句说道:"An apple a day keeps the graduation away."说完,还瞥了一眼他的手机。

陆其宸皱眉:"我见识少你别唬我,沈嘉言天天吃苹果呢。"

许攸宁身体不好,知道的人并不多,除了许家人,上次办公室里的同学老师,那么还剩下的,就是坐在许家客厅里面色阴沉的大佛了。

客厅里气压低得厉害,许明伟、李美心、孟廷、许攸陶一个不缺。许家出场的阵容还有许泰山和许明丰,秦家出马的人不多,一共两人,主心骨是秦忠国,外援是明叔。

"攸宁,把事情说清楚。"

秦忠国恨铁不成钢,许攸宁这样的好孩子,怎么和青鸾一样碰到男人就干傻事!

"许攸陶需要做手术,孟廷和我说只要我把自己的肝分一点给许攸陶就和我订婚,那时候我喜欢孟廷,所以答应了。"

孟廷心乱如麻,看了眼不曾把目光放在自己身上的秦老,随后盯着没什么情绪的许攸宁,目光探究,现在的许攸宁太陌生了。

"爷爷大伯劝过我,我不听,态度很强硬,他们没办法,只能随我胡闹了。"许攸宁一边说着,一边暗暗观察秦老爷子越来越沉的脸,"不过,这件事是我咎由自取。"

"宁宁……"

许明伟讷讷地喊了小女儿的名字,可许攸宁没有看向他,当他听到"咎由自取"这四个字时,心里很不舒服,是他这个做父亲的……

秦忠国的脸色已经发青了,许攸宁心想这都什么多出来的事,不过……

"经过这件事,我对父亲的亲情已经没什么感觉了。"

"宁宁!"

"攸宁!"

许家人是万万没想到,许老三一家人的矛盾已经那么深了!什么叫没亲情了?这不是——许泰山只顾着生闷气,这许明伟和许攸宁是怎么回事儿!亲家就坐对面,许泰山也不好意思去看小家伙,只能狠狠地瞪许明伟,许明伟心里又苦又慌,一时眼神闪躲也不知道该说什么好。

"在我躺在病床上的时候,父亲和阿姨没有来看过我,所以我已经放弃了。外公,我错了!"

秦忠国"哼"了一声,瞥了许攸宁一眼:"真是认贼作父,卖了身体还帮人数钱呢！"

"哎！亲家！你这话就过了吧！"暴脾气的许泰山虽然心虚，可说认贼作父，许明伟是贼，他不就是贼爷吗！

"我过了！？"秦忠国怒了，瞟了一眼坐在许明伟旁边的李美心和许攸陶，"你倒是给我说说看这两个女的是怎么回事！"他越想越气，他宝贝女儿做的什么狗屁选择！他当时就该给拦下来，这男人竟敢偷养小老婆！于是嫌恶地看了李美心一眼，"许泰山，你问问这女人的孩子几岁！那时候青鸾和这男人已经结婚了！青鸾一定知道，就是不肯告诉我还帮着这男人圆谎！她一定很后悔嫁到许家来！"他恨得牙痒痒，想到自己的女儿病在床上，这男人却风流快活——

他这做父亲的……

秦忠国深吸一口气，盯着许泰山眼神特别阴冷："许泰山，别告诉我这件事你不知道。"

许泰山眼神有些躲闪。

"秦老爷，这件事是我们许家不对。"许明丰赶紧拦着炮仗似的一点就燃的许泰山，皱眉看向秦忠国，见这情形，也知道很难善了。他是万万没想到秦忠国会专门为了这件事儿从首府跑过来，早知道瞒也是瞒不住的，当时怎么就存了侥幸心理呢！

许攸宁倒是没说许家坏话，错的也的确是自家人，许明丰心里发苦。

"您看，这件事怎么说？"

秦忠国还能怎么说，肝给都给了，他看了一眼低着头的许老三一家人，越发看不上眼："让许明伟写财产转移书吧。等攸宁高考结束，她就跟着我了，和你们许家没关系了。"

"岳父！"许明伟猛地抬起头，惊异地说，"这怎么行！宁宁是我的孩子啊！"

许泰山没反应过来，纳闷："你说要许攸宁跟着你是什么意思？她可是姓许啊！"

许攸宁也是惊讶，她没想到秦忠国是做的这个打算，不过她的确准备考到首府去，以后不打算回许家了。

"别叫我！"秦忠国气得声音都抖了，直视许明伟道，"怎么？要不是我查了，你还不准备告诉我我的外孙女为了个贱种把肝都给了！？啊！？你做的那些腌臜事情，我就当秦青鸾瞎了眼才看上你，我的外孙女再也不能留在你这里给你糟蹋了！什么狗玩意儿！"

"我不同意！"许泰山朝着秦忠国怒目圆睁，"我的孙女岂是你想带走就能带走的？秦忠国你别欺人太甚！"

"我欺人太甚？"秦忠国气笑了，一字一顿道，"许泰山，你可想好，许明伟可是在婚中就和其他人生了孩子，军纪严明，你当的是军人可不是官人啊。"

许泰山一噎，登时说不下去了！

许明丰没法，朝不知所措的许明伟瞪了一眼："还愣着干什么！写吧！"

许明伟张张嘴，被这事情发展给弄得又是心痛又是无措，怎么会变成这个样子……他像是突然想到了什么，连忙期待地看向许攸宁，急着保证道："宁宁，你还是想留在家里的是吧？爸爸会补偿你的！"

"不想留，不用了。"

秦忠国听到许攸宁的回答心情好了一些，明叔见众人没有异议，于是将笔记本推向许明伟："已经调查过您名下的房产、现金以及所做的投资，您可以看一下是否有虚多的部分。"

许明伟面色难看，秦老爷子有备而来，连他在哪里做的投资，什么时候做的都列得清清楚楚，他神情有些僵硬，岳父和小女儿坐在对面，可他旁边坐着的也是妻女啊，按岳父的意思，这至少百分之八十都是许攸宁的，那……

"今天已经晚了，攸宁也需要休息，明天我来，希望你已经把所有东西都准备好了。"秦忠国察觉到许攸宁有些疲惫，心里又气又疼，怪不得气色一直不见好转呢！

秦老爷子都这样说了，那么今天就到此为止了。

许攸宁回到房间,之后的事情自然不需要她再去烦心了,想到上楼的时候,许攸陶问她:"这下你满意了吧?"

许攸宁想了想,说:"这不是你的母亲做出来的吗?贪心不足蛇吞象,还担心自己的身体故意拖丈夫前任的女儿下水——你不觉得,是你和李美心的问题吗?"

许攸陶明显脸上不豫:"你自小名正言顺身份高贵,哪会知道我受过的非议?我争取能够争取的,这有什么不对?"

"你受非议,和我有关系?你争取能够争取的没什么不对,但你不该争取的时候把我踩下去。有个问题,你是不是一点都不感激我救了你?"

许攸陶沉默了一下,随后摇头,笑了一下:"我很想感激你,但有可能天生的立场让我就不喜欢你,所以我没办法感激你,反而因为你这样的牺牲感觉厌烦。"

许攸宁点头,认真地打量着她,问道:"那你有没有想过,你的母亲为什么不肯为你牺牲?"

"我不会去想,因为现在我好好活着。"许攸陶笑了一下。

许攸宁一愣,俯视这个眉目端庄的姐姐,想了一想,突然诚挚感慨道:"的确是现在。"

也不知道秦老爷用的什么雷霆手段,反正许攸宁看到那张转移书上的数字就知道许明伟大出血了,至少,李美心名下现在可是一毛不剩,全倚仗在许攸陶身上了。

李美心红肿着一双眼睛恨恨地盯着她——行吧,反正现在她和这个家也没什么关系了,爱怎么瞪怎么瞪。

秦忠国想要让她住在秦青鸾的房子里,再给她找个保姆,许攸宁原本打算住学校宿舍还方便一些,可考虑到自己的身体需要食补,便答应了。

不过,出乎她意料的是,秦忠国还留了一个人下来。

一个非常干练的女子,戴着眼镜,黑长直发,二十七八岁——

"这位是你的家庭教师,每天会有两个小时教授你金融学的课程。"

教金融的？许攸宁心里一跳，这位女教师见许攸宁看向她，于是轻轻地朝她点了点头，眼镜后的眼眸神色淡淡的："我叫方晨，你可以叫我的名字，或者叫我方老师。"

许攸宁礼貌地颔首："方老师好。"

"课程时间是每天晚上六点半到八点半，你有意见吗？"

"没有。"

见小姑娘是个利索的，方晨点头，随后看向秦忠国，语气平稳："秦先生，我认为这样就可以了。我会在三个月内教导许小姐完成所有的学习。"

"嗯。"方晨的性子很稳重秦忠国很放心，不过，他还没和许攸宁说过这件事，只不过方晨来得早了一些，他也就趁早介绍了，不知道——

等那人走后，他刚坐下，果然外孙女就坐在对面看着他，语气笃定："外公，您同意了我考首外。"

秦忠国心里乐和，这外孙女还知道拿以前自己的保证说事儿，不过，这件事他是准备和姑娘好好商量的，不是万不得已，而是防患于未然。

"但是这并不妨碍你学一些从商的知识。"

外公说得好像轻飘飘，但没根据哪儿来的后续呢，许攸宁脑袋里打了个弯儿，模模糊糊有了些底，于是，她沉默了一会儿问道："外公，您突然改变主意是不是因为大姨？"

秦忠国笑了，小姑娘眼睛明明亮亮的，倒也不抗拒，他挥了挥手，示意明叔把档案袋里的资料拿出来："攸宁啊，你看看这些。"

许攸宁目光落到这些 A4 纸上，粗粗扫了几眼，抓住了其中的一些关键词。秦忠国在她低头看的时候，心里不禁叹了一口气，当他发现"三百万美元"是秦火凤暗自"下海"和东区的人接下来的生意后，马上知道大事不好，也不用上头的人来示意了，他们秦家的性质就因为这件事变了。

"这些你现在不懂，我也不和你多说。"见许攸宁若有所思的表情，秦忠国好笑，这姑娘啥都不懂呢，还看得一本正经的，"不过，那些人绑架你是想来提醒我，哼，这把火既然敢烧过来，那也得有心理准备等着烧回去！"

"那外公，如果我大三的时候申请语言类的交流生项目，您会支持我吗？"许攸宁有些试探性地问。

"会，我不会阻止你，但你得跟着我给你安排的老师，学点东西。"秦忠国沉吟片刻，终究是答应了，他心里对许攸宁是有愧意的。

秦忠国还闷着呢，许攸宁突然站起来帮他泡了杯热茶："外公，喝茶。"

"哦。"

秦忠国想，这又是哪出？

"外公，不如我们白纸黑字，将您答应我的记下来如何？这样我更放心些。"

喝茶的秦忠国差点没一口水喷到许攸宁脸上，他怒目而视："我是那么没诚信的人吗？"

许攸宁摇头，睁着剪水双瞳诚恳道："这不是怕到时候您忘了吗？我知道外公对我好，信用也特别高，可我就是喜欢担心东担心西的，谢谢外公，外公最好了！"

秦忠国从没见过许攸宁这么软绵绵的模样，嘴角一抽，觉得心里承受不来："行吧行吧，反正用不着你是最好！"

― 第 10 章 ―

泳池里的沈嘉言与许攸宁

秦老爷子飞回去了。

许攸宁又过了一天平淡的学霸生活。

只有一天是因为第二天一早，沈嘉言就笑眯眯地出现在她家门口，许攸宁脑海里飘过几个斗大的字儿：笑眯眯笑眯眯，不是好东西。

沈嘉言穿得多，白衬衫、藏青色冬季校服，外面还加一件黑色羽绒服，愈发衬得小白脸唇红齿白，一脸妖孽，就这么站得直直的，背了个书包，既有同龄男孩的朝气，又有种说不出的，属于男人的厚实味道。

许攸宁舔了舔嘴唇。

沈嘉言一看她懵懵懂懂地盯着他舔嘴唇，心里一哆嗦，一哆嗦就要笑，笑得春意盎然的。

许攸宁见他笑了，忽地一悚，立马收回了目光，顺便还打了个哆嗦。沈嘉言一笑她就觉得冷，也只有他吃苹果的时候才能带给她丝丝人类的暖意，有时她会没来由地觉得他不容易。

说起来，最近沈嘉言出现的频率好像忒多了，她不知道为什么沈嘉言总缠着她，想了一想还是不明白，于是宁学霸果断决定——随他去吧。

"攸宁，早上好啊。"沈嘉言笑得花枝招展的……声音格外清越……

鬼使神差的，看着沈嘉言迷人的笑容，她豪迈地拍了一下这小伙儿的肩膀，拍完以后她放下手，有些僵硬，然后沉默了。

沈嘉言心里纠结，又不知纠结的点在哪儿，于是扭头，不知怎的脸上飘起了两朵红云。许攸宁盯着那红云犹豫了一会儿，走进客厅，再走出来的时候，手里多了张纸巾，纸巾上放着俩热气腾腾的玩意儿。

许攸宁抬头，盯着沈嘉言狐狸一样的眼睛，认真地问："要不要吃包子？"

沈嘉言看了一眼她手里白花花的包子，心想，许攸宁可能是个笨蛋。

上帝为她开了一扇门,所以把窗都用保险锁锁上了!沈嘉言纠结了一下,从书包里摸出一个圆鼓鼓的东西递过去。

"早上吃苹果对身体好,给你。"

许攸宁看了一眼沈嘉言手里红彤彤的苹果,心想,沈嘉言可能是个笨蛋!上帝为他钻了个烟囱,其他都忘了。

沈嘉言接过了包子,许攸宁接过了苹果。

气氛非常……融洽。

H市一到年底就开始下雪,小而软的雪花飘下来,像纷纷扬扬的柳絮,贴在脸上一下就融化了,晶莹剔透地化为一滴美人泪。

许攸宁从书包里取出四包热牛奶,一袋一袋剪开小口放进管子。

"陆其宸!你给我醒过来!怎么又睡着啦!"

突然的暴喝声让专心放管子的许攸宁手一抖,拎着个小口的地方挤出了几滴牛奶,只见她若无其事地取出一张纸巾,擦干净后就着这袋牛奶默默地喝了起来。

坐在旁边的沈嘉言最喜欢看她被吓到还故作镇定的表情,蠢蠢的,又怪好笑的。

"困了就稍微休息一会儿。"许攸宁把牛奶递给三人,递给何雨柔的时候停顿了一会儿,抬眸认真道,"何雨柔,捏的时候别那么用力,奶很满。"

何雨柔一愣,看到自己捏得紧紧的铅笔,登时龇牙咧嘴,有些不好意思地努了努嘴:"知道啦!"

陆其宸趴在叠得小山高的书本上,眼神空洞,对着窗外的天空讷讷道:"何雨柔,何雨柔,你做什么要这么为难我……"

对陆其宸来说,何雨柔是典型的皇帝不急太监急,以他的水准是肯定考不上什么一流大学的,靠自己水平进个二本已经是三生有幸。距离高考的时间越来越紧张,何雨柔填鸭似的每天给他布置满满当当的任务,他想说这种日子真是生不如死,一到双休日,连和狐朋狗友插科打诨的兴趣都没有了！对，现在他看到何雨柔就四个字——了！无！生！趣！

"你有点上进心好不好？"何雨柔恨铁不成钢地瞪了他一眼，"我们三个可都是要去首府的，你拖在后面就甘心？"

"是是是，我就是个拖后腿的成了吧？！何大小姐？！"

见他这样，何雨柔气急，她也不知道为什么，一想到陆其宸半年后考不到首府去就心慌，所以督促着督促着这家伙就越来越急，但浑蛋偏偏拿好心当驴肝肺，一气之下脱口而出："你哪是拖后腿啊，你连个后脚跟也碰不着啊！"

本来想"非礼勿视，非礼勿听"的其余两人，听到这话也不由得皱眉，忒伤人了。果然，下一秒陆其宸站了起来，吸一口气，甩下一句"我今天先走了"，拿起书包转身就走。

何雨柔垂着脑袋，紧紧握着笔一声不吭，许攸宁看到这情形不由得轻叹一声，真是两个不开窍的。

"牛奶再不喝就要冷了，有话好好说。"

"许攸宁你越来越像老妈子了。"

何雨柔听着对面软软糯糯的声音就觉得好笑，心里微暖，果然一抬头看到许攸宁沉思的表情。

"学霸这是关心你们，你见她对谁那么多话。"沈嘉言看了看手表，然后递给许攸宁一个苹果。

"快一点了，吃个苹果，我们去游泳馆看一看。"

许攸宁这下不沉思了，狠狠地向沈嘉言那张嘚瑟的笑脸甩眼刀，也不知道他是怎么和家里的保姆搭上线的，不就是第一次上门的时候请他进来坐坐吗，转眼两人聊得热火朝天，隐隐约约还听到什么游泳这种中等强度的运动有利于强肝，还以为这家伙在谈什么老年人保健呢，当晚秦老爷子就打电话来，言之凿凿："攸宁啊，你不是身体不好吗，外公让人给你办了一张游泳卡，就在你家和学校的当中，可方便了，没事你就去游游，不然外公担心啊。"

那个办卡的人就是沈嘉言。

杀千刀的——

"没错,许攸宁是得好好去锻炼身体了。"何雨柔听说了这件事,觉得很有道理,那教授不是说做同传的得锻炼好身体嘛,可转眼她想了想心情又不好了,"本来还想和你一起去玩玩的,反正拿到名额了也不慌了,正好是元旦……陆其宸那家伙!"

身边的人一个个倒戈许攸宁面上没什么表示,但心里纠结。从第一次外公提出要她去游泳到现在已经过了快一个月,她各种借口都用了,义正词严说学习紧张,于是本来每天都要的游泳变成一周一次。时间到了该去游了她谎称肚子不舒服,肚子不舒服后第二周,她说那个来了,于是就这样过了一个月。

沈嘉言和她家里那个保姆说游泳强肝,实在是潜意识鬼使神差,等他脱口而出自己都有些不明白,本来想这件事过了也就过了,哪想到秦老爷子亲自给他来了个电话……

沈嘉言心里暗暗地笑了。

冬天,开的都是温水游泳池,沈嘉言一边做着准备动作,一边暗暗地想,不知道许攸宁穿着泳衣走出来会不会一脸尴尬。他左手拉右臂做舒展运动,这种时候,平时锻炼的一身精壮肌肉就显现出来了,不会太过分的小山包让手臂看上去充满力量,尤其是没有一丝赘肉的脊背线条更加漂亮,下面是藏青色的泳裤。

泳裤包裹着——

刚从换衣间走出来的许攸宁咽了口口水,目光一点点下移,大腿肌肉线条分明很有力量的样子……

"你在看什么?"

前面那人转过来,视线正好落在大腿根那里,许攸宁不慌不忙,抬起头,目光澄澈,声音清脆:"泳池很大。"

沈嘉言忍笑,点头:"对,很大。"

许攸宁身材纤瘦,但在深色泳衣的紧紧包裹下,还是能看出少女独有的身体曲线,沈嘉言想了好一会儿形容词——可爱,可离性感差远了。唯一算引人注目的只有白嫩的细腿细胳膊,两条小细腿儿笔直笔直,没什么赘肉,拖着拖鞋的两只小脚丫子娇俏,他摇头,这姑娘缺乏锻炼缺得可太多了。

他示意许攸宁过来,一脸风轻云淡的少女短发被泳帽罩住,露出白净小脸上一双圆圆的漂亮眼睛,水灵灵的。

"先做准备运动。"

两人面对面做准备运动,不可避免地,许攸宁视线下移,她承认,自己虽然选了文科,可对理科的生物也很感兴趣。

而且,很好奇,于是总想到通货膨胀与通货紧缩。

许攸宁动作规范,除了有些压不下去的动作,算是做得认认真真,可这火辣辣的视线——沈嘉言微笑,他脸皮再厚,可这姑娘怎么能这么长时间就盯着那里看呢,看泳池,当我傻吗?

而且——

许攸宁身体陡然一顿,在她的视线所及之处,好像有什么膨胀起来了。

"我先下去游一圈。"沈嘉言飞快转身,朝背后的某人露出一个温和无比的笑容,随后戴上泳镜,跃入泳池。

许攸宁离得远,可也不能避免被溅了许多小水珠。她走到泳池下水的钢制爬梯那里,扶着把手走下去,泳池的水已经快到腰部,她顿了一下,更加小心地往下走。微凉的水只是在表面,等大半身体浸进去以后就温温的,泳衣紧贴皮肤,身体在水里起起伏伏的,有种说不出的畅快感。

她在浅水池里戳着,碰地以后还能露出小半肩膀及以上部分,这时候她158cm的身高弱势就非常明显了,只能像条小鱼似的一跳一跳的。

沈嘉言游了一圈回来,热度已经退了不少,此时看到许攸宁风轻云淡,优哉游哉地跳啊跳的,心里渐渐明白了些什么,他心里偷笑,可还是露出一张疑惑的脸。

许攸宁茫茫然只顾自己跳啊跳的,冷不防眼前水面一下冲出个人来,她一吓,脚下一滑,整个人就傻愣愣地要掉到水里面去了,连忙手脚并

用想抓住身后的栏杆,可还没抓住脚又是一滑,她瞪大眼睛想抓些什么,手在水里根本只是瞎扒,碰到墙壁也抓不住。忽然,一个充满热度的手掌握住她的手臂,这样贴近的热量充满安全感,手掌不算用力只是扶着。她都觉得身体因为浮力已经在水里打横了,却因为这个人结实的手臂而被整个从水里捞了出来,丝毫由不得她身体乱动。

噗一声她被拉出了水面,那只温热的手掌还紧紧箍着她的手臂,把她一托举,就送到了瓷砖地面上。

"你前面在做什么?"

"我在练腿部线条啊。"许攸宁一脸坦然,随后笑了笑,"沈嘉言,其实我不太会游泳。"

他就知道! 一般不怕水会游泳的人都喜欢这项运动,除非体胖不好意思,而许攸宁明显不属于这类,所以……这叫欲盖弥彰吗?

"我去给你拿块板子。"

冬泳的人本来就少,所以沈嘉言让她就在地上待着免得到了水里又滑下去。许攸宁一时无聊,看着游泳馆里的设施一个一个对号入座开始背英语,譬如说:swimming pool 泳池,springboard 跳板,platform 跳台……

沈嘉言夹着浮力板走过来的时候,就看到那么一副怪异的场景,许攸宁的目光打量着泳池设施,抱腿托腮口中念念有词:"user lamp……"

"咳!"沈嘉言咳嗽一声,示意许攸宁到角落来。

"我们先练憋气好了。"

沈嘉言爬下梯子,许攸宁紧跟在他身后,他想到什么突然顿住,转身仰头刚想说话——目之所及的,是某人软乎乎的屁股蛋儿,泳衣太紧,还勾了点小肉,他想说什么的心情顿时就蔫了,反之两朵红云似曾相识地飘了起来。

许攸宁下水后看向沈教练,对方却眼神闪烁,好似做了什么见不得人的事情一样。

"怎么了?"

"没,憋气吧。"

可怜沈嘉言风流少年郎的皮囊下,是一颗属于处男的赤子之心,平时万花丛中过片叶不沾身,今日一回眸发现少女的屁股蛋儿——刺激忒大。

他让许攸宁扶着墙壁,想起最近流行的一个游戏——按"8"憋气可以测试肺活量,于是笑着对许攸宁说:"你憋着不要换气,我看下你的肺活量怎么样。"说着,他上地面把放在防水袋里的手机拿了出来,许攸宁点点头,仰起头,认真地开始吸气。

"准备好了吗?"

少女点头,沈嘉言一笑,随后示意许攸宁可以开始憋气了,少女非常认真,深深吐出一口后,抿紧了唇。

玩过这个游戏的人都知道,五行有点 low,八行一般般,十行以上任你行,十五行以上你是鱼——而沈嘉言刚按上第一个"8"时,他就听到了少女作弊的呼吸声。他抬眸看向许攸宁,许攸宁轻轻呼吸间不经意和沈教练对上了眼。

大眼瞪小眼。

被直勾勾地瞅着,少女心虚地受到了惊吓,一口气还没缓过来——

"咳咳咳!"

天可怜见地,被自己的口水呛住了。沈嘉言看着手机上孤零零的那一个"8",心想,这种令人绝望的实验还是少做为好,免得让自己失去了教学霸游泳的信心。

沈嘉言把手机放回原处,然后当作什么都没发生地瞅着许攸宁微笑道:"来,我们去水下憋气。"

许攸宁看着他含笑的眼眸,浑身一哆嗦。沈教练不愧是风流人物,他摁着学霸的脑袋,等到手底下的脑袋挣扎到手舞足蹈了,才把学霸给放出来呼吸新鲜空气。

许攸宁经过几次生与死的徘徊,觉得不能再这样下去了。她脱下泳镜,露出蒟水双瞳,言之凿凿:"沈嘉言,我觉得,饭要一口一口吃,路要

一步一步走,今天已经有很大进步了,你说呢?"

"呵,很大进步。"沈教练笑得越发柔和了,快淹到许攸宁脖子的水刚刚触及沈教练的胸腹部,"今天连憋气都没学好,下周只能继续学,浮力、手部动作、腿部动作、平衡感——看样子等你考上大学都学不好了,你说呢?看来你还是没那么坚持自己的梦想啊。"

许攸宁一怔,想要快点逃离泳池的心情也没了,只要提到梦想,就会触到她的敏感点。沈嘉言早就知道怎么拿捏这学霸了,等了一会儿,果然听到小姑娘幽幽地道:"继续吧。"

沈嘉言不置可否,手上没动作,就旁观着,好像也没么强求这个学霸强身健体了。

许攸宁看了他一眼,又看了第二眼,对方还是那副蠢样只看着她……喊。她一憋气,猛地一脑袋扎进水里开始憋气,沈嘉言笑了,孺子可教——他还没想完呢,突然觉得不对!只看到眼前的人忽然在水里手舞足蹈起来,小细腿扑腾扑腾地踢着水,他刚想把她给捞出来,突然下面一凉!他难以置信地低下头,随后,沈教练惊恐地发现,自己的泳裤被某只慌乱的爪子给扒下来了!

沈嘉言手疾眼快,一把抓住在水里扑腾的蠢鱼,水里冒出来个大脑袋,嘴巴鼓鼓的——沈教练被某只蠢鱼嘴里吐出的水喷了一脸。他一手飞快地箍住蠢鱼的手臂,同时,另一只手迅速把被拉至大腿与膝盖中间的泳裤给拉起来,无奈面料紧贴皮肤一下子竟没抓住薄薄的料子。

许攸宁喘过气儿来,抓紧时间瞟了一眼水底下,气若游丝地问:"要我帮你吗?"

沈嘉言整张脸都黑了!

黑里透红。

许攸宁眼睛一下亮了:娇俏!

她见沈嘉言另一只手还在下面,就也探出一双手想去"帮忙",沈嘉言难以置信地看着她一脸郑重其事地低着头好似真的在做什么庄重的任务一样，忙说："喂！我好了，你别过来！"

许攸宁懵懂地看向他，眨眨眼，低下头："哦……"

这种失望的语气，还有盯着不放的眼神是怎么回事！沈嘉言突然觉得自己才是个可怜的黄花闺女，而许攸宁就是那不要脸的臭流氓！

许攸宁见他有些尴尬，于是故作茫然地接了一句："我刚才就顾着划水了，什么都没看到，你别想太多啊。"

"教科书上都有的东西我们不必过分害羞，除了颜色形状尺寸会略有不同，本质还是差不多的，不过是繁衍后代的器官，就像是罗马古希腊他们有专门崇拜的神祇普里阿帕斯——"

"你说就说，跑上去干吗？"

沈嘉言面色怪异，他调整好自己的泳裤，就发现这姑娘一本正经地说着话，两只小脚丫却啪叽啪叽地往爬梯上走。于是，沈教练面无表情地长臂一捞，把快要成功登陆，一脸坦荡荡的许攸宁给捞了下来。

"不学了吗？"

许攸宁瞪眼，义正言辞："怎么可能，今天至少得把憋气给学好，能浮在水上了再说。"

沈教练被逗乐了，点点头，微笑道："有志气！"

许攸宁勉强扯了个笑脸。

结果不容乐观，许攸宁天生运动神经很不发达，在泳池里是堪比死鱼的一条蠢鱼。沈嘉言把她送到家里的时候，对方保姆看到沈嘉言惊呆了，怎么好好的一个男孩子像被榨干了似的？

他觉得今天发现了某人新的一面。

许攸宁给他递了苹果和牛奶，恢复了以往淡淡的神色："今天谢谢你了，早点休息，马上要期末考试了，不要把身体给累坏了。"

沈嘉言瞅着她面色复杂，别以为装出这副冷淡的学霸样我就不知道你其实是个女神经！

见他看着自己没动静，许攸宁歪头，好奇道："还不走？是在等我给你穿裤子吗？"

沈嘉言脸皮一抽,默默地啃着苹果转身走了。

期末考试来去匆匆,考完最后一门,许攸宁在秦老爷子"回家过年"的召唤下飞去了首府。她一进门就见秦宅里秦火凤、秦湘和徐明月站在一起包饺子,脚步一顿,朗声道:"大姨好,舅母好,秦湘。"

秦火凤冷不丁被吓了一跳,于是下意识地应了一声:"嗯,来了啊。"

"我放好行李先去看外公。"

"去吧。"秦火凤诧异于许攸宁突然的爽朗。不过,她是一定不会猜到,在飞机上沈教练充当了一回许攸宁的生活导师——

"你和秦家人也没怎么相处过,所以客客气气不是个好办法,如果你是真的想融入秦家,那么就得主动出击和对方建立比较好的关系。"

许攸宁迟疑了一下,点头。

沈嘉言微微一笑,继续道:"听说老爷子已经让你开始学习比较基础的金融知识,那么之后你外公会一点点让你和秦姨接触,所以这次回秦家,你得学会了解秦姨,而不是事不关己高高挂起,客气的态度或许会给陌生人感觉礼貌,可对亲人来说,这就是故意拉开距离了。"

许攸宁小鸡啄米似的点头,有理。

"每周还是要游泳,别忘了。"

许攸宁顿了一下,默默扭头,眺望飞机小窗外白云之上的开阔美景很是怅惘。游泳没什么意思,能够吸引她的只有沈嘉言的泳裤了,泳裤——swimming trunk。

许攸宁敲了敲书房的门,她算是发现了,明明之前在楼下就看到老爷子站在窗口那儿,现在偏偏就躲进书房里,这种行为无疑是——拿乔。

老年人拿乔大多源自于傲娇。

许攸宁把秦忠国那张精忠报国的国字脸和傲娇两个字连在一起,眨了下眼,可怕的事情还是不想的好。

"进来。"

许攸宁乖乖走进去，只见老人正看着些文件呢，低头俯首，很严肃的样子。

沈嘉言的话犹在耳边："你外公疼你，所以你多说些好话也哄哄老人开心，毕竟他现在疼你爱你是因为你母亲，你要让你外公真心实意因为你是许攸宁而喜欢你，亲情也是需要付出的。"

于是——

"外公，我可想您了。"

"咳咳咳！"作势喝了一口水的秦忠国不幸中枪，"哦，哦，好的。"他状若无恙地擦了擦胡楂上的水渍，想到什么，突然笑了一下，"是沈家小家伙教你说的话吧？"

许攸宁眨了一下眼，很诚实："是。"

秦忠国听到这回答也没恼，点点头："二小子小时候就是个人精，就会摸透别人是怎么想的，你跟着他多学学。"他顿了一下，哪有说自己外孙女木讷的，何况只是不会处理亲近的人际关系，"虽然不用你左右逢源，但为人处世稍微圆润一点总有好处……"

许攸宁点头，想了想道："外公，有理。"

秦忠国扶额："好了，你去整理行李吧。"

"好的，晚餐见。"许攸宁端庄严肃地退出书房，关上门的时候透过门缝看到秦忠国一脸很囧的表情。她心里一乐，眼里划过几道狡黠，逗逗老年人什么的真是太有趣了，时不时地活跃下老年人的心情，有助于延年益寿。

而说到前面刚打了招呼的三人……

秦火凤看着侄女和她们道好后走上楼的背影，心里不知道是个什么味儿。既是妹妹的女儿，也是她贸然下海的受害者，到底是有这么道血缘关系，这样不冷不热实在难受。

她包着饺子，心想或许自己该改变一些态度了。就在这时，只听到楼梯上脚步声下来："大姨，我可想您了，我也来包饺子。"

秦火凤突然觉得以前那个许攸宁或许更可爱一些。

许攸宁从来没有和亲人相处的经验，就算是到这个世界来，一开始遇到的也是渣父、后妈、狼心亲姐、狗肺廷哥，这种情况下能感受亲情还真是有鬼咧。但秦忠国不一样，说辞严厉，但偶尔流露出的关心和时常出现的袒护，无一不说明，外公有心想将她缺失的母爱补给她。可她不知道怎么相处，太过于亲近让她不安，如果很快消失，如果马上就不喜欢了，那她会怕自己一腔情感掉到了黑洞里。

沈嘉言说的很有道理，感情是需要付出的。许攸宁明白，索取外公对自己的亲情可以心安理得，但不能一味索取，亲情需要相互维持，如果也能多体贴，多关心，多注意对方的心情——这样的感觉也不错。

"你会包饺子？"秦火凤看着许攸宁手指翻飞的熟练动作，不由得惊讶了，不是许家十指不沾阳春水的娇娇女吗，倒没想到做起来有板有眼的。

许攸宁做出了花样，小鱼饺、花饺，察觉到秦火凤看着自己的动作，于是仰头朝对方一笑："也算是我的兴趣爱好。"

她平时也做饺子吃，或许太单调了所以专门上网多学了些花样，现在做起来竟然有些怀念。

"你做得挺好的。"

"谢谢。"

许攸宁将一个代表"年年有余"的小鱼饺放在秦火凤的砧板上，有些腼腆地朝她笑了笑。做个简单的、没心思的小辈，也没那么困难，她觉得心情轻松，好似比以前自己刻意不去亲近还多了些自在，沈嘉言说得挺有道理的。

再说到秦湘，许攸宁呢，是没想去和她姐妹似的相处的，一来初次见面对方就给了她一个"下马威"让她给摔了，二来，对方的性格她不喜欢。能够和亲人好好相处是好事，但为了和一个明显不喜欢自己的亲人好好相处，而把自己弄得不爽了，那也没多大意思。

刚进门问好时对方不冷不热的反应至少说明了，人家也不稀罕和你做姐妹，许攸宁坦然，这比许攸陶故意做出的情深样子可好多了，互相不恶心。

晚上吃了一顿和和美美的饺子宴,许攸宁和秦火凤比上次见面热络了一些,而上次就莫名投缘的方正鸣小馒头……

"二姐!"跟在许攸宁身后跑过来的小馒头大眼浓眉活脱脱一只皮猴,眼睛眨巴眨巴地看着许攸宁,"二姐,有没有给我带礼物啊?"

许攸宁沉默了,她记着了,下次一定给家人带礼物,可这次两手空空——

"你有什么需要的吗?"

"说出来就没意思了!二姐你是不是没带啊!"方正鸣嘴巴嘟得好像挂了个油瓶,闪亮亮的眼睛里都是控诉。

"方正鸣,别吵着要礼物。"秦湘扫了许攸宁一眼,转头朝方正鸣蹙眉,"别没大没小的。"

方正鸣被说教了不开心,于是朝着秦湘不服气道:"弟弟和做姐姐的要礼物哪有什么不对?"

秦湘抿嘴,才见过几面就姐姐、姐姐叫个不停了?

"行吧,那你就问许攸宁要吧。"

"我没带礼物,你想要什么?"

面对转回视线,一脸兴奋盯着自己的小馒头,许攸宁还真的有些招架不住:"我给你去买。"

小馒头眯眼,摇头,人小鬼大地晃了晃手指:"没意思,没意思,我爸妈又不差钱,干吗要你买。"蓦地鬼机灵地眼珠一转,"不如……二姐,等我想起来再说吧!"

现在他还小要不到什么好的,既然二姐自己承认欠他个礼物,那就等以后他长大了要份大的,至少得有大来头!

"别想太久,就给你一天,不然我就送你一本大词典。"

于是事情的结果是这样的,由于第二天方正鸣忘记问许攸宁要礼物了,所以学霸当着老爷子的面送了他一本英汉词典,方正鸣接下了,表情喜悦。

学霸说:"好好背,需要的话我可以给你默写。"

方正鸣身躯一震,秦老爷子补刀:"听你二姐的。"

暖气刮过,他却感受到了家庭的寒冷。

许攸宁交际圈很窄,这在过去不是什么大事,但在首府就不一样了,你可以不经常露面,显得神秘,但不可以不认识同辈分和地位的人,会被说小家子气的。

作为秦家的外孙女,适当地结识朋友拓宽人脉是必修课之一。于是,秦湘奉老爷子之意,把许攸宁带了出来。秦湘不可能把她带到自己常玩的场子里去,他们圈子玩得开,喜欢的运动比较刺激,万一她身体不舒服了,或者看到了什么和老爷子该说不该说的都说了——那真是飞来横祸。

当然,她也不会对许攸宁的选择抱有什么期待,只要不是图书馆之类的地方就谢天谢地了,于是,她状若无意地问:"你有什么想玩的?"

许攸宁拉开车门,动作顿了顿,秦湘看过去,少女往日沉静的眼睛里跳跃着几分兴奋:"我想去射箭。"

"射箭?"这倒是出乎她意料了,秦湘抿唇,不动声色地坐在另一边靠窗,跟司机说了一个地方,车子开出小区。

许攸宁懒懒靠着椅背一动也不动,眼神放空地看着窗外——怎么看都不像热爱运动的人啊!

于是秦湘好奇问道:"你怎么会想去射箭?"

"因为射箭是奥运会项目,我以前看过觉得挺精彩的,而且……"许攸宁温声笑道,"我不太喜欢动,今天拜托你了。"

今天心情不错,于是,即使对秦湘没有亲近的好感,却也不想因为怄气坏了自己的兴致。做人嘛,开心就好。

支肘枕着脑袋,暖气温和地驱逐从车外带进来的寒意,许攸宁惬意地打了个哈欠,心想:有钱人的生活太安逸了。

还拜托我?许攸宁是不是脑子坏了?秦湘收回古怪的目光,听歌剧和看演出,这些都不选偏偏选一个没什么人想玩的运动?真是麻烦。她把地址发给圈子里的朋友,既然答应爷爷,要把许攸宁介绍进来,那至少她得把这件事情给做好了,之后的事情就不用管了。

射箭,即箭术(archery),借助弓的弹力将箭射出,在一定的距离内比准确性的体育运动项目,为射箭运动。射箭有悠久的历史,曾经作为打猎和战争主要工具在长河里划下重要一笔。现在,这是一项"静止"站立的休闲运动,与环境融合,瞄准靶中,静下心,一触即发!

两人到的时候已经有两三人玩了起来,秦湘一个一个介绍:"阮昊、陈哲彬、齐悦。"

其他两人对许攸宁没有过多关注,反而是齐悦笑得温和:"我是齐悦,很高兴见到你。"

"你好,我是许攸宁。"

两人友好地握了下手,秦湘抱胸,翻了个白眼。

"秦湘,过来。"

听到有人叫自己,秦湘巴不得快点过去,于是和阮昊打了个招呼,回头跟许攸宁说:"我没怎么玩过射箭,你可以请教那里的老师。"

她用眼神示意练习室旁坐着的人,刚开始玩的人都得有专业老师陪着,免得自己瞎弄受伤。见许攸宁温和点头,她果断地走到另一个格子里,加入已经玩起来的阮昊和陈哲彬。

"需要我带你去找老师吗?"看了一眼秦湘离开的背影,齐悦眨眼,随后扭头问道。

许攸宁扫过格子里造型别致的弓箭,明亮的眼睛里透着跃跃欲试的兴奋,她朝齐悦笑着摆手:"不用了,谢谢,我自己去就好了。"

齐悦也不勉强,目送许攸宁三步并两步离开,好像,很感兴趣啊。她看了一会儿,也不知道在想些什么,随后在秦湘叫了一下后,转过身笑着加入了自己的好友。

阮昊擦着专门配置的弓片,见秦湘总往许攸宁那里看,有些好奇地询问:"她喜欢来玩这个?"

秦湘不置可否，坐在一边按了按太阳穴："不知道是怎么想的，图新鲜吧。许家那个许明伟没什么本事，根本管不了他老婆孩子，以前他们家就好像只有个许攸陶，李美心野心太大了，可脑子不好用，哪有人只管自己女儿不去考虑一下原配的，这放养也得考虑下是在哪个环境下吧。"

齐悦在秦湘旁边坐下来，眯了眯眼，笑了："不上台面，以为藏着掖着就没人知道了，你这表妹以前过的也不是什么好日子，所以，还得多亏你爷爷。"

"齐悦你再故意说这种话我就翻脸了啊。"秦湘板脸。

"哟，维护起来了？"齐悦这下真惊讶了。

秦湘轻嗤："维护？你以后别提我爷爷。"一想到爷爷和父亲对许攸宁的维护，她心里就仿佛绑了个大石头，沉甸甸的。

齐悦了然，耸了耸肩："好吧，不说了。"

"你们两个别说了，过来。"阮昊蹙眉，怎么来玩还一个一个脸那么臭？他走过来把秦湘拉了过去，把手搭在她肩膀上，示意她握住自己的弓把，"来，我教你。"

秦湘有一丝不自在，抖了抖肩膀，嘴角弯着笑道："怎么，其他清纯小姑娘不要了，来花我？"

"秦湘你好好说话行不行？"阮昊莫名烦躁，"别老扯其他人。"

是自己的狐朋狗友自然知道对方心情不爽，秦湘做了个暂停的手势，仿若无奈地挑眉："行，不说了，行吧。"

"刺——"

飞射而出的箭羽划破空气，发出尖锐而扁长的声音，宛若雏鸟破壳而出的第一声清啸。

可惜了。

齐悦缓缓放下箭靶，望着脱靶的那一支箭羽，双瞳里隐隐浮动郁色。

陈哲彬顿了一下，见打偏了，疑惑道："今天不在状态？"

"有可能吧。"齐悦眼里的晦暗一闪而过。

- 第 11 章 -

▼人生开挂的许攸宁

许攸宁走进单独开的练习室，里面零散坐着几个教练，其中一个略显老态的明显殷勤些，她刚进去这位教练就站了起来。

"是想要什么弓箭？小姑娘多用复合型练习弓，方便，力量相对小一些，体力要求也比较低，技术要求一般。那种小一些的是直拉弓，最大的优点在于容易上手，适合初学者练习使用，但射程短，箭速慢。像这种，反曲弓，最接近古典的，轻便，好上手，威力和准确度一般。"

她只听着这位老教练滔滔不绝地倒豆子似的倒出来一堆专业术语，真听明白的没多少，于是走到放弓的架子那儿问："我能都试试吗？"

老教练一愣，忙道："当然可以。"

许攸宁全试了一遍，复合的，对她来说有些重；直拉的，对她来说方便一些；反曲的，鉴于两者当中。她还是对反曲弓感兴趣一些，最传统的造型，最简洁的流水弧线，她一眼就喜欢上了。

"用力的话反曲拉得动，所以我拿这把了，可以吗？"

老教练点点头，忙不迭答道可以可以。

学射箭得先学站位，许攸宁专注地盯着老教练，依葫芦画瓢，学着老教练示范的动作那样——左肩对目标靶位，左手持弓，两脚开立与肩同宽，身体的重量均匀地落在双脚上，并且身体微向前倾……

"你也可以往内侧一些，这样后手的加力控制会比较好。"

"好的。"

许攸宁保持着老教练纠正后的动作。

"你多控制一会儿。"

许攸宁应了一声，握着弓把远眺靶子，手中的负重和目标的明确，奇妙地融合在一起。

"左臂可以下沉一些，不然容易虚浮，发不出力量。"老教练见她慢慢摸到了站位的标准姿势，点了点头，考虑到来这里玩的都喜欢玩不喜欢受累，于是他又说，"你可以试着发发看。"

许攸宁扣弦，动作很是标准，纤细的食指弯曲，置于箭尾上方，中指无名指置于箭尾下方，耳朵里回响刚才老教练说的话——眼、准星、瞄点，三点一线。

垂睫，瞳孔里只有那两个点，黑色浓成一颗星子，老教练满意，第一次能够那么稳还是不错的！

"刺——"

脱弦，三指同时放开。

许攸宁远眺，眨眼，好像脱靶了。

老教练自然知道这是常规失误，朝许攸宁笑道："已经很好了，至少能发出去，你的问题是放松以后，回扣了。"

许攸宁若有所思地看着自己的手指，随后恍然地温声道："嗯，我是回扣了，好像是因为……没完全放松吗？"

"对，有一点，不过你已经很好了。"老教练的语气里多了些阿谀。

"谢谢。"许攸宁好笑，她还是个初学者，不可能刚拉弓就一鸣惊人啊。拉弓，瞄准，扣弦，一系列动作沉沉稳稳，对她来说这就是个享受的过程。

结果能中靶是最好，不能也无关紧要。

许攸宁又玩了几次，次次脱靶，可她神态依然轻松，除了后来举弓有些后继无力，没有一点点急躁。不过，老教练额头上的汗滴得越来越快，她是不眼熟，但是陈哲彬他们是眼熟的，纨绔说不上，可也不是好惹的，万一发怒了可怎么办？他忙倾尽功力地解说，譬如说许攸宁哪里错了，哪里如果怎么样会更完美一点。她听着旁边人絮絮叨叨，无奈地放下弓把笑了，职业道德职业素养，就算说是畏惧地位势力，她也觉得不怎么讨嫌，不过，有些聒噪就是了。

"没关系的，我就是玩玩，所以你不用介意。"

"是吗是吗？"老教练看出自己是吵着对方了，有些尴尬地后退到一边，免得对方出了什么意外，以前也有状况，像是弓箭突然断了什么的。

许攸宁不慌不躁，说实话她也觉得没什么好焦躁的，一发又一发，有的中靶了有的脱靶了，累了就休息一会儿，但显然乐此不疲。

另一个格子的秦湘看了一眼许攸宁嗤笑，还以为是有一手的，想不到是个菜鸟。

"不去和你表妹玩玩？显得你好像不待见她似的。"

"要玩你去玩。"秦湘朝阮昊白了一眼，嫌累，干脆坐在那里低头翻杂志了，"她看上去就是随便玩玩的，射靶什么的别自讨无趣了。"

阮昊不置可否，率先走进许攸宁的练习室，齐悦停下手中动作，眼神有意无意地也飘了过去。陈哲彬放下弓，他自然知道齐悦是在看谁，不过……瞄了一眼秦湘，他家世最普通，不方便多说什么。

许攸宁自顾自地玩，没有一发是准的，阮昊的弓就是复合弓，他走到许攸宁旁边的格子，好像随随便便拉了下弓，白黑蓝红黄，轻松就射中了红色。

许攸宁看得出，阮昊动作很稳，固定很牢。

秦湘抬起头，阮昊的行为让她有些暗爽，像是为自己出气似的，她宽慰了一些，走进格子间。

阮昊看到她来了，把复合弓让给她，秦湘弯了弯唇，开始做出动作——打开，射出去，同样是在蓝色以内，阮昊见到，同样笑了。秦湘不着痕迹地瞥了许攸宁一眼——可学霸完全没有理会别人的意思，老教练还纳闷，不是朋友吗？怎么到初学者的地方来故意——

秦湘和阮昊说笑，许攸宁问有没有耳机，老教练忙说有，射箭的场地会有备用耳机，是因为有些想一个人玩的玩家觉得吵，戴个耳机就可以少受干扰。

这时候门口又进来一批人，射箭馆在这个休闲场所的一层，透过敞开的透明落地大门可以看到一旁楼上餐厅下来的人群，阮昊和几人招手，笑了笑。

突然，神色一顿，这个娱乐场所很有名，设施标准，安全系数也高，所以都在这里玩，那么碰到几个熟人也不意外。沈嘉言和一个穿着讲究的女人从旋转楼梯上走下来,透过敞开玻璃,正好看到许攸宁一行人,他只是看了一眼,随后又将目光移到身边的女人身上。秦湘也停下了手中的动作,不动声色地打量了一眼沈嘉言旁边的女人,直到两人走出大厅。那个女人三十多岁,保养得宜,后面还跟着秘书,今天沈嘉言穿着西装绅士无比,显得儒雅温润。

　　沈嘉言送那个女人离开,不过片刻,他好心情地又转了回来。一行人目标极大,他轻轻松松地就找到了许攸宁,脱下西装露出服帖的衬衫,凑过去道:"怎么,在玩射箭?"

　　他觉得好笑,许攸宁那么弱的玩射箭,瞧,又脱靶了。

　　许攸宁点点头,正好手有些酸了:"刚学,射不中就是了。"完全没有丢脸的感觉。

　　"沈嘉言,要不要来一盘?"

　　一批人在起哄,秦湘看不惯沈嘉言和许攸宁的亲近,但在那么多人面前她实在不好表现出来,于是就帮他打掩护:"他不喜欢射箭。"

　　齐悦倒是轻松一笑:"不射箭,这里还可以射击啊。"

　　唯恐天下不乱。

　　比起射箭这种温暾运动,显然阮昊玩得更烈的是射击。沈嘉言笑了笑,没说什么,反而看向许攸宁:"你要玩吗?"

　　许攸宁摇头:"我休息一下。"

　　"那正好,你来看我打吧。"

　　话音刚落,许攸宁就察觉到来自秦湘幽幽的视线,她福至心灵,挑眉看向沈嘉言,准备把我推进火坑?

　　沈嘉言笑得开心,是啊。

　　许攸宁发现,和他才是真正不对付。

　　勃朗宁大口径,威力强,沈嘉言装枪,动作优雅,声音清脆利落,他站得有些松垮只懒懒半靠在墙上,修长白皙的手指几个动作,轻敲,靠手腕，神情仿佛在抚摸一只小猫。但许攸宁只觉得这样的沈嘉言气势惊人，气场隐约令人害怕，尤其是他始终浅笑着，好像浑然不在意。

察觉到某人坐在身后百无聊赖地看着自己，沈嘉言笑意更深，而刚买水回来的秦湘不明白为什么沈嘉言会对许攸宁青眼有加，只觉得手里的水也变得多事。

"咳！"

"水是给我喝的吗？"

阮昊感谢似的拍了拍秦湘的肩膀，然后咕噜咕噜地喝了下去，秦湘没有阻拦，余光瞥了沈嘉言一眼，对方完全没有表示，低着头戴上手套。秦湘眼神黯淡了一下，似乎想到什么，看向许攸宁，却发现她只是在无聊发呆。

沈嘉言，许攸宁，她心里极度烦躁。

许攸宁看了一眼秦湘匆匆走出去的背影，视线却被一人打断，齐悦在她身边坐下，问："你以后就一直在首府了吗？"

"对。"

齐悦哦了好长一声："那，你是不是和沈嘉言关系不错？"

之前没看错的话，沈嘉言刚下来的时候是先去看许攸宁的，她对这种突如其来的情况同样不喜。如果秦湘不能和沈嘉言在一起的话——解语花的身份只能给一个温柔支持的人，而不是开始争夺的人。

轻声地叹了口气，齐悦还是看向射击场，走一步算一步吧。

沈嘉言斯文，举枪、扣枪都像是固定了一样，手伸到玻璃窗后面是为了反弹和降低声音，巨大的反弹力会让开枪人受到冲击，尤其是较大口径的手枪反弹作用更甚。他对着靶子，唇角是笑着的，五官是轻松的，眼睛却是丝毫不带情绪的，就算是侧面，也能察觉到这人的冷峻。

他保持着这个动作一动不动，旁边的人也不作声，这种时候去影响别人不入流，何况，沈嘉言除了小时候和众人比较熟一些，长大了反而不在首府待着，被那个老管家领去了经济中心 H 市，所以——他现在是个什么样的人他们还不确定。

沈嘉言射击很厉害，快稳准，有专门的电子仪器，许攸宁听到了"十环"，也是惊讶了，怎么会那么厉害！而主角做出一个请的姿势，对方无奈地蹙眉："你显然没给我放水啊。"

"对你放水是不尊重。"

果然，这种话一听，那人的脸也舒展了许多，许攸宁佩服沈嘉言说话还是个艺术家。

几把打下来，沈嘉言大胜而归，有人提议要赌，本来就是起哄的事情，阮昊提议让新来的秦家二小姐也来玩一局，于是许攸宁被拉了进来。她以前只在大学军训的时候接触过射击，她是知道那股冲击力的，就算是小口径她都会因为后坐力把自己的手给弹歪了。

"我和秦湘一组。"

"那你只能跟我了。"沈嘉言看向许攸宁，笑了笑。他秀气的眉毛仿佛不自觉地弯了弯，描着柔和的弧度，碎发在耳畔随意又慵懒。她觉得，之前那个大男人似的沈嘉言，现在又变回了男孩子。

秦湘不觉得压制许攸宁这种菜鸟有什么乐趣，她对她所有的恶感只来自于家人和沈嘉言。

自己的东西硬生生被分走一块，护食而已。

阮昊的安排她不喜欢，甚至有些埋怨他这个不恰当的安排，让沈嘉言和许攸宁可以更亲密一些——就像现在这样。

沈嘉言帮许攸宁装膛，把枪放在她手里："你身体比较弱，小口径的力度不会太猛。"

他低头一边讲一边装的动作，温柔得像个王子，许攸宁觉得这人面还真多，也不知道哪一副是装出来的，哪一副是真心实意的。

"一直看着我？"

"是啊，你好看。"

沈嘉言蓦地抬头，却见许攸宁的眼里完全澄净，没有丝毫情愫。他心底发笑，低头，继续手中的动作："你得保持这样，我们才能继续做

好朋友。"

许攸宁听懂了，笑道："放心吧。"

"那么肯定？"沈嘉言贴近她，为她矫正姿势，低头就可以闻到她的发香，嗯……橘子味儿的，而许攸宁抬头就可以感受到某人温热的呼吸。

许攸宁稍微退开，做出和沈嘉言一样的笑脸："如果你继续逾矩的话，我可不保证会发生什么。"

潜台词是，朋友没的做了。

沈嘉言想到了游泳池那一幕，不由得身体一僵，笑容也变得勉强了："你还和我提逾矩？"

许攸宁抬头，正好看到沈嘉言两颊边突然红了起来，她眨了下眼，见某人抿唇看着她，于是笑了一下："真羞涩。"轻轻扔下三个字，她双手掯枪。

的确，即使口径再小，手枪也比能够自己掌控的反曲弓有更大的反作用力，不过对她来说——她顿了顿，突然侧头问道："赔率是多少？"

她只是力气不够，不代表准度不够，射箭时能瞄准一块颜色也是种乐趣，何况，她只要中一发就好了，前面的全都可以用来计算。

沈嘉言几乎百发百中，而对方阮昊和秦湘同样出色，拖后腿的是许攸宁。

她很认真，称得上无比专注，双手紧握的力道也很对，沈嘉言眼中神采闪了一下，受到冲击不稳的人会枪头抖动，她的确第一、第二次抖了，他教她练手之后，似乎好一些，却没有完全改掉……

现在仍旧是脱靶，只是没想到啊，稳了许多。

明明说了不要紧握了，还故意先拿这个练手——多亏了这家伙，赔率倒是可观了许多。

小赌怡情，无论许攸宁是真的不行，还是假的试水，沈嘉言笑着说："我赌自己赢好了。"

没有提到许攸宁。

众人都是一脸"可怜你有猪一样的队友"的表情,许攸宁完全不受干扰,跃跃欲试地和他来一句:"我也来一份。"

沈嘉言笑了。

到后面,阮昊和秦湘都是纯属娱乐的状态了,许攸宁荣获脱靶王称号,沈嘉言被戏称辛苦扛起一片天。

最后一盘,阮昊轻松打出一枪,不高,但也不差,沈嘉言依旧十环,秦湘是五环,这样,对大多数人来说这场怡情小赌就结束了。相当于阮昊和秦湘对沈嘉言,只能说沈嘉言真的很厉害,以一敌二。

不少人还在津津乐道,对于许攸宁这个有名的"脱靶王"实在不敢抱什么信心,而此时,最后开枪的许攸宁却微微抬高了枪头。秦湘笑着和旁边人说话,回过头,正好瞥到她这个动作,怎么了?是准备开始反击了?

她看了一眼电子屏幕,嗯,任务挺艰巨。

一个人做事,先靠的是天赋,之后是后天勤奋,还有当中穿插的运气。对在场的人来说,许攸宁这次就是瞎猫碰到死耗子,时来运转。譬如说,震耳的枪声后,屏幕上显示的是八环。

许攸宁放下枪,对此很满意,之前每次测量都是对着自己看中的点,所以,八环算是计算后的最理想结果。

沈嘉言率先鼓起了掌,不少人却觉得吃了一个苍蝇般,又是想说什么"天哪",又是哽在喉咙说不出的感觉。

不会,是被她耍了吧?

许攸宁安安静静站在那里,放枪,脱下防护用具,没什么多余的表情,只有脸上洋溢的笑意看得出她的确是"踩了狗屎运",而沈嘉言站在一旁,也是笑眯眯的。

投注的围观群众心里一抖,原来是两只狐狸。

许攸宁眼前出现了一瓶果汁,她抬头,伸手接过。

"苹果汁。"沈嘉言一双眸子清澈,像刚打完篮球的男学生,口渴极了,抓着一瓶果汁,咕噜咕噜地喝,喝着喝着嘴角会溢出满足的细小笑纹。

他瓶子里的苹果汁以可见速度消失,最后一口,他没有声音地抿了抿嘴,从口袋里取出一包纸巾,擦嘴,把纸巾塞入瓶子,轻轻丢进垃圾桶。

一气呵成,沈嘉言回头,瞟了一眼许攸宁的瓶子:"怎么不喝?"

"还不渴。"

"苹果汁和渴不渴有什么关系?身体不好做不了同传。"

沈嘉言微扬眉毛,扭开盖子,撕下锡纸,递到许攸宁眼前"来,拿着。"

许攸宁不喜欢苹果,可开了就必须喝了,她皱眉,双手接过苹果汁:"我可以锻炼身体,但是不喜欢吃苹果,以后你不要逼着我吃。"

"为什么不喜欢?"

沈嘉言弯腰,轻笑,许攸宁一张皱在一起的包子脸逗乐他了,大手在小矮子的头发上揉了一把,头发软软的,营养不良。

许攸宁不适,后退一步,不解地看着他。沈嘉言顿了一下,随即轻轻笑了,直起腰:"长得那么矮就是苹果吃得少,你看,我吃了苹果长到一米八以上,而且,还有三年可以继续长。"

她翻了个白眼,引来对方嘴角的弧度变深。她专注对付手里的家伙,咕咚咕咚喝掉苹果汁,瓶子空后擦擦嘴,苹果纤维能促进人体生长发育,不过,只在于其中的锌有益记忆,和身高八竿子打不着。她把空瓶子轻轻扔进垃圾桶,随后望向他一脸认真道:"我见识多,唬不了我,知道你关心我。"

姑娘说得太庄重,语气太诚恳,沈嘉言微怔,被闪亮闪亮的颛水眸子一盯,心里不知哪个旮旯荡漾了一下,不过,也只愣了一下,眉眼又舒展,笑得温和:"嗯,关心你。"

这时候秦湘走过来,语气酸溜溜的:"有没有打扰到两位?"之后强扯出一抹笑,朝许攸宁温声道,"最后那一下,赢得漂亮。"

"谢谢。"许攸宁笑。

"时间还早,还有什么想玩的吗?"秦湘抬起腕表,刚过一点,她看了一眼低头发短信的沈嘉言,"要不,我们先一起吃午餐?"

沈嘉言放下手机，抬头，秦湘紧紧地盯着他，灼热得几乎要把人给烤了。

他的声音温和而清晰："我下午找许攸宁有些事。"

秦湘的表情一下子变得难看，她收敛了笑意，淡淡地看着沈嘉言，涂了口红的嘴唇抿得紧紧的。

"好。"

她盯了好久，才吐出这么一个字。

许攸宁一天的安排是老爷子吩咐秦湘做的，她问秦湘本来想带自己去哪儿，得到的只是敷衍的回答，对方目光始终看向沈嘉言……

阮昊见到这副情形，眉头紧蹙，三步并两步走过来，问："沈嘉言，你说句话，你对秦湘是什么意思？"

他没有控制住音调，加上抑制不住的怒气，不少人侧耳来听。他只比沈嘉言矮一点点，可两人站在一起，气势相当。

衬衫西裤的男子淡笑："朋友而已，她也这样认为的。"

阮昊瞪着眼睛，还要说话，沈嘉言轻声说："你要让她丢面子吗？"

秦湘最要的就是面子，阮昊知道，所以他更不能在这里多说什么。

许攸宁跟着沈嘉言上车，对方丝毫没有因为之前的事情而有郁色，相反，他问："觉得这种有意思吗？"

许攸宁系好安全带，摇头："没意思。"

"那你之前看得还挺乐和。"

"不然，我要掺一脚吗？"

许攸宁是真的像个局外人，看热闹。

沈嘉言弯唇，开车："还真是没心没肺。"

沈嘉言找许攸宁有事，是好事。

一家普通餐馆，对方像是一路小跑过来的，脸上红扑扑的，穿着厚重的羽绒衫，额角还冒着一些汗，是个微胖的女生。等女生的时候，沈嘉言已经说过了,要帮她介绍一个在首外实验班学习的学生,而这个曹静就是其中比较出色的。

沈嘉言是这样说的:"她是专业的,既然你想学,那就好好利用资源吧。"

曹静先是看到沈嘉言,有些紧张,随后看到矮了许多的许攸宁,许攸宁长了张没什么攻击性的脸,所以她反而把视线落在许攸宁脸上多一些:"你好,我是曹静,实验班大三学生,专攻国际贸易听译,成绩优秀,这段寒假时间希望能很好地相处。"

如果进了首外,曹静就是她的学姐,许攸宁毫不吝啬自己大大的笑脸,透着少年人的几分朝气:"学姐,请多指教。"

三人一边吃饭,曹静一边说些自己的学校生活,从一开始的拘谨,到侃侃而谈。她是个非常活泼非常开朗的女生,眉飞色舞的样子很可爱。

"啊!小许同志,你成绩那么好!那进我们学校妥妥的啦,不要担心的咯!"

她原以为是帮人补习,却没想到,对方也是很厉害的小女孩,她大侃特侃,大多数时候是她在说,许攸宁则认真地听着,听到好玩的,眼睛还会发亮,骨碌碌地盯着曹静转。曹静叹息,多么单纯的少女时代啊。

饭后,曹静说等会儿还要去自习就先走了。

许攸宁跟在沈嘉言旁边,两步并一步地走,沈嘉言腿长步子大,许攸宁不得不走快一些。

沈嘉言放慢速度,回头看她,揶揄道:"小短腿,矮个子。"

许攸宁紧追慢赶的,心里已经烦了,抬起头,眼神不满:"怪我咯?"

他薄唇微扬,最后笑出声:"对啊,不然怪谁。"

身高是硬伤,这人每次都拿出来说两遍实在过分,许攸宁走得飞快,两条小细腿儿叭噔叭噔像小鸡崽似的,往前走去。

沈嘉言仗着腿长,就跟在她后面,直到她的加速度变成负的,慢下来。

许攸宁脸上潮红,学霸走不动了。

"刚吃过饭还是走慢点好。"

"你说得没错。"

沈嘉言淡淡地笑,清风霁月,日光柔软,丝毫没取笑的意思。

许攸宁走得更慢了,动作慢下来,脑袋运转就快了起来,她问:"你怎么会找到曹静?"

沈嘉言一副"终于问我了"的表情,说:"曹静是公司里资助的大学生之一,家庭条件不好,但成绩优异,寒假里没什么兼职可以做,就让她来做你的半个家教。以你的成绩,到时候进实验班还是有很大把握的,不过里面竞争大,早早开始准备他们的训练模式对你来说一定有益。"

沈嘉言说起来两三句话,很是轻巧,许攸宁却觉得怪异:"你能帮我找这个学姐已经很感谢了,其他我自己来就可以。"

"薪酬已经付了,你不用再考虑这些事情。"

沈嘉言突然的殷勤让她有一秒钟的愣怔:"你真是,热心助人啊!"

许攸宁很少夸人,即使夸人也是抄八荣八耻的,沈嘉言一点都不推诿地接受了,郑重道:"我就是那么个,喜欢帮助人的人,许攸宁,你可得记住了,我这算是又帮了你个忙。"

学霸咧嘴,原来帮助人还可以凑上来的,是不是帮得恰到好处是另一个说法了。不过,她想了想,沈嘉言三番五次地帮助她,到底是为了什么呢?

沈嘉言送许攸宁回来,秦湘就坐在客厅里,许攸宁一进门,她就匆匆走了出去。

许攸宁打了个哈欠,这种事情,最没意思了。

秦湘走到沈嘉言面前,凝视他。沈嘉言目光一直是在许攸宁身上,秦湘早就知道不对劲,她很容易就猜测出对沈嘉言来说,许攸宁是不一样的,至少她从来没看过他对任何一个女生那么亲密。

所以,她问:"嘉言,你是不是喜欢许攸宁?"

沈嘉言昨夜睡得晚,他揉揉眼,有几分困意,大脑不清晰,两个字"是

啊"鬼使神差地差点溜到嘴边。他怔忪，咽回去，随后看向秦湘透露焦灼与不安的眼睛，慢慢地笑了："她是个目标很明确的人，是啊，我喜欢。"

那我呢，你喜欢我吗？

秦湘仍不死心，想问的是这句，可她说不出口。

"你喜欢她？"她眼里流光一闪，反而笑了，"是拿她当挡箭牌吗？我这个做表姐的可不同意。"

"怎么会？"

也不知道是说挡箭牌，还是针对后者，沈嘉言挑眉，和秦湘摆了摆手："我先走了。"

秦湘没理由拦下他，只能抱着一腔难以言喻的复杂情绪目送他离开。

开着车的沈嘉言，看着路，脑袋里却突然想到许攸宁眼神澄澈地说"放心吧"，真的是不带一丝暧昧情绪。

他不知该是什么心情，只是有些想笑。

沈嘉言是个大忙人，东西南北跑得没影儿，住一个小区隔得不远，总该抬头不见低头见吧，许攸宁跟着家里老头子散步愣是一回都没碰上。

秦老爷子说，二小子可不简单，沈家"下海"早，老大子承父业一个就够了，第二个男孩子从小被丢到H市培养，做沈家企业的继承人。

说完，老头子还意有所指地看了外孙女两眼，你可以多向对方学学。不过这句话在看到沈嘉言以后，老爷子就没再说了。

大年初一烧香拜佛，回来以后，老爷子心情好地要去沈家革命老伙伴那里坐一会儿，许攸宁和秦湘一左一右抱着礼盒子，特像财神爷带了俩散财童子登门造访。可刚进沈家，三人同时觉得沈家气氛不对，你说大过年的怎么每个人都脸色不大好，尤其沈母眼眶泛红——

秦老爷子被大过年的沈家凛冽的气息给震了一下，觉得别人家的事最好少问，就示意俩姑娘放了礼物咱就走。可沈老爷说你来了就坐会儿，正好有人送了我点茶。

沈老爷身上有文人的儒雅，好像没看见家里人脸色不好，淡笑着让人泡了壶祈红来，说一定要和秦老爷在院子里看雪饮茶。

首府下起雪来就像不要钱地洒鹅毛，这动作粗犷得像个威猛糙汉子，以迅雷不及掩耳之势就把首府到处给压得银装素裹了。只在南方待过，没什么见识的许攸宁遇到这里的冬天以后，出门就忘记把嘴给闭上了，糊了一脸不说，张张嘴就嚼了一大口冷风夹雪。

不过，下了雪后的北国就格外美，天霁、雪厚，白花花的，映得人眼花，树枝本被层层叠叠的雪花压着，两只麻雀飞过，停在丫子上，晃得枝叶一阵乱颤，就见雪扑簌扑簌地往下掉。太阳升起来后雪也不退，听得笼子里几只鸟儿撒欢儿地比谁叫得响——天比人的心情都好。

俩老人坐石凳上喝茶，茶叶是产地采的第一批，色泽又红又亮，香味馥郁扑鼻。夏饮绿冬饮红，一吊杯下去，肚子里就自己生出了暖气。

小辈是不能和老爷子坐一桌饮茶的，不过人不多，俩老头子前面坐着，俩闺女后面戳着，其中一个体弱多病，看着也不适宜，于是搬了两张圆凳子大家一起喝喝茶聊聊天好了。

沈老爷赏着美景，抿一口茶，余光瞥到秦忠国不说话时，又习惯性地一脸严肃，说："你这喝茶的时候也一副斗争的脸，看得喝茶的人心情都不好。"

秦忠国瞪眼："行，全天下就你这张老脸好看，以前上山下泥地的时候不也一扭曲的面孔吗？现在摆什么谱！"

沈天民瞅了他一眼，随后目光移到俩小的身上，幽幽道："你家姑娘都长得好，亏是不像你。"

人说得也没错，如果姑娘家长一张国字脸架一双吊睛眼——那真是有些忧伤了。

许攸宁心想，还得表扬外婆立下汗马功劳。

话语一转，沈天民问："你以后想让两个姑娘家从政吗？"

秦家现在就算性质变了，但主干道依然明确，沈天民这样问也有点自己的考虑，以他和秦忠国的关系，家里小的能在一起是最好了，现在

可以选路的只有秦湘和许攸宁，最小的那个男孩子是个独生子，还不一定给他这个外公用。听到问这个，秦湘下意识地看了秦忠国一眼，手攥紧了。她对自己未来比较迷茫，跟着自己父亲成为一名女强人，想起来激动做起来还不知道怎么样，不这样做呢……还没好好想过，她瞥了一眼旁边盯着茶杯的许攸宁。

"大的。"秦忠国沉思半晌，说，"看她吧，她想进这个圈子就让秦煜带着她，也不要做得多大。"

沈天民"嗯"了一声，想着，秦忠国还是偏向小的那个去从政，却听到秦忠国继续说"小的，她说想做什么同传，搞外语的，我就随她去了，"说着，望了一眼许攸宁，"不过我有让她做好准备，去帮火凤的忙。"

沈天民笑着说："好了，小孩子的事情多想他做什么，老秦，好久没下棋了，来一盘。"

"嘿你小子！没一次输我的，看我来了就故意气我！"沈天民笃笃悠悠地从桌子里抽出棋盘，秦忠国看了更火冒三丈，"你这是请我吃茶的样子吗？"

沈天民笑了："老了就多下下棋，免得脑筋转不过来。"

秦忠国瞪眼："说谁老年痴呆呢！"

"谁输说谁。"沈天民摆好棋盘，笑了一下，眉毛轻扬。

两个老的下棋，沈嘉言就带两个女孩子去客厅休息，沈嘉行正好从外面回来，进来看到有客人，看向沈嘉言。沈嘉行长得像沈父，硬气，连这淡淡的一瞥也带着不容置喙、说一不二的气势。

"秦老来了。"沈嘉行点头问好，之后径直往自己房间走。

秦湘目光尾随沈嘉行的背影："你哥还是老样子啊。"

沈嘉言俯身拾起一个苹果，修长手指很容易把整个苹果握住，他啃了一口窝进沙发里，坐没坐相，懒懒地说："是啊，我哥多可爱。"他目光一转，许攸宁捧着杯茶在喝，突然眼神也移了过来，心里很是满意地问，"有什么想玩的吗？"

"玩的?"许攸宁挑眉,随即不用思考,脱口而出,"射箭已经玩过了,那么高尔夫、帆船、热气球、滑翔翼——"她放下茶杯,转向沈嘉言。

"嗯。"沈嘉言抬起腕表,看了一眼,随后看向许攸宁,"他们下棋会很久,有什么想玩的吗?"

"高尔夫,帆船,热气——"

"嗯。"沈嘉言说,"光坐着不无聊吗?"

他的目光太诚挚,但诚挚也没用,许攸宁说:"不无聊。"

沈嘉言点点头,一脸无可奈何地笑道:"好吧,那就出去散步。"

许攸宁扶额,沈嘉言真是无耻得厉害,真的不想和他有过多交流了,耗心费力,趁早还了人情独木桥阳关道各走各的好。

俩人旁若无人,秦湘心里一阵苦笑,连认识没多久的人都聊得比她热络,她怎么还会不清楚自己的位置?眼看沈嘉言站起来,她抿唇,勉强笑道:"我有事,先走了。"

沈嘉言反应很快,侧身,低头,笑了一下道:"好,我等会儿会和秦老说的。"

等到秦湘走了,许攸宁开口:"要去哪儿?"

沈嘉言扔掉果核,示意她跟自己来,只见他不知从哪里拖出一个运动袋:"你可好久没游泳了。"

许攸宁不可思议地看向他:"你要我现在和你去游泳?"

"是啊。"沈嘉言扛起背包,咧嘴露出白花花的两排牙齿,"我现在心情不太好,你陪我去游泳怎么样?"

许攸宁整张脸都皱了起来,她实在觉得沈嘉言不可理喻:"我是来拜年的。"

"不是拜完了吗?我家不拘泥虚礼。"沈嘉言瞧见她两只小手握在一起,明显显示出主人纠结的心情,于是心里暗爽,面上风轻云淡,弯腰抓起坐在沙发上不肯动的小姑娘的一只小细胳膊,"你看,几天不游泳你的肌肉又没了。"

"大哥我要肌肉做什么,"她造了什么孽啊,许攸宁悲愤,深吸一口气,

"我去看外公和沈老下棋——"

"秦老啊!攸宁好久没去游泳了想去,我带她去!"

"去吧!"声如洪钟,夹杂怒气。

沈嘉言看向许攸宁,两手一摊:"你外公说好。"

许攸宁娇躯一震,她怎么会和这种人做朋友?到底是什么时候开始眼瞎的!

- 第 12 章 -

▼ 两年后的许攸宁

没有选择的许攸宁只能跟着沈嘉言走,对方的准备一应俱全,包括"对了,我还准备了一套你的泳衣"——不是报复有鬼。某人还在愤懑呢,突然脚边窜出来一只黄色的球,直直地撞在她脚上发出咕咚的声音,她低头,沉默了片刻:"有狗。"

沈嘉言笑出声,弯腰把软趴趴的"球"抱起来,好心情地颠了颠,随后笑眯眯看向浑身僵硬的许攸宁:"它叫苹果,可爱吧。"

"哎呀,你不喜欢它吗?"沈嘉言故作惊讶地往前走了几步,怀抱里的柯基犬仿佛入定一般,慈祥地盯着某人。

许攸宁后退几步,说:"你不觉得它腿太短了吗?"

沈嘉言一愣,随后肩膀一耸,许攸宁嘴巴鼓起来,幽幽地看着他,直到对方爆发出"哈哈哈哈"的大笑声。

"呆瓜,你以为我会信吗?哈哈哈哈哈!"沈嘉言笑得花枝乱颤,"我也没见你嫌弃自己呀。"

被说腿短什么的就算了,问题是这狗老看着她,许攸宁一脸纠结,和柯基对视,对方那么平静淡定,让她怎么好意思说自己怕狗。

"它的毛也太多了。"

"好笑,你自己没毛吗?"

"混账!"

秦忠国一进客厅就听到沈嘉言的出言不逊,横眉冷竖道:"平时见你活络,说的是什么话!"

沈嘉言嘴角一抽,他哪想到这老头儿会突然进来,固然如此,他眨了下眼,突然恍然大悟的样子:"我是想说攸宁头发茂密多了,这说明身体也好很多了——"

秦忠国冷笑:"以为我好骗呢?"他转头看向离狗远远的许攸宁,"不过最近头发是黑多了，不错！"他满意地朝她点头，"游泳对身体的确好，去吧去吧。"说着，拿了一壶茶又走到小院子里去了。

两人沉默地看着秦忠国远去的背影，沈嘉言突然嗯了一下，欲言又止。

许攸宁抬起一只手，认真地说："我知道你想说什么，但我不想听，免得破坏外公在我心里的形象。"

"你想多了。"沈嘉言温声笑道，"晚辈怎能在背后议论长辈呢，是吧？"眼看着许攸宁又被气得握住了拳头，还偏偏一脸淡定地说嗯，他怎么看都觉得赏心悦目，于是不由自主地握住某人的拳头。

许攸宁疑惑，抬头问："怎么了？"

沈嘉言一脸无所谓，只是摆了摆她被握着的爪子："有点想牵。"

"哦，我不想。"

许攸宁眨眨眼，挣脱出来，在沈嘉言的目光下，她的手就这样软绵绵、白乎乎地第一次揣进了卫衣口袋："好了。"

沈嘉言嘴角抽了抽："你不习惯吧，第一次看见你插口袋。"

"你总是说那么无聊的话吗？那我们可能做不成朋友了。"许攸宁的眼神透着"我一定要和你个渣滓划清界限"的狰狞。

沈嘉言微怔，随后无奈地打开车门请许攸宁坐进去："你顾左右而言他的时候可吸引人了。"

"那大概吸引不了你和你的'苹果'。"

许攸宁伸手系上安全带。

沈嘉言也笑，转身坐进驾驶座："这小嘴真不饶人。"

许攸宁浑身一僵，心底的声音：我呸。

车子开得平稳，在十字路口转了弯后停了下来，沈嘉言示意许攸宁先下车，自己把车开到停车位后手里拿着一沓纸头。

许攸宁环顾一遍建筑位置，除了这门口的银行就是兴海大厦："不是去游泳吗？"

"去的，但之前我想你跟我去个地方。"沈嘉言不过犹豫了一秒，

语气马上恢复稳定,许攸宁莫名,尾随他进到兴海大厦里,乘着电梯到二十二楼。

"来,过来。"沈嘉言推门进去,这是个工作室,不大,简单,四五个人埋头做自己的事,看到他来了都点头示意,"这里是我的工作室,我爷爷和你外公都不知道。"

许攸宁一头雾水:"哦。"

沈嘉言笑了一下:"我要出国你怎么看?"

"祝你一路平安?"许攸宁故作试探,她隐约觉得沈嘉言要摊牌什么,下意识不想接话。

"嗯,真聪明。"

沈嘉言哪里不知道许攸宁在打太极,只是他现在还没其他人选。

"我要出国是板上钉钉的了,你帮我打理工作室怎么样?"沈嘉言让许攸宁坐下,推过去一份 A4 大小的纸头。

果然,许攸宁否决:"我——"

"先别急着回答,你看一下这个。"

工作室性质是外汇投机。

沈嘉言双手扣握坐在对面,神情平静,看到许攸宁翻开纸稿低头看,才说"如果按照原先安排,我大三再出去,那就不用别人帮我打理工作室,现在刚起步不稳,你半年后要来这里上学,时间上正好接班,考虑一下?"

白纸上黑字内容越看越让人皱眉,许攸宁像是被迫打开了一个很麻烦的箱子,她头痛地合上纸头,不耐烦道:"沈嘉言,外公不会让我那么早接触这些的。而且,你分明是在拿这份东西逼我帮你打理工作室。"她语气变冷,她就知道他是个麻烦,"我们还没那么熟好吗?你怎么那么确定我不会说?"

"你说了就等于告诉秦老你准备好走上他的安排了。"沈嘉言知道现在提这件事很不合时宜,但这个工作室的确不能让除了和沈家一条船上以外的人发现,"你暂时并不需要做什么,我只需要一个表面上的代理人。"

"你看，很合算，你只需要做个代理人，我就可以帮你的大姨保驾护航。"沈嘉言眼看许攸宁更加露出不满神色，突然笑了，"好了，不逼你了。"

许攸宁怔，他一下转了语气，让她适应不来。

"既然你不愿意那就算了。"沈嘉言摊手。

许攸宁眉头皱得更紧，她看向沈嘉言："你到底在搞什么？一会儿这样一会儿那样。"

"你就当之前的没看到、没听到好了。"沈嘉言抽走她手中的纸头，恢复原先的笑颜，"走吧，我们去游泳。"

许攸宁心里莫名被装进一块石头，膈应得不行，她见沈嘉言一副什么都没发生的表情，那块大石头就荡来荡去。

她看到沈嘉言办公桌上有个装苹果的盘子，她拿起一个苹果，对着那张如花笑颜，狠狠砸过去。

沈嘉言一时不防，但反应极快，可刚抓住又有个苹果飞过来扔在了脑门上，他捂住脑袋哎哟哎哟地叫唤了起来，许攸宁才没那么用力，免得浪费了粮食。

她拍了拍手，表情淡淡的："我先回去了，你自己没事啃啃苹果吧。"

寒假很快结束，莘莘学子继续投入到紧张的最后冲刺中，H市一中，不少成绩不错的同学，早已接到了来自名校的橄榄枝，而在英语竞赛中表现优异的学霸们，理所当然获得了来自首外的降分、推线名额。

沈嘉言出国的消息让秦湘、陆其宸皆是长吁短叹，从不熟到天天凑在一块儿，一起猜题，一起对陆其宸实施短暂的"揠苗助长"，如今说要分开，真是有种各自奔天涯的萧瑟感。

陆其宸有些犹豫地看着沈嘉言的脸，他家毕竟是陆其琛在撑着，或多或少知道其中一些内容，像沈嘉言这种人，一般怎么会改变目标？所以只有唯一的可能，沈老爷子发现欧洲的股票不对了，而陆其琛在知道这个消息后，对他说，如果沈嘉言需要他帮什么忙，尽力而为。他哥哥陆其琛一般不会那么郑重其事,如今这态度,只能说明,沈家真的在外面碰到对手了。

离高考还有不足两个月,许攸宁和何雨柔心事已定,现在正是为陆其宸慢慢梳理知识点的时候,沈嘉言一般在教室里不会开手机,但今天他前一秒还笑着,下一秒就面色冷峻地跑了出去,连点心也没有吃完。

能够让沈嘉言紧皱眉头的,除了沈家公司上的事儿也没其他了。

"许攸宁,许攸宁!"

耳边突然爆发,许攸宁一怔,转头,何雨柔表情不满,皱着鼻子,眼神疑惑:"你最近可不对啊,怎么老走神呢?"

"在思考大学生活是怎么样的。"许攸宁随便胡诌了一个理由,她其实在想沈嘉言告诉她的那个工作室,通过巨额资金外汇买进卖出,其中汇率差价在大基数下,可以爆发出同样巨额的利润。他给她看的,关于秦火凤的几项投资都透出后继不力的虚弱感,她心想,这家伙的确为沈家找到一个能够快速将手头货币转移为投资,在确定时间拿回来,并且不会被其他对手发现的好地方。

这样看,沈嘉言招她入股其实是她占了天大的便宜,但她也知道,高利润常常有高风险相伴,先不说是否每一次对汇率的走势预测正确,光是代理人这个身份——她还得肩负起这个责任。

"大学生活啊……"何雨柔很是期待,双眼放光,"会有学习阿拉伯语充满气质的男神,还有讲一口流利法语的留学生,各种各样的社团,寝室社区门口会有数不清的小吃店——"

许攸宁托腮,听着她的话含笑地眼神放空,去大学里找男神实在太艰难了——好的名草有主,一般的感情上总差点火候,而还有的,那些在寝室里只顾着打游戏的昔日学霸,如今全化身为长了小肚子的抠脚大汉。

怎么看都是自己好好看书更有意思。

"我爸说,如果你想做同传专业,那还得辅修一门二外。"何雨柔的爸爸是外交官,也是他们进了首外后的大学长,何雨柔女承父业专业填的是国际政治关系,至此也和许攸宁从唯一的利益相关点分了开来。

许攸宁上辈子没能进自己喜欢的专业,这辈子挺容易,让她在放松之外,更兴奋了许多,面对何雨柔感兴趣的目光,她咳了两声,摆出一副老学究的样子:"选法语啊,建交周年,对方又是对自己国家语言保护格外看中,而且入门难,语法之后都有规律,不像R文这种,入门似乎不难,之后却变化越来越多。"

何雨柔没想到她早就考虑好了,微微一愣:"我还以为你对这个也不上心呢!"

许攸宁将手中刚批好的练习卷推给愁眉苦脸的陆其宸,语气里露出几丝兴奋:"还是挺期待的。"

何雨柔心里默默地叹了一声,看来学霸是纯感兴趣了,她想起父亲说的"出人头地",心情就变得复杂起来。

"我哥要我去首×大。"一直低着头的陆其宸冷不丁冒出一句,很随意的样子。何雨柔却是一愣后,眉目稍微舒展开来。

"那你还不快点复习!错那么多!"

自习结束了沈嘉言还是没有回来,许攸宁搬家后住得离陆其宸他们近了些,所以同他一起骑车回去时候,顺便把沈嘉言的东西全放他管家那里。

陆其宸不是第一次和沈伯伯见面了,许攸宁却是第一次。老人看上去并不和蔼可亲,和明叔比差远了,她想起沈家的培养手段,不由得再次对沈嘉言的境遇同情万分。

许攸宁回家,见信箱里有信,她不禁疑惑,即使是高考那时也写了原来的地址,现在是谁署名收信人是她,确切地知道她住在这里呢?

打开信封,里面是一张折叠起来的A4纸,打印稿,开头是:好久不见。

脑海里涌出来的记忆中的第一幅图,便是狭窄的汽车后备厢。她将它摊开在桌面上,用手机拍了照片,随后才读下去,信中,对方只是简单地向她问安。字里行间也透着非常客气的礼貌,都没有一丝负面的、暗藏的威胁。她自然不会信以为真，将照片传给秦忠国后，踟蹰片刻，还传了一份给秦火凤。

既然警报已经拉响了，那么就一丝也不能大意地面对吧。

相同的情况出现了好多次，她不得不更加上心，纵然身边有秦老派来保护的人，她也不曾放松。在这种不知道是混淆视听，还是真枪实弹的时候，她只有不让自己轻易受伤害，才能减少关心自己的人的负担。

今天是雨天，许攸宁没有骑车，沈嘉言已经有两个星期没来学校，她和陆其宸分开后撑着伞回家，雨帘隔开了众多视线相对的机会，即使隐约感觉身后有人保持距离地跟着，却也不知道是不是其他的行人。

许攸宁不禁警觉，可还没走几步，后面的人就匆匆跑到前面来，笑得阴阳怪气的，她本浑身紧绷，但在看到来人之后反而松了一口气。

好像是……小混混。

传闻在好学校附近总会有这种人蹲点，看哪个乖乖巧巧的好学生好下手，就一路跟着，要的就是钱。这种人怎么抓怎么捕只多不少，许攸宁没想到今天自己就撞上了。

她识趣，看对方三个人的样子，还有眼前那只似乎不配合就要动蛮力的手，慢慢从书包里掏出钱包，正要交过去，却听到"哎哟"一声怪叫。她顿了一下，视线从那只紧抓对方手腕不放，骨节分明的大手上缓缓上移，白皙，连小手臂都感受得到肌肉的结实，一如既往的白衬衫，一张被雨帘隔开，似乎更加仙气撩人的，看着自己的笑脸——

"你回来了？"

对方凤眸弯了又弯，鼻子里只轻哼一声，薄唇动了动："要不要跟我学点防狼术啊，怎么每次碰到你，我都是英雄救霸的戏份啊。"

许攸宁心想：怪我咯。

但她温声笑道："那真是麻烦你了。"

沈嘉言微怔，麻烦他什么，麻烦他以后还得继续这保安的行当吗？他回眸，浅笑，随即听到被抓着的小混混的号叫。

"全心全意为人民服务，现在沈嘉言要为民除害了。"他语气特温柔，宛若春风一度,如果他手里那个小混混别发出杀猪一样的声音,那就更好了。

两人把小混混交给赶来的警察,还得到对方一声赞说是"见义勇为好少年",许攸宁完全没有自己只是"受害未遂人"的自觉,当警察叔叔的目光移过来时,她的回答是:"应该的。"

警察叔叔满意地点了点头。

既然和许攸宁一道了,沈嘉言就干脆送她回家,他去过她的新家一次,所以面对她骤然防备的眼神,还是无法真的实话实说。

"我只是比较聪明,所以才来一次就熟门熟路了。"

两人上了楼,许攸宁拿了块新毛巾让沈嘉言擦擦,却见到对方先是快步冲到洗手间洗手——她还记得刚才他握住小混混的时候,皮肤接触的地方还夹着张餐巾纸呢。他擦着脑袋上滴下来的水珠,像是从水里刚泡出来的新鲜美男,许攸宁再一次觉得秀色可餐。

入夏衬衫贴在皮肤上半隐半露地勾勒出肌体,这不是勾引 play 是什么。

许攸宁故作平静地盯了好一会儿,直到对方疑惑的目光落到自己头上,她问:"你要走了吗?"

沈嘉言抑郁:"我刚擦了头发你就让我走?"

许攸宁说:"哦,那你要换衣服吗,衬衫湿透了。"

湿透了……沈嘉言嘴角抽了抽,某人最有本事一本正经说出让人无限遐想的话!

他目光复杂地在对方平静白皙的小脸蛋上巡睃了一遍:"你有比较大的衣服吗?"

"我有浴巾你要吗?"

沈嘉言洗了个澡,然后用热风吹衬衫,试图把它烘干,许攸宁摸了摸衬衫,随后从自己的衣柜最里面,把冬季校服外套取了出来:"喏,当初发的时候尺码和衣服大小是随机组合的,我这套超大。"

"多谢。"沈嘉言接过来,只要把内里取出来,这件冬季校服外套就和秋季的没差了。

许攸宁家的保姆因为家里孩子生病了,所以请了两天假,这两天在家里,她自己煮饭吃。

今天,多了一张嘴巴。

沈嘉言颇为惊奇地站在厨房门口,看着里面戴着围裙挽起袖子,一副"未成年贤妻良母"即视感的许攸宁切菜、调味、炖汤,小小的身影动作快而不乱,仿佛信手拈来。皓腕原来还可以不用来扶花,而是扶锅铲的。她以前除了是学霸,还被称为打工界的全职高手,从低俗到高雅的兼职,她风里来雨里去宛若一个知名不具的忍者。她以前真心诚意地问室友为什么不是全职皇后,而是全职高手,对方回答,强大容易模糊性别。

她被室友感慨的眼神吓了一跳,诚恳告诉她自己取向根正苗红,非分之想不可取。虽然在平时也会下厨,可今天在别人面前做吃的,就好像回到了以前的宿舍生活,趁着阿姨不注意悄悄开了伙。

许攸宁一个翻锅,满意点头,忆往昔峥嵘岁月稠。她宁犹自满意,沈嘉言却只看到她在看书时才出现过的温柔眉眼,他想她也许对事比对人更认真。一个千金小姐能自己掌厨还那么熟练的不多,他突然有些感兴趣,问道:"你一直自己做饭吗?"

原主是没有,但她是的。

"左边消毒柜第一排拿碗筷,洗一遍放在客厅台子上,垫好桌垫,加油。"

沈嘉言望着许攸宁无语,这种事有什么好加油的,好像他完全不会做家务似的。他打开消毒柜,取出碗筷放进水池,许攸宁的碗都是宽口矮身,看上去精致漂亮,但细瓷做的容易滑,一滑就容易掉,一掉就容易碎。

所以,果然碎了一两个……

许攸宁扭头,望着一脸茫然的沈嘉言,认可道:"至少你完成了第一个任务。"

沈嘉言瘪嘴,默默地收拾碎掉的小碗,这次很"加油"地收拾好了台面,透过玻璃看着厨娘学霸像小鸟一样小的身体,做出大刀阔斧的豪迈姿势——果然,极具对比效果。

三菜一汤,很简单的家常菜,番茄炒蛋、鱼香茄子、糖醋小排,还有一个冬瓜汤。许攸宁对自己的手艺向来是放心的,沈嘉言却是第一次吃她做的菜。

他不挑剔,但好吃的当然喜欢。当他把鱼香茄子和着饭吃第一口的时候,不由得喟叹了,酸酸甜甜的,好吃。许攸宁在以前学校门口一家生意极好的家常菜餐厅里,短暂地当过一个星期的替补管账,闲来无事还能去厨房看看老厨子们烧菜,他们都是起油锅大火,翻得噼里啪啦的,鱼香茄子煲却是炖出来的,所以才格外入味。

沈嘉言认命洗碗,客厅里已经不见人影,他提着一袋咯吱作响的碎片往外走,喊着:"许攸宁,我回去了!"

"走好。"女孩子的声音不知从哪个犄角旮旯里冒了出来,他提着这袋碎片,低头锁眉,觉得还是得去给许攸宁看看这袋好家伙,这种从心底最深处冒出来的想法驱使他迈开步伐,朝声音来源走去。

果不其然,许学霸在做题,坐姿端正,神态认真,沈嘉言眼中膜拜,脑海中不由得想起小学老师的谆谆教导:腰背自然挺直,胸部张开,双肩放平,胸离课桌一拳左右,写字时,眼睛与纸面保持一尺远距离……

"提着一袋碎片盯着我的胸,有什么见解吗?"

许攸宁侧头、微笑、挑眉,视线下移,沈嘉言下意识用垃圾袋挡住裆部,反应过来自己的动作后他不由得面容扭曲,撇嘴道:"你一个女孩子到底在想什么。"

"你心里想什么,就看到什么。"许攸宁对自己的恶霸行径,丝毫没有脸红心跳,沈嘉言羞涩是因为他自己心术不正。她起身,走过去,他却被直直走过来的人吓了一跳,不由得退后几步,靠在墙上,说出了让他自己都觉得羞愧无比的一句话——"你要干吗？"

许攸宁疑惑地眨眼："不干吗。"

沈嘉言太高，此时却涨红了脸靠在墙上，许攸宁若有所思："你这么容易脸红倒是没想到，我只是想提醒你一声，垃圾袋破了，没想到你反应这么大。"说着，她从沈嘉言手里接过垃圾袋，熟练地打了个结，重新放到他手里，"楼下就有垃圾桶，如果怕黑就打电话给我。"

长辈似的，拍了拍沈嘉言的肩膀，许攸宁意犹未尽地又看了一眼沈嘉言漂亮的脸蛋，靠在墙边人高马大的小男人低头看见某人衣服里的风光，面对某人自以为是的姐姐态度始终不说话，直到对方转过身去才略微可惜地咽了口口水。

恢复一脸淡定，他举起裹成球状的垃圾袋，摇了摇，发出碎片清脆的碰撞声："那我走了。"

"走好。"

许攸宁心里嘚瑟，沈嘉言心里满足，两人都不知道对方看到了什么，但至少，现在，都爽到了。

当然，衣服里比脸上可好看多了。

沈嘉言拎着垃圾袋丁零哐当地走出大楼，他推开垃圾箱盖子，扔垃圾袋，可就在这时，随着一声猫叫，他余光瞥到旁边一闪而过的人影。灰色衬衫，月光下只能看到模糊的表情，他手里的垃圾袋落下发出比较大的声音，而那个人影仿佛只是个路人几乎已经看不到背影。

他皱眉，心里疑惑，觉得奇怪却又说不出哪里比较怪。

或许是多想了。

他骑着自行车在门口等她，等了许久没人出来，他看了下时间，抬起头正好看到许攸宁打着哈欠走出来。

"怎么那么困？"

许攸宁摆手："睡得晚，你呢，不做隐形人了吗？"

沈嘉言笑了一下："不了，我马上要走了。"

许攸宁愣了一下，然后说："昨晚外公说，让我出去待一阵子。"

"不高考了吗？"

"可能吧，我也不知道。"许攸宁对高考这件事风轻云淡的样子，让沈嘉言有些惊讶。

"不是除了读书没有第二出路？"

许攸宁却不在意："哪里学不是学？正好很多书没有看过。"

沈嘉言皱眉，停车，正视她："你突然变了念头，是不是因为我那个工作室。"

"本来就与我无关的事情，我为什么要被迫牵扯进去？"许攸宁停好车，面色冷淡，"这不是我想要的东西，也不是我的责任，我只是突然觉得大姨和你的事情都让我心烦。"

"所以在秦老的保护下，你还是觉得不是你要的生活？"

沈嘉言知道自己是过分强求这个一根筋的姑娘了，但……"你应该知道，这也是你外公希望的，你要帮助秦火凤的。"

许攸宁低头："没错，但这之前我不想。"

上课铃响了，两人却还在自行车库里，沈嘉言觉得好笑，昨天之前的一切都是好好的，可今天一早就全变了，那个强大到可以扛起一切的许攸宁好像只是个幻想，现在的许攸宁单纯得过分，甚至不负责任。

"我没有权力去要求你什么。"

"是啊。"许攸宁停好车，呼出一口气，抬头看向沈嘉言，"我觉得你其实得先弄明白，我真的不适合做合伙人，我甚至并没有很大的欲望成为有头有脸的大势力的人，家里到了关键时候我肯定不会旁观，但现在我是个只考虑自己的自私鬼。你们都把我想得太好了，太优秀了。"

沈嘉言侧头，像是第一次认识许攸宁。

"你好，我是沈嘉言，请多指教。"

他伸手，微笑，许攸宁一愣，叹了口气，伸手回礼："许攸宁，多多指教。"

原本只是沈嘉言一人要出国，现在多了个许攸宁，四人小组的结构立马就二二分了，何雨柔甚至觉得两人是不是私奔了，还脑补了许攸宁为爱放弃一切的桥段，可这个构想马上被两人几乎没有对话和对视的相处模式给击碎了。剩下两个都摸不着头脑，都在想这两人突然是怎么回事，明明前两天还默契得像一对couple，今天却像刚刚认识。

下课后，四人一如既往自习到很晚。

何雨柔问："要去美国，那你要考试吗？"

许攸宁不确定，揉了揉头发，露出很少出现的迷茫表情："外公说会有人在那里安排，如果我要过去的话。"

沈家因为政见不和，逐渐退出政坛，也因此栽了跟头，而沈嘉言与他的工作室一夜之间消失了。

两年后，美国。

"欢迎回来。"陆其琛接过许攸宁手中的"北京烤鸭"，拎了拎分量，"今天中午就吃这个了，留下来一起吃？"

"好啊，正好饿了。"许攸宁熟门熟路，把大衣挂在衣架上，绾起一头长发，看着陆其琛走出办公室，随后拿起一本杂志摊在桌上看。

自从到纽约，她就成为一名最普通的大学生，更巧的是，陆其琛也来纽约发展公司。两年下来，她有时会从忙碌的学业中抽出空来，跟着陆其琛手下优秀的翻译人员见习。

闻到烤鸭香喷喷的味道，许攸宁抬头，陆其琛正好端着烤鸭走进来："这次回去有跟你外公见面吗？"

"当然有啊，不过外公老了很多，我想完成学业就回去吧。"

"你也不做什么最优秀翻译官的梦了？"

许攸宁自嘲一笑："早就不做了"她摇头，"越来越觉得自己有差距，一步一步走吧。"

陆其琛为两人倒上水："你外公也是保护你，不然那时候不会把你送出来。"

许攸宁点头:"他为我做了很多,我真是没良心。"

陆其琛看了低头的少女一眼,随后点头:"是有点。"

"那你见过沈嘉言了吗?"

"没。"

许攸宁卷饼,递给陆其琛:"沈家这事太大,他可能也回不了国。"

"你外公也没提起?"

许攸宁摇头:"外公提到沈老就叹气,现在家里按部就班了,比以前差了点倒也还好,就是别再有牵连就好。吃烤鸭吧,吃好我还要回去做作业呢。"

陆其琛顿了一下,伸手拿餐巾纸在许攸宁嘴角一抹:"脏死了。"

晚上八点,许攸宁从图书馆出来,转头,图书馆依旧灯火通明,这里的人每天都像明天就要经历高考一样拼命。她把书包放回宿舍,室友还没回来,她换上运动服,噔噔噔下了楼。因为身体不好,所以才更要锻炼,慢跑是她来这里养成的第一个习惯。夜风习习,呼出的热气瞬间变成白雾,脑袋一片放空,直到看到有人等在路灯下,她的神思才收了回来。

"需要帮忙吗?沈先生?"

和沈嘉言没有通讯是假的,至少这一年她会在网络上为他提供一些可以的帮助,大多数是资金上的援助。

问女人借钱的男人不能要。

她的步伐慢慢慢下来,这还是这一年联系以来的第一次见面,沈嘉言显得沧桑了一点,却还是高中时候那张好看妖孽的脸。

他穿着风大衣,有点疲惫,手缩在口袋里掏出一只苹果:"我以前帮你可多了,现在没地方住了。"

许攸宁接过苹果:"噢。"

许攸宁为沈嘉言找到了住的房子,房租不贵,可还是她付,她告诉他:

"你要记得把钱还给我。"

"我会还给你外公的。"

许攸宁摇头："我外公现在可对你们家敬而远之，默许我帮你已经是对你爷爷的兄弟情了。"

"我知道。"

"而且这是我兼职的钱，你得还给我。"

"知道了。"

沈少爷舒舒服服地躺在沙发上，两脚搁在凳子上，眯眼问："能给我条被子吗？"

"这么怕冷？"

"有点。"

许攸宁记得高中的时候，这个人冬天都只穿一件单衣打球的，她不说什么，把被子移来盖在懒洋洋睡觉的沈嘉言身上。

沈嘉言睡得太沉了，一觉醒来，睁开眼睛的时候已经毫无困意，墙上时钟显示现在已经是凌晨，他扶了扶额，戴上眼镜，才反应过来现在自己在哪里。打开冰箱想拿一罐啤酒，突然想起来刚来这里什么都没买，但冰箱里有一些盘子和水果。

他关上冰箱，贴在冰箱门上的字条上写着：热一热吃。

他愣了一下，乖巧地把冰箱里的菜全拿出来加热。看着锅子里冒着热气的菜，他把手里的铲子一扔，下楼在二十四小时便利店里买了一打啤酒。

许攸宁是神经病啊，他什么都有的时候对他不理不睬还冷漠地跑到国外去。现在他什么都没有，反而温柔得像个鬼一样，是怜悯还是还债啊？

他拎着啤酒回来，刚想把啤酒放在地上就看到旁边鞋柜箱子上贴着字条："喝太多酒伤身，别把你为数不多的智商也弄丢了。"

难以置信，他摇摇头，脱下靴子，把啤酒拎到桌子上，却意外又看到一张带着指向的便笺：买了壶，你自己喝点热水吧。

贴心到无可救药。

他顺着指向走，果然看到一只热水壶，旁边有一只苹果。

沈嘉言笑了，许攸宁疯了？

许攸宁对自己做的不甚清醒，沈嘉言是有能力的，何况还是她熟悉的玩伴，当初读书的时候暧昧过一段不能说没好感，所以她觉得帮他是开心的。他长得花容月貌，落魄了也一副贫穷贵公子的样子，她敲着笔记本，莹莹的光把她的脸照得发亮。

手机突然振动，她拿起来，眼里回了些神。陆其琛看着刚才从眼前走过去的人影，鬼使神差地给许攸宁打了个电话，等那头软软轻轻的声音传过来时，他才抑下奇怪的下意识动作，镇定道："刚才看到沈嘉言了，他和一个女孩子走在一起，以为是你。"

陆其琛会看不出她的背影？手机那头的许攸宁眨了一下眼睛，低低地嗯了一声，某人以为她不开心了，想问但又觉得人家的私事他没这个身份插手。陆其宸和他说过沈嘉言和许攸宁暧昧不清的关系，作为叔叔辈的男人，他看着眉飞色舞的弟弟心里却不舒服了一把。

"我在寝室，不在外面。"许攸宁的声音在耳畔响起，丝毫没有因为这件事而情绪不对，陆其琛心里舒坦了些，安安心心地放下了电话。

这厢陆其琛刚挂电话，那边许攸宁若有所思，沈嘉言在这里有其他朋友？不过也是，像这种天生交际艺术家，他想勾搭，那别人看着这人的做派也都会让出几分钟的。她放心地点点头，在意的点和陆其琛完全不在一个频道上。

电话刚挂没多久，又有人打电话过来，这次是刚才的男主角——沈嘉言。

"阿宁，没钱了，来接我回去。"

厚颜无耻得像是许攸宁养的儿子，她任劳任怨，问了地址马上赶了过去，却见某人旁边还站着个水灵灵的外国女孩子，两人聊得正欢，她心里一阵不爽，还真当姐是老妈子了吗，出租车可贵了。

沈嘉言看她来了，朝对着他笑的女孩子摆摆手，随后坐进出租车的后座。

"今天好累哦。"沈嘉言懒懒地头枕座枕，整个人软绵绵地坐着。许攸宁敷衍地嗯了一声，手指飞快地在手机上打着什么，他以为她是不高兴了，心底有些雀跃，却见她脸上倒是一如既往的表情，平平淡淡的，丝毫不在意，心里马上不舒服了。

"许攸宁，你在干吗呢？"

"算钱。"

许攸宁刚回答，沈嘉言手机上就有了信息提示，他把文件打开，一张明明白白的清单，包括各种食宿费用和打车费用。看完，沈嘉言脸都黑了："许攸宁，你就忙这事儿，都不问我在累些什么，我俩还有没有感情了？"

许攸宁语气恳切："你做什么我都相信你。"

沈嘉言气闷，人家都这样说了，语气真真的，他还能有什么不满意，她这敷衍人的话说得真是顺溜。气着气着，他又闷笑，看看前面那人困着打了个哈欠，他觉得这种感觉特别安心，许攸宁就是这样清清淡淡的，但只要他提出口，她没什么会不答应的。

"钱要还的。"许攸宁从车窗镜看到后座的沈嘉言一脸傻笑，认真道。

"知道了。"

许攸宁按部就班着自己的学习、工作，就像只鸵鸟一样。她是这样评论自己的，依然成绩优秀，却也只是优秀。

她回想起穿进书里那一刻起的命运，仍旧觉得像开了个玩笑，因为她的强行介入，这本书早就被改得面目全非，当初的女主不再是女主，她不再是那个面目可憎又可怜的女配，可她想做的依然没有达成……她从床上坐起来，枕边放着的书提醒着她所有的好习惯都没有改变，只是这样的剧情太平淡了，也太没斗志了。

- 第13章 -

继续学霸之路的许攸宁

从寝室走到学校需要十五分钟，许攸宁刚到学校就看到了熟悉的脸，余教授？她知道在她飞往纽约之后，余教授是摇头的，她在纽约开始学习一年后，外公还告诉他，余教授有点可惜，说她是泯然众人。

许攸宁脸红，觉得羞愧，即使她现在仍然优秀，却觉得没有达到余教授所希望的高度，当初一心首外最优班的翻译官，现在窝在纽约的一角，只是成为一名毫无差池的学生，她心里对自己失望，更对自己的毫无斗志感到失落。

余教授正与他人交谈甚欢，余光扫到有些愣怔的学生，他也愣了，这不是秦家那个……他朝许攸宁点点头，没想到在这里遇到这孩子，当初……想到秦家现在的光景，余教授也只能将心底的期许压了下去。

许攸宁满怀思绪地上着课，如果余教授不来，她会这样安安稳稳地完成学业，可这余教授一来，勾起的却是她曾经的所有愿望，她会为没有完成自己的梦想感到难过。

下课后，她在会议室的门口等着来交流的教授们鱼贯而出，余教授没想到许攸宁等着，心里又是叹了一声。离首都的日子已经过去了好些时光，所以除了余教授，其他教授只是疑惑了一下，还以为在这里等着的，是他以前的学生。

等旁人都散了，许攸宁简单说了几句，余教授就知道了她的意思。

"这里也是个很好的环境，你得善于利用起来，我知道你现在学其他专业，可你到底想走什么路，还得看你自己。"

余教授言尽于此，许攸宁怎么会不解其真意？

许攸宁刚完成今天的课程，陆其琛的电话就打了进来，说要接她一起吃晚饭。两人吃完，刚要坐车回去，旁边一辆自行车的铃声响了起来，沈嘉言吊儿郎当地一脚踏地，停在车子旁边，目光炯炯。

"许攸宁，我送你回去啊。"

陆其琛看向许攸宁，征求她的意见。

"信用卡要还我吗？"许攸宁抬头看沈嘉言。之前自己的信用卡被某人霸占，一直没见还。

"这个有点难办啊，现在资金不足，手头有点紧啦，你那么懂我。"

"好的。"

许攸宁点点头："没关系，回去注意安全。"

沈嘉言笑了一下："你不跟我回去吗？我家里买了很多很多苹果，你带点回去？"

"不用了。"许攸宁刚吃饱有点困。

陆其琛朝着沈嘉言点了点头："你也不容易，有什么需求的话可以找我。"

沈嘉言看向陆其琛，露出一丝笑意："那谢谢您了，陆叔叔。"

陆其琛摇上车子的窗户，黑色的奔驰从沈嘉言的视线里消失。沈嘉言脸上的笑意一点点减退，紧握着龙头的手指却没有放松，他哼起歌来，听说是国内现在最流行的什么小香蕉，一脚骑上脚踏车，一晃一晃地骑回家去了。

车里，陆其琛知道许攸宁把信用卡给了沈嘉言，看向许攸宁，她显得有点刚吃饱缺氧的困。他有些欲言又止，许攸宁转头看他，表情疑惑，他咽下想说的话，摸了摸她柔软的头发。

"早点休息，晚安。"

"好的，晚安。"

许攸宁下了车，陆其琛看她走进楼里了才一踩油门，开走了。

许攸宁推开门，沈嘉言咧嘴大笑："削苹果呢，吃吗？"

许攸宁没关上门，接过苹果："我要睡了，你快点回去吧。"

沈嘉言没说话，笑了笑，在沙发上坐下来，翻着某人的词典："又开始好好读书了？"

"对啊。"

许攸宁咬了一口："我吃太饱了。"

"那就别吃了。"

沈嘉言此时不同往昔，落地凤凰不如鸡，即使自己徐徐图之，现在看着许攸宁的脸色也不禁烦躁起来。他手里想有些动作，无论是摸摸她的脑袋，又或者是像以前一样看着她吃瘪，哪种都好，但绝对不是现在这样子。

许攸宁帮他渡过难关，她是他的恩人了，位置转换了，他地位也低了，以前自视甚高，所以即使被嘲笑怎么的，自然大度，现在弱势却是他，气焰莫名就短了一层。

沈嘉言拉了个凳子坐下来，无话可说，心里又着急又惶恐，他想说许攸宁不要这副冷冷淡淡的样子，好像很久之前脸红心跳全部是假象，但也的确是很久之前了。

总不该是这样的啊。

"你和大哥是什么关系啊？"他不耐烦许攸宁看书不看他，于是破口而出，许攸宁不回答他，沈嘉言倏地站起来，走来走去，"我今天就睡这儿了，给我床被子吧。"

许攸宁一直知道沈嘉言是个不讲道理的，所以她也懒得反抗。

"行。"说着她就起身去拿被子，沈嘉言就又不高兴了，他是想让她的目光里有自己，不是把他当小孩子看，好像他怎样许攸宁都是在哄他，这感觉真不好。

"我想跟你睡一张床。"沈嘉言拿着递过来的被子就往床上扔。

许攸宁斜眼看他："还有别的要求吗？"

沈嘉言无言。

许攸宁虽然恋床，却也不是非睡不可的，沈嘉言死命作她也看出来了，但除了顺着他，她也不知道能有什么其他方法，她还是不明白这男的怎么会那么作。

两相对比,大哥真是太好了。

沈嘉言看她走神,十分不痛快,于是拉着她坐到床上,对上她不解的眼神,又失落又心烦。

"你相信我吗?"

"相信。"

"许攸宁我们关系那么好,你是我的未婚妻你知道吗?"

"不是。"

沈嘉言无耻地想,许攸宁缺根筋,找两句她不理解的说不定就成了,他现在就是个无名小卒,光有本事,时机却还没到,资金还冻着呢,如果资金解冻前她就和别人跑了,他一口血可以淹掉长城。

"许攸宁你嫁我吧,你不在我身边我不舒坦,你喜欢我我知道的,我也十分喜欢你,离不开你。"

许攸宁点点头:"行啊,你娶我得先把我的钱还我。"

她觉得得明算账,这么简单的要求如果沈嘉言也做不到,那还是挺无趣的。其实她的投资不多,沈嘉言倒是愣了一下,没想到她就这要求。

"我把你的钱还你你就嫁我?"

可能是太熟悉的关系,沈嘉言心里欣喜,可疑惑还是挺多的。

许攸宁说:"你的长相是我最喜欢的,你以后也会很有钱,为什么不呢?"

沈嘉言更加没话说了,问道:"那陆其琛呢?"

"是大哥。"

许攸宁想到温暖的大哥,心里一阵熨帖。陆其琛是值得敬佩的人,厉害,温柔,对自己非常好。

沈嘉言顿时觉得陆其琛苦不堪言。

沈嘉言的动作很迅速,在许攸宁说出这话的第二天,他就把一应文件弄齐了,又不知从哪里搞来一大笔钱,许攸宁说要告诉家里人一声,他一听，那可得了？于是各种哄骗……

如果不是许攸宁，换一个稍微长点心的女生，不是一巴掌糊上去，就是两巴掌糊上去了。但许攸宁不是旁人，她说好，然后转头就和家里打了电话，并把电话交给了沈嘉言。

沈嘉言听着里头老爷子的咆哮以及狠话，暗暗心惊，真是精神矍铄。

老爷子根本不答应，许攸宁说没关系的，您和沈嘉言谈谈，谈出来什么结果就是什么结果。沈嘉言无语地凝视着许攸宁，这小丫头片子还有两副面孔呢？前头对我风轻云淡我说啥就干啥的，原来正主在这儿。

也不知道沈嘉言说了什么，老爷子是不说话了，许攸宁倒有点好奇。

沈嘉言得了允许，心情很好，许攸宁懒得问，可他就是有个犯贱的毛病，看她不以为意的样子，非常不满。

"你怎么也不问问我，我和老爷子保证了什么？"

"保证了什么？"许攸宁异常乖巧，一张白净的小脸明晃晃就是正直的。

沈嘉言有点挫败，但挫败过后又觉得果然还是许攸宁出色，不然怎么老让他感到挫败，他可能也是好这一口。

"我说我所有身家都给你。"

"不错。"

沈嘉言气短，看着许攸宁嘴角不可抑制地上翘，他的心真的好累哦。

老爷子始终想不明白，为什么许攸宁会答应沈嘉言，他也不想知道了，自家外孙女有什么事都是不会错的，比起自己，他倒相信许攸宁的眼光。她不反对就说明喜欢，即使心里非常不认可，儿孙自有儿孙福啊。

这头，陆其琛还是从陆其宸口中得知沈嘉言和许攸宁的婚事的，他当时就蒙了，赶快打电话给许攸宁。当许攸宁接起电话的一刹那，他还松了口气，于是调整好心态，问道："我听说你和沈嘉言要结婚？"

许攸宁对此没什么感觉，也察觉不到陆其琛到底想要的答案是什么，很直接地点了头。

陆其琛愣住了，愣住之后不可遏制地怒了，他的话语里带着责怪"你为什么要和沈嘉言在一起？我们之前不是很好吗？你不知道我在追求你吗？"

许攸宁发怔，沈嘉言从陆其琛打电话过来就贴墙角，是贴在许攸宁手机旁边旁听，听到这句话他就怒了，大爷的！他和许攸宁青梅竹马，高中的时候还颇有男女朋友的意思，陆其琛撬墙脚不行现在是要往明里来了啊！

沈嘉言虽然表情不好，但自身教养让他也没法抢过电话。许攸宁看着软，实际上可有主意了，万一她不高兴了，觉得自己不尊重她不领证了，陆其琛再糖衣炮弹来几下，那他才叫冤。

多年的磋磨，他深知许攸宁吃哪一套！说时迟那时快，许攸宁就看到某人瘪嘴，面色淡淡，眼神也可怜了起来。

像落单的汪汪。

许攸宁眨巴着眼睛，和电话里的对话也慢了下来。沈嘉言就是这样，一不开心了就马上装可怜，没错，她就吃这一套。

陆其琛发现许攸宁声音轻了下去，眉头紧锁，声音却不自觉地也跟着轻了下去："宁宁，我们不是说好一起完成梦想的吗？我做个很优秀的商人，你会成为很优秀的翻译官。"

许攸宁点头："对，你是我的良师益友，你已经是个很成功的商人，而且会更加出色，我会努力的。"

沈嘉言有些紧张，装着无辜，眼神却在瞟许攸宁。

"但是我喜欢沈嘉言。"

许攸宁很确定她心里就是喜欢沈嘉言，沈嘉言长相秀气，气质清洌，就算在最落魄的时候也……很养眼。

她就是很喜欢他，声音也好听，性格虽然恶劣……

陆其琛沉默了。

沈嘉言也沉默了。

陆其琛沉默了一会儿，说了声"早点休息"，就挂断了电话。

沈嘉言也没有欣喜若狂，他沉默得更加厉害。

沈嘉言不是没想过，万一许攸宁爽快地拒绝他，会是怎样的情形，这几年说是吃她的、用她的也不为过，就像个软柿子，或者说就是个软柿子。

沈嘉言无言，许攸宁察觉到他的沉默，也坐了下来，看着他。他被看得有些不好意思，某人的眼神一向很直白，他不看她都知道里面藏着问号。他怎么说感到抱歉，又很开心，又惶恐，还忐忑不安呢？

他从来不是个示弱的人啊。

许攸宁突然拿了苹果啃，沈嘉言从她手里把苹果拿过来，对着她的疑惑解释道："晚上吃苹果不好。"

"哦。"

说不吃就不吃了，这次换许攸宁被沈嘉言盯着了，她问："怎么了？"

沈嘉言原以为还能看到她不知所措的样子，可回过神来，想想她到底不是普通的女孩子。

"你喜欢我，你为什么喜欢我？"沈嘉言问得认真，他有些害怕，不知道许攸宁是怎么想的，其实他很烦，喜欢一个人却连她在想什么都不知道，这样的喜欢很没有安全感。

"我喜欢你陪在我身边，你很帅，也很优秀。"

许攸宁是真的觉得沈嘉言好，虽然他现在没钱没势，还是个需要她赚钱供着的主，但是，之前发生那么大的事情，他都没有消沉。她不知道他在做什么，但他没有停过，好像一直在努力。

这让她感觉很好。

许攸宁知道受到挫折，一个人会变成什么样。因为失恋，班级里的好学生成绩一落千丈，因为没钱自暴自弃的也有。别人觉得她毫不关心，其实她也是看在眼里的，一个人面对挫折时的态度，决定了他可以走多远，所以她觉得沈嘉言，挺好的。

她坦诚的语气很认真，沈嘉言又是一愣，她的眼睛闪闪发光，眼神很坚定，脸上神色还有点严肃，但他觉得，此时此刻的许攸宁很温柔。

沈嘉言俯身，温柔地把她抱在怀里："我们甚至没怎么恋爱，你就愿意和我在一起了……"

"我们在一起很久了。"许攸宁反驳。

沈嘉言失笑，许攸宁完全不懂什么叫晾晾喜欢自己的人，不会摆谱，直白得很可爱。

"我觉得，你对我很重要，我以前很喜欢你，现在也很喜欢你，可我没有概念，只知道不能让你离开我，我很少喜欢上一个人，可让我眼睁睁看着你跟着陆其琛走，坐他的车，我好难过，也很心酸。"

许攸宁感觉到自己的肩膀有点湿，沉默了一会儿，抬手缓缓抚着沈嘉言的背。她觉得他好像不是在哭，而是在发泄，甚至哭声都有些隐忍。

沈嘉言最知道怎么让她没有抵抗力了，所以栽在他手上也不亏对不对。

许攸宁好脾气地想。

"很晚了，我要睡了。"许攸宁轻轻拍了拍他的背，手机铃声提醒应该入睡了。

某人一脸不满足地从她的肩膀上抬起头来，委屈道："能一起睡吗？"

许攸宁笑了："真可爱。"

说着，把沈嘉言推出卧室，锁上了卧室的门。

她坐在床上，嘴角弯了一下。

而被推出门的沈嘉言，对着棕色的门板，傻呵呵地也笑了。

许攸宁一觉起来，沈嘉言又不见了，她习惯了他的神出鬼没，于是整理好自己，深吸一口气，推开房门。

有可能是拎着书，非常踏实，许攸宁觉得今天校园里的花草树木都异常清新，无论长板椅上的情侣，草地上看书的姑娘，还是三五成群抱着书说笑的学生……余光瞥过这些平时不注意的事情，她也觉得有点幸福。

教授被论坛里的学子们称为，刻板的、心思活络的人，刻板是说他作业布置得多，心思活络是说他神龙见首不见尾，一下课就跑没影了。教室里人很少，加上她也就三个，两个女生没见过她，抬头看了她一眼，又低下头去玩手机。

"坐下吧，新生。"

身后传来老教授的声音，许攸宁点点头，随后坐了下来。

"把作业交上来吧同学们。"

一共三本作业，老教授收上来后，直接打开了许攸宁的这一本，只扫了两行："翻译风格每个人都是不同的。"他又把另外两本翻开，摊在许攸宁的桌子上，"你觉得，自己比她们欠缺了多少呢？"

许攸宁认真阅读了另外两名学生的翻译，眼前一亮，抬起头看向老教授，这位白头发的教授重新把作业收了上去。

"内容我之后会细看，电子邮箱注意查收。"

一名优秀的翻译官，是和语言打交道的，语言恰恰是思维的体现，将一人的态度用另一种语言传达给对方，不因自己的情绪波动而使翻译的话带上个人的情绪色彩，尤为重要。

许攸宁平和的心态为她成为"翻译官"这第三角色打下了很好的基础，可这样的角色有利有弊，她的确是不会代入其中保持一个很好的局外人的身份，但同样语言色彩上少了更为精准的说服力，过分严谨，反而不美。翻译是该以原话为本的，多一句少一句都是错误，可不同的表达方式能体现一名翻译官是优秀还是普通。她知道，对自己来说，翻译已经成为生活的一部分，但这条大船她还没登上，一是她见识不够，二是专业历练太少。

她觉得受教了。

一节课结束，教授真如学子们所说的那样，下课走人，什么寒暄都是没有的。令她更增长眼界的反而是另外两名学生，她们看似漫不经心，却总能说出一番自己的见解来，引经据典非常有意思，虽然最后被教授骂了一顿，说她们扯淡。

下课后泡了一天图书馆再回家，突然福至心灵，许攸宁打开了手机。

沈嘉言留了两通信息,一通问她在哪里,第二通是问她晚上看不看芭蕾舞剧,正好有舞团巡演。

她的第一反应是这家伙病了吗?

莫名其妙的。

但翻译官是该增长眼界的不是吗?她也该多接触一下自己不熟悉的东西。

"好啊。"

沈嘉言对许攸宁会在晚上八点前打开手机并不抱什么希望,只是办完事情后鬼使神差地想,或许该给未婚妻一些惊喜,也不算惊喜吧,对她来说可能是惊吓,或者无聊?

结果收到回复他还愣怔了一下,随后飞快地奔回去买票。

许攸宁到的时候,沈嘉言已经站在剧院门口了。夜灯初上,来往人流却不多,此时的某人才知道美色惑人形容的是什么。沈嘉言个子很高,精瘦,她看着他的青涩渐渐褪去,脸上有了棱角,她一直觉得他不戴眼镜更好看,因为他的眼睛很好看。现在她能够想起来他的很多细节,譬如不刮胡子第二天一早就会冒出来的青楂,譬如每天必须洗头,不然就会自然卷的头发,譬如他虽然爱干净,但又懒又馋,都是很细节的部分。

两个人接触久了,平时不注意的地方,在特殊的背景特殊的时候,一眼望过去都会想起来。说爱谈不上,说分开又觉得失落遗憾,还是喜欢妥当。

许攸宁在红绿灯前面停了下来,等绿灯亮起的时候,沈嘉言先走了过来,走到她身边,牵起她的手。

许攸宁的手有点凉,沈嘉言的热烘烘的。马路上这样的情侣不少,都是来看舞剧的,相比之前那好几年,现在的他们反而像是两个谈恋爱的留学生——大衣围巾,气氛温馨。

沈嘉言把卷饼递给她:"还没吃饭吧,吃好了再进去,不急,还有半个小时。"

这里附近就这家烤饼店排队人多,味道应该不错,牛油果三文鱼烤饼很香,许攸宁一口咬上去眼睛倏地亮了,好吃!

沈嘉言见她吃得香,和平时那严肃的态度完全不一样,这种新鲜感和满足感,油然而生。

"要不要来一口我的?"献宝似的,沈嘉言把自己的牛油果鸡肉卷饼递过去。

"可以吗?"

"可以啊。"

沈嘉言笑了,从口袋里取出一包纸巾,抽出一张,俯身抹去许攸宁嘴角的酱,随后将卷饼往前递了递。许攸宁情不自禁咬了一大口,大块烤鸡肉迸发的汁水、牛油果的清香,还有培根缱绻浓郁的汁水香味……

她觉得很幸福!

星星眼的许攸宁克制地把沈嘉言的卷饼推了回去,低下头啃自己的:"我吃一个就饱了,虽然都很好吃,但吃多会不舒服。"

沈嘉言顿时觉得她是个很有克制力的人,她一向热爱学习,对自己的一切规划得整整齐齐的,竟然连在吃上面也非常约束,饱了就不吃,再爱也可以等下次机会……

某人心里是大写的佩服。

芭蕾舞开场了,许攸宁吃饱,心情出奇好,乖乖被沈嘉言牵着走进剧场,脚步轻快,神情轻松。

舞团巡演的曲目是《胡桃夹子》,相当欢快的一部芭蕾舞剧,讲的是圣诞节,女孩收到了一只胡桃夹子作为礼物。夜晚,胡桃夹子变身成王子,与凶恶的老鼠兵决斗,女孩醒来保护了胡桃王子,于是被邀请到童话王国,在美丽的乡村与众人欢度难忘的时光。

从开场,整个舞台都是缤纷的色彩,丰盛的美食,堆得有小山高的五颜六色的礼物,嬉笑打闹的笑声不绝于耳,女孩子与男孩子们身着漂亮的衣服,体态轻盈地在舞台上跳着可爱的芭蕾舞蹈……

许攸宁第一次看芭蕾舞，目不转睛的，沈嘉言原是想趁着这种单独相处的机会，摸摸她的小手，或者亲亲她的小脸，毕竟这种儿童色彩的芭蕾舞剧……

他盯着那张认真的小脸，有些心动，必须得亲上去！

他漫不经心地围住许攸宁的肩膀……

许攸宁抖了抖肩："原来芭蕾舞剧很好看，我第一次看。"

沈嘉言倒是不知道，轻声问："你第一次看？"

"嗯，很好看。"

沈嘉言有点惊讶，可回头想想，许攸宁唱过歌吗？没有。跳过舞吗？没有。甚至连电影好像都没见她去看过，她平时在做些什么呢，除了读书，竟然好像没有其他有意思的事情了。

他心里倏然闷闷的，许攸宁小时候过得不开心，之后他们认识，她只专心读书，她喜欢读书所以享受这个过程，但也少了很多乐趣。他突然有些说不清道不明的情绪起伏，觉得这样的许攸宁有些可怜，好吧，他知道，她根本不需要别人的可怜，她自己过得很开心……

直到舞剧谢幕，许攸宁眼前仿佛还有那漂亮精致的王国，沈嘉言突然觉得，平时老大人一样的家伙现在就像个小孩子。

两个人牵着手走在回家的路上，他都能感受到她脚步的轻盈，顿时哑然失笑："你看样子真的很喜欢。"

"非常喜欢，非常好看！"许攸宁很认真，随即笑了起来，"真的太美了。"

沈嘉言左右看了看，因为快到家了，所以小路上并没有人，只有路灯散发着淡黄色的光芒，他说："你要不要也跳起来，像我这样？"

"啊？"

沈嘉言转了个身，俯身，做了个邀请的姿势，男人一双桃花眼笑得又美又勾人："你愿意，和我跳支舞吗？"

许攸宁忙往侧走了几步："不要，我不会。"

"你不是看了吗？"

"这不一样——"

话还没说完，她的手就被沈嘉言牵住，她还没反应过来，整个人就开始转圈圈。

"跟着我，相信我。"沈嘉言带着她一步一步跳起舞来，"不用管我，你想怎么跳就怎么跳，我会陪你。"

许攸宁还有些放不开，脑海里却仿佛突然响起《胡桃夹子》的音乐，被他拉着，脚步一步一步属于了自己。沈嘉言转圈，她转圈，他松开她的手，她就向旁边伸长手臂，他往前一步，她往后退一步，他踮起脚，她也跳了起来，像《胡桃夹子》里的小精灵一样。

跳跳停停，走走跳跳，她停下来才觉得他俩像两个疯子。

"我想带你去看很多芭蕾舞，我还想带你去听音乐会、交响乐、舞台剧，或者每周去看电影。"沈嘉言有些向往，摸了摸许攸宁的脑袋，低下头，眼神里倾泻着或许他自己都没发现的温柔，"我觉得看到你那么喜欢，我也很喜欢。"

陆其琛有点不知所措，到许攸宁公寓下面走了一圈，还是觉得没什么好说的，许攸宁这人，白眼狼。

他此时觉得自己像个毛头小子一样，以前许多孩子围在他身边，他最看好沈嘉言这脸白心黑的，会做人、能办事，现在他又觉得这人两面三刀，要么不出现在许攸宁身边，出现了就是问小姑娘要钱，现在还不走了！不走就算了，连小姑娘都霸占了。

许攸宁也不知道喜欢他哪点。

陆其琛叹了口气，觉得自己真的是没必要，可能这是种嫁女儿的感觉吧……许攸宁到美国以后比较大的事都是他一手操办的，平时也时不时带她出去吃吃饭什么的，这和带女儿有什么两样？虽然养了那么久的小姑娘胳膊肘往外拐得厉害。

许攸宁下楼倒垃圾，正好看到陆其琛，她突然有点尴尬："陆哥，还没吃饭呢?"

向来是陆其琛提醒她该吃点有营养的了,现在换过来了,于是在心里叹了口气,他看了看一身家居服的许攸宁:"今天没课吗?"

"已经下课了。"许攸宁的课大多在早上,下午回来就可以一门心思写作业。

陆其琛闻声,点点头:"零钱还够吗?现在也不做兼职了?"这一问出来,陆其琛心里又在滴血,这真的很像当爹的语气。

偏偏许攸宁还非常习惯:"够的,之前存下的钱还够用的。"

"嗯。"

问完,两人又陷入了沉默。

还是陆其琛不忍心小姑娘为难,看一眼,许攸宁低着头,头顶上的头发柔柔软软的,于是他开了口:"沈嘉言呢?他在上面?怎么不让他倒垃圾?"

他看了一眼楼上,许攸宁摇头:"他白天有事都出去的,晚上才回来。"

"嗯,他没欺负你吧。"

"没有,我们分房睡的。"许攸宁知道欺负是什么意思。

陆其琛噎住了。他只是单纯地想问问,字面上的意思……他神色莫名尴尬:"走吧,我带你去吃饭,我也饿了,正好路过这里。"

许攸宁不相信他是刚好路过这里:"陆哥这次我请你,我也有些积蓄的,而且外公也一直给我打钱过来。"

"许攸宁,上去换衣服,快点。"

他不耐烦许攸宁这样,一听那客气的语气火就冒上来了。他再怎么说也是照顾她很久的,以前蹭吃蹭喝的时候可是很乖的,现在怎么了?信不信他打得沈嘉言左脸和右屁长一样啊!

许攸宁第一次看到他不耐烦的样子,顿时矮了一截,立刻点头:"好的哥,五分钟。"

陆其琛看着手表,小姑娘风风火火地从楼上跑了下来,站到他身边,顺便举手撩了撩刘海:"陆哥你这样严肃,我倒有些不习惯。"

许攸宁实话实说,她看惯了陆其琛天天慈祥得要命的样子,这眉头一皱起来,她倒是觉得比她父亲威严多了。

可能真的戳不到点吧,不然好端端的霸道总裁怎么就变成爹了呢?

许攸宁上车,系上安全带,手机响了,陆其琛瞥一眼:"谁啊?沈嘉言?"

许攸宁点头。

一头的沈嘉言看着一笔笔打入账户的款额,心情非常好,放出去的钱终于开始收回来了!今天或许可以早点回去带许攸宁看场电影。

"宝宝,我要回来了,等会儿带你去看电影好不好?"

"好啊。"许攸宁虽然看电影会睡着,但这不妨碍她看电影的前半段,芭蕾舞剧以后,沈嘉言变着法子带她出去玩,如果不是作业的强制力和她的自控能力,一代学霸就离玩物丧志这四个字不远了。

"看电影之前我带你去吃饭吧。"沈嘉言算得很好,开始收拾桌子上的东西,和一个房间的两个人打了声招呼,就要出门。

"陆哥说中午带我去吃饭。"

陆哥?沈嘉言一顿,陆其琛?他问:"陆大哥要带你去吃饭?"听到好像有风声,"宝宝你现在在哪儿呀?"

"在陆哥的车子上。"

沈嘉言眯着眼,慢悠悠地哦了一声:"陆大哥在开车?"

"嗯。"

"正好我也没吃午饭,干脆一起吧。"沈嘉言委委屈屈地说,"最近一直很忙,早上也没吃饱,好饿啊。"

这种撒娇的语气,让许攸宁有些羞,她扭头,却见陆其琛整张脸都黑了下来:"不带他。"

陆其琛看着沈嘉言帮许攸宁擦嘴边的奶油酱,一张儒雅的脸上聚满了杀气,他不想自讨没趣,所以对小白眼狼跟着狼外婆走了,他也就算了。

但是有必要这样宣誓主权吗?擦奶油?许攸宁我以前也帮你擦的,

那时候你可无所谓了,现在一副有些害羞的样子是怎么回事?给谁看啊?

他看着沈嘉言,越看越不爱看:"嘉言,你手头的事情处理得怎么样了?"

"刚开始回笼,不过没什么问题了。"

"有什么事情可以来找我。"沈嘉言他是放心的,陆其琛看着这个男孩长大,一贯小事谨慎,大事敢冒险,家里的因素也不会让他消沉下去,将来一定有出息。而且长得又帅气,一定受女孩子追捧,而许攸宁,讲句公道话,他不知不觉地想保护她,但这不代表许攸宁特别漂亮,又或者特别出色。他觉得许攸宁吸引自己的,真的只是专注、认真、踏实。

他不禁叹了口气,真的是非常踏实的女孩子,让人愿意相信珍惜。

谁能想到,一个院子里的两个人会在一起呢,他们以后的世界都不小的。

"公司里还有点事情,我先走了。"陆其琛放下餐具,用纸巾擦了擦嘴,他的确还有些事情要忙,反正待在这里也没意思。

陆其琛走了,沈嘉言不禁松了一口气。

许攸宁淡定地切了一块肉:"啊……张嘴。"叉子插着肉送到沈嘉言嘴边,沈嘉言委屈地张嘴咬了下去,眼神可怜兮兮的:"我怕死了,陆其琛好凶。"

许攸宁想笑,又想到现在陆哥也对她不耐烦了,于是只能安慰道:"别怕,大哥很看好你的。"

沈嘉言张嘴,示意她自己还要一块,于是许攸宁乖乖地递上去。

沈嘉言瘪嘴,有些不满:"你怎么那么听我的话啊,太乖了吧。"

许攸宁一愣,慢慢放下刀叉,轻声叫了服务员,随后刷卡埋单,动作行云流水,丝毫不给旁边的人反应过来的机会:"我回图书馆看书了,你有事晚上再说吧。"

她朝沈嘉言笑了笑,随后就要起身离座,沈嘉言惊呆了,忙拉住她:"宝宝你太有个性啦。"他有些后怕,这一瞬间,他才想起来以前的许攸宁是什么样子的——不讲人情,自我得要命,他心肝肺都颤了,许攸

宁好凶啊。

"下午你说要干吗来着?"

许攸宁本来就是吓唬吓唬他的,可看到他一副被吓到的表情,又觉得自己是不是真的很可怕……

恋爱中的人真是容易想太多啊。

许攸宁不无害羞地想到。

许攸宁从没想过结婚这件事,以前没想过,现在也没想过。但如果让她考虑一下,有可能的话,她比较想过怎样一种婚姻生活,或许是这样的——在钱财上拥有共同经营的一部分,作为养育孩子的经费,同时各自也有自己的小金库,可以满足自己的心愿。晚上的时候,生活比较和谐、诚实,所谓诚实,如果不行就是不行,各方不用装模作样演戏。对家庭尽到责任的男人会是合格的丈夫,就算没有爱情,同甘共苦,顾家不贪玩,她觉得这样就足够了。

她没想过她会喜欢沈嘉言,有些蒙,沈嘉言觉得大摆锤很好玩,于是又玩了一遍,看着从远方兴高采烈走过来的身影,手里还拿着爆米花和气球,她才觉得沈嘉言说要给她补一个童年,不是随便说说。

不好扫兴,于是她默默地接过沈嘉言递过来的巨大气球,米老鼠的大脸傻气得要命,她抬头,阳光很好,她手里的米奇和沈嘉言手里的米妮交相辉映,傻气光圈笼罩四野。

"为什么要买气球,你刚刚说我们等会儿是要去鬼屋的。"许攸宁走了两步,问道。

她看见沈嘉言表情一凝:"你是不是怕?"

沈嘉言笑了,用手指戳了戳某人的米奇:"不是啊,只是看到了而已,看到就想买了。还有,鬼屋都是假的,有什么好怕的。"

许攸宁有些不信,但她不会说出口的,只觉得他在给自己立 flag,人不心虚的话是不会睬她说什么的。

不管沈嘉言怕不怕，鬼屋还是出现在眼前，巨大的黑色古墓，一片肃穆。为什么现在的游乐园都喜欢把鬼屋建在这种人迹罕至的地方？他们几乎走了半个小时才到这里。

沈嘉言把吃完的爆米花盒子扔到垃圾桶里，然后牵起许攸宁的手，一脸认真，眼神真挚："宝宝别怕，我会一直抱着你的。"

"我没有怕，好了，到我们了。"许攸宁没法忽视他使劲往后拉的手，低头看了一眼，抬头对着他体贴道，"你如果不想进去的话……"

"我只是担心你害怕。"沈嘉言微笑，都是活人有什么好害怕的，搞笑。

许攸宁点点头："那就进去吧。"

- 第14章 -

▼与他在一起很幸福

阴暗的房间呼呼地散发着冷气，幽幽地往人衣服里面吹。

沈嘉言走前面，牵着许攸宁。他走得慢，小心翼翼的，如果旁边有什么鬼冒出来，不，都是人，他还能有预料，不就是吓人一跳吗？

人想得好，登时也没那么紧张了。这个鬼屋的主题这一月是恐怖病院，因为生化武器的泄漏，导致原先在这里治疗的各种病人发生病变，病变的现象是——皮肤一块一块往下掉，露出狰狞的肌肉组织，甚至还能看到经脉在跳动，脸上的森森白骨发着晦暗不明的光……

随着时间流逝，这栋病院渐渐尘封在郊区的一隅，凡是在医院里工作的医生，不是同样感染了病毒，就是如同困兽一般每天寻找可以逃出去的机会，直到军队进入这栋病院，已经没有生息，只有人间地狱般的惨象。

银色的手术刀，整齐地排列在沈嘉言面前的手术台上，他需要通过这个手术台，才能走到对面那个门，通过这个房间。这里有一面镜子，手术刀被反射的光芒，莹莹发亮，他无意间瞥了一眼镜子，登时全身的汗毛都竖了起来。

许攸宁顺着他的视线看过去，一个穿着白布的人低着头坐在那里，手中握着手术刀，一动不动。

沈嘉言咽了口口水，下意识低头看了一眼许攸宁，问："怕吗？"

许攸宁点头："好怕啊。"

沈嘉言心里得到一些安慰，但实则没什么用，他还是要走过那扇门，他吸了口气往前面走，小心地防范着坐着的人，就怕他突然冲出来。

好在那个人只是坐着不动，沈嘉言慢慢走过镜子，不禁呼了口气。许攸宁忍俊不禁，抬头却看到——一个只剩下半张脸孔的人，正站在某人身后，眼珠子转啊转的……

许攸宁这下真的笑了出来，这眼珠也真是转太快了！都要晕了，哈哈！沈嘉言见她在笑，好奇地问："宝宝你在笑什么啊？"

许攸宁指了指他身后。

沈嘉言回过头——

"啊！"

他这一转头，鼻子正好碰到那半张脸，眼睛正和那半张脸上的眼珠对上，顿时整个人都惊悚起来……

"啊啊啊啊！"

沈嘉言惨叫，声音惨烈得把扮病人的工作人员和许攸宁都吓了一跳！

某人惨叫之后，捂着眼睛，蹲坐了下来……

一连串动作行云流水……

许攸宁默默地蹲下来，朝着有些尴尬的工作人员笑了笑。她不知道沈嘉言会吓成这样，一个大高个蹲下来，像个蜗牛似的。她拨开他捂着脸的手，白皙的脸庞挂上了红晕……显然是很不好意思，委屈兮兮的。

他看到许攸宁蹲下来了，整个人抱住了许攸宁小小的身体，这幅画面有点好笑，她将头靠在沈嘉言的肩膀上，一下一下地抚着沈嘉言的脊背。

"不是说不怕吗？"

沈嘉言身体一僵，他顿了顿，缓缓站起来，双手插口袋，许攸宁也站起来。

"太丑了，我被丑哭了而已。"

"而且这种突然出现的东西，是人都会反应不及的。"

许攸宁摇头，认真道："你就是害怕，不过可以理解的。"她让沈嘉言走在自己身后，随后接着说，"你的手都抖了，我只是没想到你会那么害怕，不然我会走在你前面保护你的。"

"我没有那么害怕……"

沈嘉言有些讷讷，他的确很害怕，但他这样好丢脸。

许攸宁牵着他，按了一下电梯的按钮，电梯从三楼下到一楼："我觉得，电梯里应该有人，只是扮得丑了点，如果一个人因为生病变得那么丑,那就只会怜悯不会害怕了吧。想象一下,他有一天吃多了,变胖了,生了水痘,觉得痒全部挠掉了……"

许攸宁喋喋不休,奇迹般,沈嘉言放松了下来,她还从来没那么唠叨过,现在却说个不停,粉粉的小嘴一张一合的,像只小八哥,他好想笑,却觉得有点暖心。

"不信你看。"许攸宁偷瞄了一眼沈嘉言。

电梯的门缓缓打开,一个头颅率先掉了出来,许攸宁定睛一看,后面还有身体,她拉了拉沈嘉言的手:"你看,对不对?"

沈嘉言心里一紧,却见她往前走了两步,因为病人需要吓唬住两位客人,于是整个人扑了上来,电梯门狭小,只能一个一个过。病人的身体太大,顿时堵在了电梯口,眼看电梯要合上了,她只能麻烦这位病人让一下,在电梯门关上之前,拉着沈嘉言进了电梯。

"你看,这样是不是好多了?"

沈嘉言由衷佩服:"你怎么不害怕呢?"

"因为我……"许攸宁深情地望着带着疑惑的那张脸,轻轻吐出三个字,"胆子大。"

宝宝的意思是不是他胆子小?

沈嘉言受到了一万点伤害。

之后的时间里,沈嘉言麻木地看着许攸宁面色不改地往前走,就算是有人在旁边握住了她的脚踝,她也是低头看着那人,示意他把手松开。

有些人天生胆子大,沈嘉言对自己这样说。

"那你害怕什么?"

许攸宁一边过五关斩六将,眼看就要走出恐怖病院,一边回答:"我害怕打雷。"

沈嘉言挑眉,难以置信:"你竟然怕打雷。"

"好像在记忆里,小时候打雷,我都是一个人在房间里,他们都不管我。"

沈嘉言知道她以前的状况，心疼："这样啊。"

许攸宁拉着他的手走出病院，回头朝他狡黠一笑："笨蛋，当然是骗你的。"

许攸宁好心情地看着沈嘉言的脸，由白变黑，再变红。

她男朋友长得真好看。

自从许攸宁和沈嘉言住一起，两人生活上越来越习惯彼此。沈嘉言下班后回来能吃到许攸宁做的晚餐，每到双休日，两个人会一起去逛超市，就像普通情侣一样。

但到底还是不同的，沈嘉言不知道许攸宁在做什么，只知道她越来越忙。许攸宁也不知道沈嘉言在做什么，反正做什么都是赚钱就对了。

许攸宁整理着自己的贴身衣物，把叠好的放到行李箱里，沈嘉言一回家就看到这一幕，忙问："你要去哪里吗？"

"教授要带我们三个出去交流学习。"

沈嘉言知道她那个导师下面只有三个学生，但没说过要出去啊："那我呢？"

许攸宁不明白："你？你看家啊。"

许攸宁对沈嘉言委以重任，孩子他爸就该好好看家，说到这，她心里有些开心，这样竟有一种温馨的感觉。

但显然，沈嘉言是 get 不到她所谓的温馨的点的，嘟着嘴问："那你要去几天啊？"

"十五天，一周学习，一周观摩。"

沈嘉言皱起了眉："那么久。"

许攸宁点头："所以你要按时吃饭啊。"她亲了亲他白白嫩嫩的脸蛋，长得好看真是最大的杀器。

沈嘉言乖顺地让她摸自己的脸："那我能跟着你去吗？"

"不行。"

"哦。"

许攸宁有股错觉,沈嘉言越来越黏人了。

这种错觉持续到她和其他三人到达洛杉矶,住进宾馆,她去楼下便利店买牛奶,付钱的时候,身后的人将钱递了过来。

许攸宁无言,沈嘉言收过找零,把牛奶装进袋子,拎着跟在她身后。

"沈嘉言。"

"在。"

"你跟过来干吗?"

"我想你。"

许攸宁尝到了恋爱的甜蜜,这种热恋期的难舍难分啊,简直透着一股草莓味的香甜气息啊!

才不是!

"你每天需要上班,这样会耽误吗?"

沈嘉言害怕她让自己走,忙说:"不会的!我带了笔记本,事务所的朋友也都在,不会有问题。"

你怎么老黏着我——

许攸宁没问出口。

"我的房间就在你旁边,今天跟我住一起吧?"

沈嘉言一手搂住她的肩,下巴在她的头发上蹭啊蹭的。她的头发上的洗发水香味很好闻,他声音很轻,又故意带着试探性,细软的风在她耳朵边上打转,某人的耳朵马上红了。

沈嘉言看着好笑,再接再厉:"那就说定了,反正我们平时也一直住一起。"

完了! 许攸宁她住的是单人间,隔壁肯定是单人间,单人间只有一张床,所以沈嘉言的房间里只有一张床,在此之前她的床上会有两床被子,然而住宿在外那肯定只有一床被子……

好美色的许攸宁有些克制不住自己心中的喜悦。

沈嘉言讶异:"宝宝,你怎么流鼻血了?"

"这天有些干燥。"许攸宁淡定地拿出纸巾,抹掉鼻血。

一路上沈嘉言絮絮叨叨讲个不停，许攸宁是一句也没有听进去，穿到这个世界直到现在，她才有切切实实的真实感。因为和一个男人睡在一起，盖一床被子可能赤足相抵对她来说，简直是破冰游戏。

　　她还没有看过相关的书，关于那方面的知识实在不够，应该先哪一步持续多久再接哪一步怎样才算——

　　她看过沈嘉言的任何样子，包括浴巾滑落的样子，但手指触摸肌肤是很少的，甚至每次都不会产生恋人之间应有的反应，因为对她来说之前是没想过。

　　沈嘉言看她没反应，低头去问："宝宝，你在听我说话吗？"

　　"什么事？刚刚我在想教授布置的作业。"

　　某人不相信抬起头来满脸潮红的许攸宁，鼓着腮帮子是在想教授布置的作业，如果真是这样的话，他就得去看看那教授是不是好人了。

　　许攸宁有些紧张，不知道沈嘉言有没有看出她的心不在焉。沈嘉言眨了眨眼睛，突然低下头来，撩起她的刘海，在她的额头上落下一吻，随后轻快地牵起她的手："宝宝，走。"

　　回到宾馆，许攸宁先回自己的房间拿书，随后在沈嘉言的督促下脸红心跳地走进他的房间。

　　许攸宁直愣愣地走到桌椅旁边，翻开书看到书上的字母这才把一腔热血压了下来。

　　背对许攸宁，沈嘉言从裤子口袋里掏出小雨伞，看了一眼，觉得不可能，看了两眼，又回头看看她挺直着背读书的样子，还是把小雨伞塞了回去。

　　沈嘉言拿着换洗衣服，轻轻地走进浴室，关门之前还看了看专心看书的许攸宁，脸上流露出一丝失望。这个澡他洗得格外长，甚至还弄出了很大的声音，可他快被闷坏了，浴室的门还关得好好的。

　　终于，沈嘉言出来了。

许攸宁把书合上,再怎么压都压不下心里的小九九。

其实大概,她心里特别喜欢沈嘉言吧。

穿着白色浴袍的沈嘉言,脱下了眼镜,青涩得像枚果子,湿漉漉的头发垂在耳边,狭长的眼睛仿佛还是高中那个模样,实在让人想要扑倒。

许攸宁这个不懂风情的女人,真是这个世界的 bug!

沈嘉言包了头发,束紧浴衣,原先想象的画面,什么许攸宁突然间闯进来,撕开他的浴衣,眨着小鹿般懵懂的眼睛对他上下其手,问:"这个是什么,那个是什么。"然后他半推半就把她的手往自己身上推,说这里是××,那里是××……

他痛苦地抱住了头,都是骗人的,言情小说里都是骗人的!

于是两人陷入了诡异的沉默。

"你,可以去洗澡了。"沈嘉言闷闷地钻到被子里,被子往身上一拉,身体一转,活像受了气的小媳妇。

许攸宁压抑住自己的天性,没有在他洗澡的时候冲进去对他乱来,这是对他的尊重,现在看这人把被子裹得这么严实,他的确是不乐意的吧?

想到这里,许攸宁不由得有些失落。

沈嘉言不愿意。

她轻轻拿了换洗衣物到浴室里,门关上,浴室里还有刚才沈嘉言沐浴留下来的水汽,她不由得脸又红了。沈嘉言身材不错,劲瘦劲瘦的,每次被他抱在怀里虽然有点硌,但还是很舒服的,尤其是他长长的四肢,就像一只长臂猿,抱住的时候很有安全感。

许攸宁叹了一口气,把头发打湿。

沈嘉言闲不住了。

他见许攸宁进浴室就一把把被子掀了开来,是男人吗?是男人就去偷窥!

万一她生气呢……

沈嘉言偃旗息鼓了。

他要尊重许攸宁，一般书呆子都是很传统的，他从进去到出来许攸宁一眼都没看过，这难道是非礼勿视？他很苦，他好歹到适婚年龄了，竟然还像个初出茅庐的小男孩一样，这也不是那也不是的，心中有点可怜自己。

他很怕自己对许攸宁做什么，那个书呆子就不理他了。

这就玩完。

痛苦的沈嘉言重新抱住了脑袋，把被子拉到脑袋上面，嘤嘤地翻滚起来。

许攸宁在浴室里踟蹰，思考着沈嘉言一定要和她在同一张床上度过一个夜晚的心理活动，莫非他是想要进行下一步的，只是胆子小？

她决定等会儿试探一下，如果亲亲他就害羞地躲走了，那她就不要探索神奇的少年了。

想到这，许攸宁迅速关水，擦干身体，套了浴衣，雷厉风行地从浴室里出来了。

出来后看到一个小山包，许攸宁怂了。

沈嘉言听到声音，知道许攸宁在吹头发，于是从床上爬起来，从某人手上接过吹风机："宝宝你坐下来，我来。"

兴许心里有些挫败，沈嘉言面对懵懂看着他的许攸宁不禁有些愧疚，他到底是有多急不可耐，才有那么多龌龊的想法？

心态平了，他把许攸宁拉到床上坐着，帮她把一头毛毛茸茸的头发吹干。

吹风机呼呼地吹，热风冷风交替，许攸宁很舒服，眯着眼睛享受。沈嘉言笑了，古代有丈夫为妻子画眉，现在他帮最心爱的宝宝吹头发。这头小猪的头发乱糟糟的，在他手指缝里一点点变得平滑干爽，许攸宁特别乖、特别乖地坐着，像只小猫、小猪、小汪汪。

一时间，什么声音都没有了，就剩吹风机的声音。

许攸宁被吹得舒服，竟然有些发困，往后倒去，沈嘉言轻轻地搂住她，一边吹着她的刘海，一边啃她的耳朵，只听到她不自觉地哼哼，小腹突然一紧。

沈嘉言委屈地往后移了移。

他感觉许攸宁的头发差不多干了，把她像只球一样滚到被子里，掩上被子，唯独把脑袋露了出来。许攸宁躺在床上倒是醒了，眨巴着大眼睛。他低头笑，放好吹风机，把灯一关，也滚到了被子里。

说实话，有点害羞。

他俩靠得很近，没有声音的黑夜里，只有彼此的呼吸声，沈嘉言的手走啊走，摸到了许攸宁的小手。

许攸宁在黑夜里顿时眼睛一亮，有戏！

她反手一个鹰爪，抓住沈嘉言的手，把他吓了一跳："宝宝你干吗？"

许攸宁往他身上蹭了蹭，有些气虚地说："你穿了浴衣啊，让我摸摸。"

沈嘉言心花怒放！可是他不能表现得那么随便，嗯啊嘤啊咕哝了两声，就顺着许攸宁把她那软绵绵的小手伸到自己的浴衣里了。

沈嘉言心里想，这世界上有比浴衣更优秀的情侣装吗？

冰凉凉的小手在沈嘉言身上慢悠悠摸索，许攸宁又害羞又兴奋，沈嘉言的确有肌肉，硬邦邦的。她摸摸，又碰碰，最后干脆把沈嘉言的浴衣全拉开，某人面无表情地由她胡来。

如果沈嘉言再霸道总裁一点，会马上将手撑在许攸宁旁边，离妹子零点一厘米，在她的唇边，轻轻细细地说："女人，你在玩火。"

然而事实相反。

许攸宁仿若在玩鞍马，整个人寻到一个支点，以极快的速度，在某人还没反应过来时趴到了他身上……

鉴于许攸宁的双手围住了沈嘉言的脖子，这个动作也可以说是半挂在他身上……

沈嘉言下一秒就翻身做地主了。

"宝宝，我要亲亲你。"

许攸宁因为生物钟的关系，一大清早就醒了，现在是七点，九点要和老师去听讲座，时间不紧。她动了动，旁边的人往她身上靠了靠，一只手臂伸过来将她重新拢到怀里："宝宝还早，再躺会儿嘛……"

这一躺就到了八点，两人穿戴整齐，沈嘉言就说："宝宝，要不我和你一起去听讲座吧。"

回答他的是许攸宁背上小书包后快步离开的小模样。

可爱极了。

三个学生到齐，其他两位女学生见到许攸宁，都是一副你知我知的模样，笑得默契。教授带三名学生去到学院，坐下，许攸宁将笔记从书包里拿出来，学习的一天又开始了。

接到秦火凤的电话的时候，许攸宁刚提交教授布置的课程作业，说是外公生病住院了，要准备手术。她交了请假单后，与沈嘉言一起回国。

秦湘在机场接他们，见到两人相携而来，算是服气的。当初沈嘉言就像是个虫子，谁招惹都会自身难保，结果……

"爷爷肺部感染，发作了很多次，需要做手术检查一下到底什么问题。"

许攸宁觉得抱歉，秦老爷子对她有多纵容，她就有多不孝，因为愧疚，她现在什么话都说不出来。

车子停在医院门口，许攸宁跟着秦湘快步到病房。她也想过久别后再见外公是个什么样的情景，可在她的想象里，应该是她带着学位证和荣耀归来，她会成为优秀的外交学徒。但她没有想到会看到原本壮硕的老人如今已变得消瘦，躺在床上一动不动。

许攸宁一阵心酸，在外公身边坐下，秦湘和沈嘉言则站在门外。秦湘有意说什么，嘴巴开了又闭，最后只能说："许攸宁有你陪着很幸福。"

沈嘉言透过玻璃，往里看许攸宁低着头的模样，只想马上抱一抱她："是我拥有她很幸福，希望她一直在我身边。"

他说的话很坚定，秦湘心中那不知名的角落，还是闪过低落。

秦老爷子醒了，看到许攸宁坐在旁边，皱起眉头："你回来做什么？书不读了？"语气凶巴巴的，可嘴角上扬的弧度好像忍不住。

见到这样的情景，许攸宁更加心酸了，她现在算真的明白什么叫老小孩了。

"外公，我等你好起来再回去，我在国外不会待很久了，很快就回来的。"

"你要做好你该做的事情再回来，知道吗？"

许攸宁笑了："好的外公。"

这时候沈嘉言进到病房，秦老爷子一看到他那张脸，更气了！他瞧瞧许攸宁，又看看沈嘉言："外孙，你真和他好上了？"

许攸宁点头，秦老爷子哼了一声，让她出去，独留下沈嘉言在病房里。

秦湘带着许攸宁去准备午饭，两人的关系，如果时间可以消磨的话，已经消磨得差不多了。

"你有个朋友叫何雨柔吧，她有次来提到你，还突然骂我，我气都不知道往哪儿出。"

许攸宁笑了，何雨柔和她说过。她对秦湘说抱歉，秦湘摆摆手："过去的事情就过去了，外公看到你回来很开心，不然阿姨也不会叫你回来。"

等两人再回到病房里，显然已经和乐不少，沈嘉言正在为秦老爷子削苹果，许攸宁刚想开口，老头子就说："我的小外孙，你别问我和沈嘉言说了什么，总之是对你好的，看你护犊子的模样，我都不稀罕看。"

许攸宁默默地将老爷子扶了起来："我才没想问。"

秦老爷子需要剖胸手术检查，病房外围了一圈家人政客，待手术室灯暗了下来，最后说切了一个堵塞的小肿瘤就没事了之后，大家才都放松下来。

又待了几天，许攸宁回到英国继续学业。

一年后，她回到国内，之后就开始在翻译司打小工，从基层做起。

她是整个办公室里最小的,可最小的不是最得宠的,什么累活都是她干。即使是这样,她的工资也就这回事儿,现在看上去男主内、女主外的状态,经济大权却掌握在沈嘉言手里,他身在小窝心在股票大市,多年积攒和投资回笼的资金加起来,实在是隐藏版的土豪。

沈嘉言有钱,现在老婆想完成自己的梦想,他觉得,必须支持!老婆开心就好。不得不说,当年在外面,他看着她的时候还有些不好意思,因为当时他很落魄,要靠许攸宁养,还常常人都瞧不见,亏得她心大才没和他提让他害怕的两个字。但许攸宁不是一般女人,他是一般男人啊,他知道有男朋友却像养了个不回家的儿子着实不好受,当初他有多没本事现在就得多宠他的小宝贝。

于是,给许攸宁花钱是眼睛都不带眨的。

许攸宁去上班了,她和沈嘉言商量上班的时候就把孩子给爸妈吧,他摆摆手,说这段时间不忙,想带带孩子。

带孩子说起来不容易,做起来更加难。

沈泽宁在人前人后完全是两副面孔,和他爹特别不对付。许攸宁在的时候,一双像足了许攸宁的水汪汪大眼睛,扑闪扑闪地卖萌,双臂张开想要抱抱,许攸宁心都化了,她家儿子太可爱了吧!忍不住亲了又亲,抱在怀里东摸摸西捏捏的,黏糊得不得了。

等许攸宁上班去了……

沈嘉言难以置信,这个扔玩具,嫌弃他,并且被他一抱就哭的小宝宝是一个小时前,小天使一样的儿子?

总之,同性相斥。沈泽宁在沈嘉言面前就是捣蛋精,晚上在床上插一脚就算了,现在一点点变成要把他赶下床了,沈嘉言怒了!这泼猴知不知道他贵得要命的玩具和奶粉是谁供着呢?

男人没一个好东西!沈嘉言幽幽地想到婚礼当天,笑得一派和气(虚伪)的大哥,再看看自己腿边自顾自玩不带他的儿子,又幽幽地叹了口气。

沈嘉言平时在家里上班,公司里,有什么紧急的事情就电话说、视频说,所以常常一个视频过来的时候,沈恩恩在他爸怀里也直直地盯着电脑里的两个大男人。

易扬和刘彦君都感到好玩,当初那个胖球终于长成了个挺好看的小宝宝,实在令人欣慰,又回头想想,大家都是一样的年纪,说好的钻石王老五、黄金单身汉,玩的时候都在嘲笑沈嘉言那么早就被套牢,现在……怎么就那么羡慕这个抱着娃娃脖子里还戴着个围裙的男人呢?

只要有人在,沈泽宁都是个乖孩子。

沈崽崽不甘寂寞地咿咿呀呀,三个大男人说正事的时候乖巧得不得了,小脑袋煞有介事地一点一点的。

易扬说:"这随谁啊?"

沈嘉言瞥了一眼自己儿子,沈泽宁也一本正经地抬头看他,嘴巴抿成一条线,然后好像没啥兴趣似的扭回头,懒洋洋地继续玩他手上的袖子。

沈嘉言直觉得头上三条黑线:"随他妈妈吧,这家伙不怕我,看到他妈妈就怂了。"

说着去抓沈崽崽的胖爪子,他抓了两下没抓到,被沈泽宁的脚丫子踹了一下不大好的地方。

"沈泽宁!"沈崽崽不知道他踹到了好地方,一张没什么表情的脸,倒是难得笑了一下,沈嘉言感觉更气了!"臭小子是来气我的。"说着,托了托眼镜,手点着下巴,摆出一副风流倜傥的样子,眼尾含笑,"你说我年纪那么轻,怎么就被套牢了?"

刘彦君嘲笑他:"我从头到尾看到的都是你拼命往许攸宁身边靠,人家可不见得稀罕套住你。"

"怎么说的你!"沈嘉言一听到许攸宁不稀罕自己的话,立马就火了,他家许攸宁对他特别好的时候,刘彦君还是个郁郁不得志的黑客呢!他把他拔上来了,怎么就开始埋汰他了?"一点同甘共苦的情谊都没有,就知道埋汰我,老光棍。"

沈嘉言抱着自家宝宝,低头问:"宝宝你说是不是啊?"

刘彦君被气笑了:"你和你家宝宝说什么,他又不懂。"

易扬瞧这父子的互动,越看越觉得有趣,他也想有个喜欢的人给自己生个娃娃,玩得再厉害,心里也还是想要个家啊。

沈崽崽挣扎着要从沈嘉言的膝盖上下来,沈嘉言说:"我家崽子要吃饭了,没啥事不说了,你们看着办吧,我休假呢。"

说着就把视频关了,把胖乎乎白花花的肉团子往软绵绵的大床铺上一扔,今天老婆说要给儿子弄点鸡汤糊糊吃。妻奴沈某某哼着歌,把大床旁边的杆子给围起来,防止小崽子玩着玩着掉下来。

"沈泽宁,乖一点,爸爸给你弄好吃的。"

一开始吧,小年轻奋斗的年纪,两人是没准备自己带孩子的。不是婆媳问题,许攸宁和一般媳妇儿也没什么差别,寄人篱下总归不舒服,但自己外公和人家爷爷感情好,她妈就是我妈的状态。在家里住很好,从各方面来说,她婆婆公公热衷于疼她这半个闺女,所以没人给她脸色看,给她早饭晚饭做好,午饭还要打包带过去……

本来吧,沈奶奶沈爷爷都把房间准备好了,热烈欢迎这一家三口入住,可到家没几天,沈嘉言不满意了。隔了一代奶奶爷爷祖父外祖父的,一群老头老太中年夫妇把一家里最小的娃娃宠上了天,要什么给什么……

"宁宁啊,孩子还是我们自己带吧,你外公和我爷爷奶奶都太宠着小孩子了,我今天看臭小子都会扔筷子了。"

一番云雨后,沈嘉言抱着小猫一样在怀里蹭的许攸宁提出了心中的担忧,第四代,宠得没边了,他觉得这样不好。

许攸宁被他摸着脑袋,舒服得直哼哼,说啥都点头,反正带孩子嘛,谁带不是带呢,都是爱孩子的家长,各有各的好处嘛。

于是,两人搬了出去,不远,就隔壁小区复式高层。

许攸宁不惯着自己孩子,偏偏沈泽宁喜欢黏她。她每天固定时间看书,到那个时间点了,沈泽宁小大人似的,跟着进到书房,偏要坐在自己妈妈怀里,她低头摸摸一身奶香味的软坨坨问:"看得懂哦?"

沈泽宁看着实是看不懂的,但耐性是一等一的好,许攸宁看书做笔记,小娃娃也跟着看,不哭不闹的,没有叫妈妈陪着玩,往往坐半个小时就睡着了。许攸宁想把他抱到小床上去,沈泽宁咿咿呀呀地表示不要,没办法，这就养成了大的抱着小的看书的习惯。

　　沈嘉言看着一大一小啃书的样子，忍俊不禁，他不喜欢坐在硬邦邦的实木椅子上，旁边有个小沙发，他就在这个时候打打游戏，玩玩电脑。有正经事了，就看看新闻，或者做点许攸宁看不懂的模型。

　　这种充满学术气息的知识分子家庭，也是少有。

　　沈泽宁这孩子完全没有继承到他父母语出惊人的特点，他是压根不说话，到两岁了还不吐字，可把两个家族的老人们愁坏了。照理来说，爹妈都是高知识分子，一个现在还是在翻译司做的，另一个也是一张嘴唬得别人把钱交了，怎么这孩子……

　　沈泽宁完全无法理解这种担忧，一切行动靠眼神说话，许攸宁在他眼神中看出了孺慕和依赖，沈嘉言在他眼中看出了不耐烦和离我妈远一点。会走路的小家伙再也不会被自己亲爹轻而易举地抱下床了，雷打不动地睡在两人中间，直到睡着。

　　沈嘉言越发觉得命苦，偏偏余光还瞥到许攸宁眼中一片淡然，嘴角却忍不住上翘，顿时一大一小把他气得不轻，所以偶尔也会把沈泽宁往老人家里一丢，一把抱起软绵绵的许攸宁就往卧室里走。

　　没有什么气是爱情的床单上滚一滚不能解决的！

　　夜深人静，沈嘉言原是将许攸宁埋在胸口，渐渐地，却变成他侧卧抱着许攸宁的腰，鼾声轻微，抱得紧紧的，她将脸颊贴在他的头发上，不禁弯了嘴角。

【官方QQ群: 555047509】
每周丰富多彩的群活动，好礼不停送！
作者编辑齐驾到，访谈八卦聊不停！

扫一扫看更多图书番外，作者专访

-番外-

▼微笑牌助推器

许攸宁出国了，沈嘉言消失了，陆其宸读的是军校，难得出来一次……何雨柔趴在桌子上感觉身体像是被掏空了。

原本的四人学习小组在高考后只剩她一个人了，太可恶。

虽然身边没有许攸宁可以斗嘴，但是这货良心还可以，有什么好玩好吃的就寄包裹回来。她噔噔跑下寝室楼，不过一下寝室楼就看到了让她退避三舍的班长。

照理来说，文科为主的大学妹子多，她们班三十个人，二十八个是妹子，班长是唯二的汉子之一。即使是汉子，班长叶帆也是妹子一样的存在。

开学要搬书吧？何雨柔两只手能抱近十本，叶帆捧了五本面色苍白。

军训吧，何雨柔的大学军训水得就是在阴凉的地方走走路，叶帆坐在树荫下笑。

三十个同学一起上课，春天窗开挺大，两只蜜蜂飞进来，女生们都害怕，何雨柔也怕，叶帆咬着嘴唇站得最远。

……

总而言之，叶帆柔弱得让人不敢将他当汉子使。

此时，何雨柔扶额，不知哪天起叶帆就喜欢跟着她，说她有气质。她自己回想了一下，她昨天晚自习踩死了一只蟑螂。室友说他是看上了她的英雄气概，何雨柔太生气了，她是"小公举"啊！

如果光是个柔弱汉子，她自然不会多瞧一眼，可叶帆是她们的班长。

成绩好，高考是状元，到大学仍旧是打不下来的第一。

会做人，说过的话绝对照做，信服力够够的，每到期末考试帮忙跑老师猜考题划重点，一班期末通过率那么高叶帆功不可没。她是没见过那么优秀的班长，有领导力，有执行力，自身也优秀，她作为团支书，更能感受到叶帆做事的快狠准。

大学嘛，班长和团支书雷打不动的官配，哪怕是只有两个汉子的班级，

何雨柔也"幸运"地分到了叶帆。

她拒收,于是在一个下课的午后,叶帆再跑到她旁边的时候,她说:"班长,我有喜欢的人了。"

叶帆微笑:"好啊。"

何雨柔以为他的"好啊"的意思是:噢,你有喜欢的人了,那我就放弃了啊,我就是那么洒脱的人。

她一瞬间是没反应过来的。但是经过一个礼拜叶帆更加殷勤的接触以后,她恍然大悟!叶帆的"好啊"的意思是:"朕知道了,但是不关朕的事。"

她在学校里大幅度减少与叶帆相遇的机会,但是防不住某人大幅度增加在寝室楼下俩人相遇的机会。

"小何,又去拿快递啊。"

小何何雨柔扯了扯嘴角笑:"啊。"

"那我帮你吧。"

何雨柔状似无意地瞥了眼叶帆的细胳膊细腿,噢,比她还细。

所以,拒绝。

"不用了。"

叶帆继续微笑,跟着她走。

陆其宸在军校待了一年多,已经习惯了军校的节奏,可他所在的军校不像一般大学有寒暑假,他只有过年才能回家和难得军校放假才能出校门。昨天队长说放两天假,他就一早起床坐了两个小时车到了何雨柔的大学。

他没有事先和她说,所以在大门口迷了路,明明问的是宿舍楼在哪儿,结果却觉得自己越走越偏。

陆其宸在军校一年多,已经有些微军人气质了,站如松,行如风,再加上他长得好,怎么晒都不黑,白皙的脸明亮的眼,一身军装竟然很打眼,衬衫塞在裤子里还有些禁欲感。大学妹子对着这个军装汉子忍不住多瞄了几眼,其中还有个大胆的跑上去问他是几班的。

看着女孩子好奇热情的笑脸,陆其宸还来不及说不是这个学校的,就看到对面两个人缓缓走过来。

男的，弱鸡+不认识。

女的，凶八怪+你朝你旁边的弱鸡笑什么！有什么好笑的！

"雨柔！"

何雨柔动作一顿，就看着陆其宸面色不豫地大步走过来，还没等她反应过来，就被他拉到了旁边："这谁？"

陆其宸脸上根本装不了情绪，此时写了五个字——"我被背叛了"。

何雨柔想起他就闹别扭，此时也面色不好了，直接甩了句："我班长。"后面跟了一句，"人很好。"

陆其宸太怒，他都不知道自己为什么生气，可就是心酸、委屈、难过、害怕。

可他有什么立场呢？他所有的生气都化为委屈："我一个人那么苦地在军校，你怎么可以那么开心地和其他男人走在一起……"

说着就瘪嘴。

何雨柔沉默了，陆其宸现在的手臂肌肉、腰部肌肉、腿部肌肉可壮了，怎么还像以前那样小鸟依人？

虽然是这样想的，但动作不由得柔和下来。

叶帆微笑地看着何雨柔将陆其宸的脑袋搁在自己肩膀上哄了半天，然后何雨柔和自己道别，陆其宸白了他一眼，最后两人手牵手去拿快递。

终于笑不出来了。

他是助推器吗？

生气了。

【官方QQ群：555047509】

每周丰富多彩的群活动，好礼不停送！
作者编辑齐驾到，访谈八卦聊不停！

扫一扫看更多图书番外，作者专访